光文社文庫

# 雪の炎

新田次郎



光　文　社

雪の炎

目次

雪の炎　目次

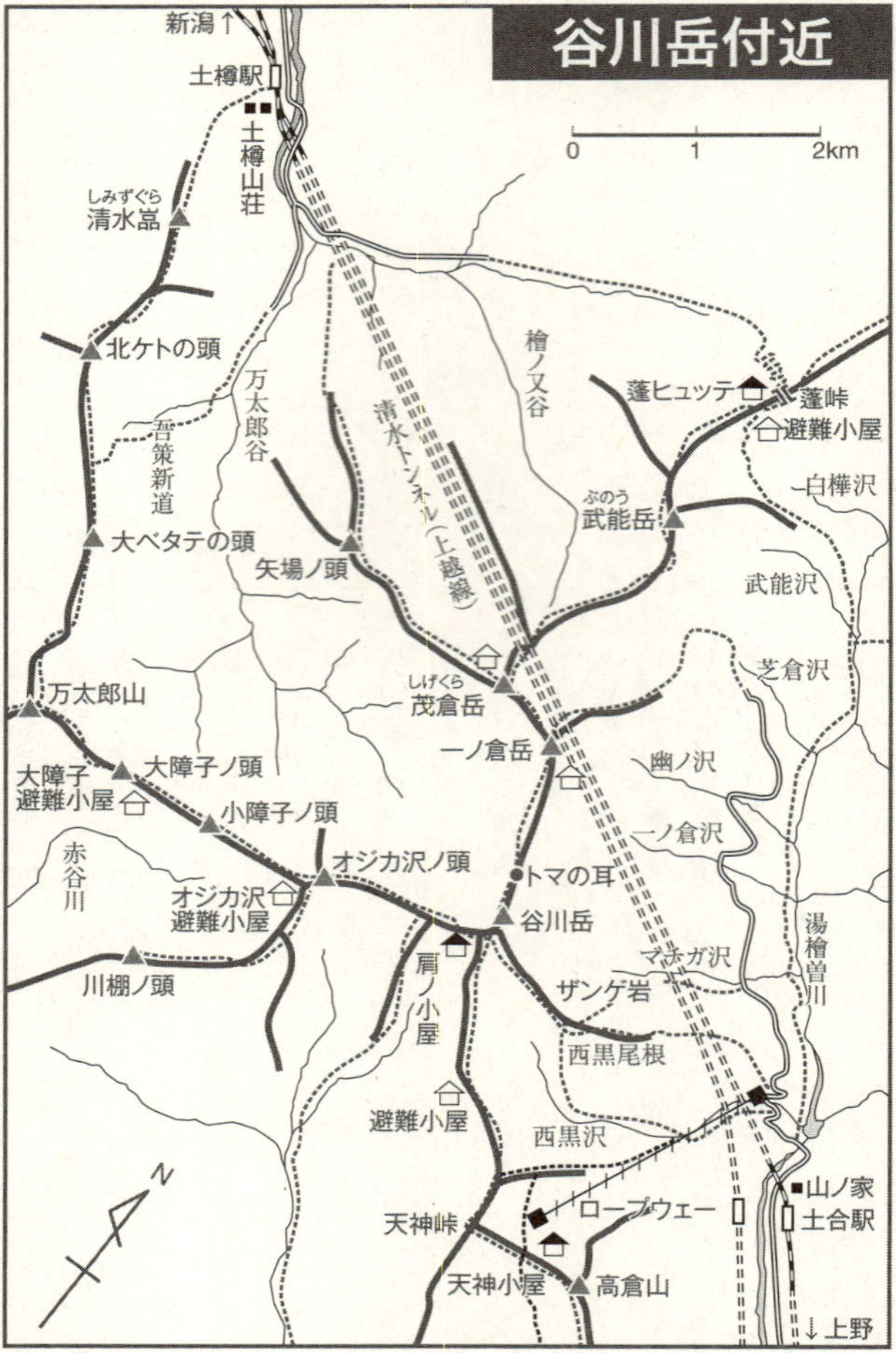
谷川岳付近
0
1
2km
新潟↑
土樽駅
土樽山荘
清水嵓《しみずぐら》
北ケトの頭
吾策新道
万太郎谷
清水トンネル（上越線）
檜ノ又谷
蓬ヒュッテ
蓬峠
避難小屋
白樺沢
武能岳《ぶのう》
大ベタテの頭
矢場ノ頭
武能沢
芝倉沢
茂倉岳《しげくら》
万太郎山
一ノ倉岳
幽ノ沢
大障子ノ頭
大障子
避難小屋
小障子ノ頭
一ノ倉沢
赤谷川
オジカ沢ノ頭
トマの耳
オジカ沢
避難小屋
谷川岳
湯檜曽川
マチガ沢
川棚ノ頭
肩ノ小屋
ザンゲ岩
西黒尾根
避難小屋
西黒沢
山ノ家
ロープウェー
土合駅
天神峠
天神小屋
高倉山
↓上野
N

# 霧の稜線《りようせん》

霧の中に大障子《おおしょうじ》避難小屋が見えたので、パーティの足は、自然とその入り口の方へ向かって行った。戸はすぐ開いた。暗い穴倉の中を覗《のぞ》くような格好で、リーダーの華村敏夫《はなむらとしお》は小屋の内部を見回した。眼はまだ暗さに馴《な》れていないから、懐中電灯をつけて見ると、板壁の釘《くぎ》に掛けた登山者名簿のまくれ返った表紙が見えた。無人小屋特有のかび臭《くさ》いにおいがした。最近、人が泊まったらしく缶詰《かんづ》めのからが土間の隅に放り出してあった。中は一応の掃除がしてあった。

「どうする?」

華村敏夫は小屋の中を覗き込んでいる有部雅子《ありべまさこ》に訊《き》いた。この小屋で一休みしていこうかというほどの軽い気持ちだった。

今朝早く、土樽《つちたる》山荘を出てから、吾策《ごさく》新道を経てここまではかなりきつい登りだったが、これからは、足元に気をつけてゆっくり歩けば夕刻までには谷川岳肩《たにがわだけかた》ノ小屋へ着くはずである。この小屋で泊まる必要もあるまいと思ったが、かなりバテ気味になっている有部雅子の意向だけは一応聞いておかねばならないと思った。

「歩くのはもうたくさんだわ……。でもこの小屋泊まれるかしら」

雅子はその小屋の中になにか怖《こわ》い物でもいるかのような眼を向けた。無人小屋を見たことのない雅子は、そんな陰湿な小屋にはとても泊まることはできないと思っているらしかった。

「泊まれるさ。ただちょっと寒いけれど」

華村敏夫が寒いと言うと、雅子はその寒さに突然襲われたように肩をすくめて、

「寒いのはいやよ、もう少しちゃんとした小屋はないかしら、ね、華村さん」

ね、華村さんと言うとき雅子はやや顔を傾《かたむ》けて、斜《なな》めに彼の顔を覗き上げるようにした。童女のような雅子の丸い眼が華村の答えを待っていた。

(しようがない甘ったれを連れて来たものだ)

と華村は思った。

だが今さらどうしようもないことだった。彼は、甘ったれることにおいて、いつの間にかこのパーティの中心人物になってしまっている雅子の姿にもう一度眼をやった。黄色のブラウスに包まれた彼女の胸のあたりがまぶしかった。

「いざとなったら、この小屋だって天国さ」

華村敏夫が言った。その「天国さ」というのがおかしかったのでみんなが笑った。

「でも、もう少し歩けば、谷川岳肩ノ小屋でしょう。そこはちゃんとした山小屋だわ」

多旗絢子《たはたじゅんこ》が、もう少し歩けばと、ここから肩ノ小屋までの上越《じょうえつ》国境稜線《りょうせん》を簡単に言ってしまったのを、和泉四郎《いずみしろう》は訂正する必要を感じたらしく、

「ここから肩ノ小屋までは三時間と見なければならないだろうね」

と言った。和泉四郎が三時間という時間を出すと、他の四人は、心を合わせたように腕時計を見た。午後一時を過ぎたところだった。

「どうします?」

華村敏夫はもう一度雅子の意向を聞いた。五人のうちで、一番弱っているのは雅子だったから、これからの行動の基準は雅子に置かねばならないと思った。

「私、肩ノ小屋へ行くわ。だって、こんな小屋にはとても泊まれそうもないもの」

雅子のその一言で前進は決定した。小屋の戸を華村敏夫が閉《し》めたが、一センチほどの隙間《すきま》ができた。二、三度戸を閉め直しても、同じようになるので、下を見ると、小石がはさまっていた。華村敏夫は、その小さな夾雑物《きょうざつぶつ》を取り除きながら、なにかこの小屋が、彼の出発を引き止めているような気がしてならなかった。

小屋を出て歩き出すと間もなく、濃い霧が湧き上がって来て視界を閉ざした。すぐそこにあるはずの大障子避難小屋は霧にかくされていた。

(霧の名所の上越国境稜線だから、霧が出るのは当たり前だ)

そうは思っても、隣りの人の姿が見えないほどの濃い霧が突然出現したことは、かつてそ

の経験がないだけに華村敏夫の気持ちを緊張させた。

(濃い霧だけならいいが、強い風が吹き出したら、注意しないといけない。そのつぎに来るものは暴風雨だ)

土樽山荘の主人高谷吾作《たかたにごさく》が、今朝出がけに注意した言葉を華村敏夫は思い出していた。

その朝、高谷吾作は、午後になって天気が悪くなることを予告していた。ラジオの天気予報も、午前中曇り、午後雨であった。下界の雨は、山では暴風雨である。

(午後になって天気が変わる。そうなったら肩ノ小屋まで行くのは無理ですね。万太郎《まんたろう》山の頂上から引き返して来るか、大障子避難小屋に泊まるか、どっちかだ)

高谷吾作は、華村敏夫に、そのことを繰り返して言った。せっかく土樽まで来て、万太郎山へ登らずに帰るのはもったいないという華村パーティに示した妥協案である。

「天気が変わったようだ」

華村敏夫が霧の中に立ち止まってつぶやくと、雅子がそれをどう聞き違えたのか、

「いいのよ。これまであなたに持たせてしまったら、私はからみになってしまうもの」

と言った。

雅子のルックザックは、華村敏夫のルックザックの上にくくりつけられていた。彼女が背負っているナップザックの中には、雨具とセーターと化粧道具が入っているだけである。

雅子が荷物のことを言ったので、彼女の前にいる絢子が、

「霧に濡れないうちに雨具をつけようかしら」

と彼女の前にいる華村に言った。

絢子は雨具をつけようかしらと言ってはいるけれど、雨具をつけたくはない顔だった。絢子は白いブラウスにグレイのツイードのニッカズボン、白いストッキングに赤い靴を履《は》いていた。それに、チロルハットでもかぶったならば、いっぱしの女流登山家に見えるくらいの念の入った服装だった。帽子だけは登山用のものを使わずに、庇《ひさし》のついた乗馬用の帽子をかぶっていた。彼女の高い鼻にはそれがよく似合っていた。

彼女は五人のパーティの中ではとくに眼を引く存在だった。服装だけではなく、彼女のどことなく気取った顔が、彼女のすべての動作を意味ありげに見せていたし、彼女の言葉遣いにはつんとした冷たさがあった。

「華村さん、雨具をつけていいかどうか訊いているのよ」

リーダーなら、はっきり返事をしてよと彼女は華村をやりこめるような口調で言った。

「雨具をつけると身体《からだ》の中が蒸されるように熱くなるからね。それに、霧は晴れるかもしれない」

と華村は言った。雨具は雨には濡れないようにできているが、通気性がないから、汗をかく。登山中に雨具をつけると、雨に濡れるよりも、自分自身の汗に蒸されて苦しいものだ。華村はそれを言ったのである。

トップがリーダーの華村敏夫、そして絢子、雅子、四番目は大熊菊男《おおくまきくお》だった。

大熊は口数の少ない男だった。小屋を出てからずっと黙っていた。大熊という姓のようにでっかい身体の男だったが、やや神経質な顔をしていた。大熊はパーティの一員でありながら、このパーティとは関係ないような顔で歩いていた。

誰が何を言おうが、おかまいなしの姿勢でいながら、彼の鋭い眼だけは敏捷《びんしょう》に動いていた。

五人のパーティのラストは、サブリーダーの和泉四郎であった。和泉は前の四人がなんとなく足を止めたので彼も足を止めて、突然彼らを取り巻いた濃霧が、この谷川岳山塊において、いかなる意味を持っているかを考えていた。

この谷川岳の国境稜線を歩いた経験のある者は、五人の中に一人もいなかった。和泉四郎はこの不意打ちの霧の出現が、今朝、出がけに、高谷吾作が言ったように、暴風雨と密着したら困ることになると思っていた。霧は濃くともいいが、このままでいてほしいと願う気持ちだった。

一行は、なんとなく立ち止まって、なんとなく歩き出した。

「前の人のルックザックに手の届くぐらいのところを歩くのだ。前の人の歩き方が速いようなら声を掛ける——いいね」

いいねと一段と高い声で華村は言った。

霧はほとんど動かないし、非常に濃いので、景色を見るという楽しみもないかわりに、足元しか見えないから、彼らが歩いている稜線のすぐ下に気を凍らせるような断崖絶壁があっても、それを見ずに通過してしまうことにもなる。五人は無言で歩き続けていた。

華村敏夫は霧の中から大きな黒い手が出て来て、その手にかっさらわれてしまいそうな奇妙な恐怖に襲われていた。霧の中にひょいと見かける黒い岩根が魔性の黒い手に思われるのである。いままで、あちこちの山を歩いていたが、こんなことは一度もないことだった。パーティのリーダーという責任を感じているのだとすると、それもおかしいことだった。リーダーは初めてではない。

(たぶん、それはこの濃い霧のせいだろう。この霧が、動いてくれてもいい、薄くなってくれてもいい、とにかく、このままの形を少しでもいいから変えてくれたら、この恐怖は消えるだろう)

なにか霧にまつわりつかれて縛《しば》られているようだった。霧を呼吸していると身体中が霧でいっぱいになって、やがて、眼から鼻から、両腕の毛穴から、霧が吹き出して来そうだった。

夜のように暗いのは霧が深いからであり、天日をさえぎるその霧の厚みを示すものであった。

華村敏夫は谷川岳一帯をその霧がどのように取りかこんでいるかを考えてみた。土樽山荘の食堂の壁に谷川岳の航空写真があった。それはおびただしい山の襞《ひだ》の重なりであった。霧はおそらく、その山々の襞のひとつひとつに浸透していて、もう、押しても引いても、動かないようにしっかりと根をおろしたところで、全体の体積を、高い方へ高い方へと延ばしているのではないかと思った。

華村敏夫は、子どものころ、妹の名菜枝《ななえ》と二人で海に湧き上がった積乱雲が、限りなく上へ上へと延びて行くのを、長い間見ていたことがあった。

(兄さん、あの雲、あんなに高くなっていって途中から折れないかしら)

名菜枝が心配したとおり、その入道雲の頭はある高さまで行くと横になびいて、あっという間に二人を雷雲の下に閉じこめたのである。

(そうだ、おれたちは雲の中なのだ。雲がずっと高いところで崩れると、霧は動き出すに違いない)

華村敏夫が、そう思って、ずっと高いところの風の音を聞こうとして耳を澄ませたときに、突然彼の右手の方から、黒い手がぬっと延びて彼の足を掴《つか》もうとした。それと同時に彼は遠くで、巨大な鳥が羽搏《はばた》く音を聞いた。

華村敏夫は足を止めた。

「風だわ、風が出たわ」

と彼の後ろの絢子が言った。風だ、風が出たと、パーティの各目が口にしているのを聞きながら、華村敏夫は、とうとう風は出たのだなと思った。そうなることがはじめからわかっていたのだ。霧が出ると同時に風が出るべきだったのが、霧と風との出方に時間差があったのだ。

大きな雨粒が顔に吹きつけた。やはり、高谷吾作が言ったように天気が悪くなったのだ。

「みんな、雨具をつけろ」

華村敏夫は予期したことが起きたのだから予期したとおりリーダーとしての号令を掛けて、そして回れ右をすればよいのだと思った。

霧の中で、それぞれ雨具を着ていた。二分か三分の間だったが、彼らが雨具をつけ終わったころには本格的な風雨になった。霧は相変わらず深かった。

「おい、回れ右だ。大障子避難小屋へバックしよう」

華村敏夫はできるだけ大きな声で言った。

「ここまで来てしまうとオジカ沢《さわ》ノ頭《かしら》の避難小屋の方が近いんじゃあないかしら」

絢子が言った。

彼女が言うとおり、大障子避難小屋からここまで歩いた一時間三十分という経過時間から判断すると、彼らの位置は大障子ノ頭（一八〇〇メートル）とオジカ沢ノ頭（一八七八メートル）との中間の小障子ノ頭（一六九〇メートル）を通過したあたりにいた。そうだとすれば時間的には、オジカ沢ノ頭へ行った方がはやいことになる。絢子は、ゆうべ、土樽山荘で、男たちが地図を開いて、今日のコースを検討していたときにそばにいたのである。

「だが、オジカ沢ノ頭へ行くとすれば登りになるし、それに知らない道だ」

華村敏夫は無理をしたくなかった。いままで歩いて来た道なら引き返すのは楽だし、大障子ノ頭と万太郎山の鞍部《あんぶ》にある避難小屋の所在を見逃すこともあるまいと思った。

「知らない道ですって? だって、いままで歩いて来た道は全部知らない道だったでしょう。それに風だって――」

絢子にそう言われると、風雨にはなったけれど、暴風雨になるという兆候はどこにもまだ見えてはいなかった。

「私はどっちだっていいわ。はやく小屋について熱い紅茶が飲みたいだけよ」

雅子が言った。

華村敏夫は雅子の顔を見ながら、このひとはほんとうに疲れているのではなく、甘ったれているのだなと思った。それなら、これからややきつい登りになるけれど、オジカ沢ノ頭まで歩かせてもいいと思った。

「おい、どうする。進むか退《ひ》くか」

華村敏夫は一応、男たち二人の意見を訊いた。

「常識的には引き返すべきだな」

和泉四郎はぽつりと言った。

「時間的には進むべきだな」

大熊菊男がめずらしく口を利《き》いた。

このように意見が割れたら、あとはリーダーの判断によって決めるしかなかった。

「華村さん、こんなところで立っていないで、時間がもったいないわ」

絢子の声で華村敏夫の気持ちは決まった。

「今夜はオジカ沢ノ避難小屋泊まりだ」

五人は一列になって歩き出した。風が強くなって霧が動き出すと、霧の中に濃淡ができ、それが動くと、なにかしら、あやしいものの手が、たえず自分の足を狙って来るように見えるのである。華村敏夫は、彼の頭の芯《しん》の中のけだるさを思った。ゆうべ眠れなかったのと、途中で雅子の荷物を背負わされたから疲れていた。霧の中の手のことなどすべてその疲労から来るものだと思った。

風は南寄りだった。道は東に向かっているから、右側面から風を受けることになる。風雨は彼らが前進を決定してから、次第に強くなっていった。右側面からの強風に負けて吹き飛ばされたらたいへんなことになるので、そうされまいと、できるだけ背を低くして、風に耐えながら歩いていた。雨粒は雨具の上から容赦なく身体をたたいた。風速十五メートルと華村敏夫は推測した。

風が強くなると彼らは寒さを覚えた。風速一メートルに対して、体感温度は約一度低下する。風速十五メートルならば十五度気温が低下したと同様に考えていい。彼らが歩いている上越国境の高さを大ざっぱに二千メートルとすると、千メートルについて約六度気温が低くなるから、この日の東京が二十七度だとすれば、その稜線では十二度低くて十五度、それから、風によって引き下げられる十五度を差し引くと、その稜線は零度ということになる。

零度という温度が、二分や三分続いたとて、たいしたことはないが、十分、二十分、三十分と続くと、寒さは骨身にこたえて来る。

華村敏夫は、パーティを止めて、彼らが持って来た衣類を雨具の下に全部着こむように言った。そうしろと叫ぶ、彼の声も風に吹きちぎられて飛んだ。一行五人は稜線の一カ所にかたまり合った。

## 絢子の滑落

オジカ沢ノ頭の避難所がすぐ近くにあるということだけが五人の頭の中にあった。寒くても、苦しくても、そこまで頑張れば助かる、もうすぐそこがオジカ沢ノ頭の避難所だ、もうひといき、もうひといきと、見通しのきかない霧の中に希望をつないで歩いていた。

風が二十メートルを越すと、もう歩けなかった。彼らは這《は》った。軍手をはめている手が雨にうたれて感覚を失った。

風が連続して二十メートル以上吹いていたら、彼らは非常に危険な場に立たされるわけだったが、風は強くなったり弱くなったりした。風速十メートルぐらいの風がしばらく続いていて、突然二十メートルほどの風速になることがあった。二十メートルの強風はそれほど長くは続かなかった。強い風ほど息をついた。突風性の強風だった。

有部雅子は泣きながら歩いていた。こんなひどい目に会わせるなんて、私をこんなひどい目に……彼女はそう言いながら歩いているのだが、それは言葉にならず、涙も涙にはならなかった。泣いた顔も、雨に打たれてゆがんだ顔も同じように見えた。

雅子は、この山行に彼女を誘った友人たちを恨《うら》んだ。あの人たちに誘われたからこんなひどい目に会ったのだと、憎悪を一人一人にむけながら歩いていた。

突風性の強風がパーティを襲ったので、一行は、地面に身体を伏せた。突風が来ると、伏せている身体がふわっと浮きそうになる。背負っているルックザックがむしり取られそうだった。雅子は泣くどころではなかった。必死になって、足下の岩にかじりついていた。

突風が去っても、パーティは動かなかった。リーダーの華村敏夫は、ルックザックをおろして、その中から赤いザイルを出した。夏山の縦走コースだから、ザイルの必要はないだろうと思っていたが、念のために用意して来たものだった。彼は手早くザイルを延ばして、他の隊員たちに持たせると、今度は安全ベルトを出して、それを雅子の腰につけさせた。安全ベルトには鉄環《カラビナ》がすでに取りついていた。鉄環のバネを押して赤いザイルを通すと、雅子は完全にザイルに結びつけられたことになった。

その次に華村敏夫は、ルックザックから補助ザイルを出して、多旗絢子の腰に巻いてやろうとした。華村敏夫は、雅子にしてやったように、絢子の足下に膝《ひざ》をついた。

「いいのよ、私は、そんなものをつけなくても」

絢子は補助ザイルをつけることを拒否した。風に吹き飛ばされてその声は聞き取れなかったが、それを押しのけようとする彼女の手の動きが彼女の気持ちを代弁していた。

「つけたほうがいいのです。補助ザイルにカラビナをつけて、それに赤いザイルをつけると、雅子さんと同じように安全になるのです」

その理屈は絢子の耳に入らなかった。絢子は、その、かなり古くさいザイルの切れ端に向かって首をはげしく振った。絢子は、華村敏夫が、真新しい安全ベルトを雅子につけてやって、自分には、古ぼけたザイルの端をつけようとする態度を怒っていた。自分をさし置いて雅子に好意を示したことを怒っていたのである。

絢子が補助ザイルを拒否したので、四番目の大熊菊男がそれを腰にしめ、赤いザイルとカラビナで結ばれた。トップの華村敏夫と、ラストの和泉四郎とは、それぞれ赤いザイルの端を自分自身の腰に巻きつけた。こうなると、一人だけアンザイレン（同一ザイルにつながれること）していない、絢子の存在だけがおかしくなった。

華村敏夫は、もう一度絢子に補助ザイルを腰につけて、ザイルパーティに加わるようにすすめた。だが、一度ザイルを拒絶した絢子はそうすることを許さなかった。

風雨が激しいので、理屈の言い合いをしている余裕はなかったし、雅子や、他の男たちが、絢子のところに来て、そんなわがままを言うものではありません、と言えるような状態ではなかった。各自が各自の身を守ることがせいいっぱいであった。

ザイルにつながれた一行は動き出した。突風性の強風が来れば伏し、どうにか歩けるような状態になるとまた歩き出した。

雅子は、カッコのいい幅の広い安全ベルトで、ぎゅうと腰をしめつけられてご機嫌だった。

安全ベルトについている、鉄環に通されている赤いザイルを見ていると、もしいま自分が風に吹き飛ばされても、そのザイルにつながれている、男性三人ががっちり自分を支えてくれるから大丈夫だと思った。安心感が彼女の歩き方を整えさせた。もう泣かなかった。

雅子は、オジカ沢ノ頭の避難所を彼女の頭の中で立派な小屋に仕立て上げていた。ストーブには薪《まき》が音を立てて燃えていて、その上には大きな薬缶《やかん》が置いてある。まだ夜にはならないのに、外が霧で暗いからランプがついていて、小屋の主人が、そのランプの下で夕食の支度《したく》をしている。そんな風景が繰り返し繰り返し彼女の頭に浮かんだ。

雅子はオジカ沢ノ頭の避難所が無人か有人かも知らないのである。

案内書によると、オジカ沢ノ頭の避難小屋については、次のように説明がある。

(谷川岳上越国境稜線オジカ沢ノ頭にある。収容人員十人、無人小屋、宿泊無料、所有者土合《どあい》山の家中島喜代志《なかじまきよし》)

その避難所のあるオジカ沢ノ頭は一八七八メートルあって、別名万太郎富士とも呼ばれている。いま、五名のパーティはオジカ沢ノ頭から発する尾根の登りに取りついたところだった。

風が強くなった。それまでは突風性の強風だったが、そこまでくると、風は連続した強風となった。右側面に流れの強圧を受けながら激流を渡るときの気持ちと同じだった。だが考え方によれば、突風性の風より、連続性の風の方が始末がよかった。その流れの強さに等しい力で抵抗しながらゆっくりその場を通り過ぎればよかった。

五人は、半ば這うような格好をして、その連続強風地帯を通り抜けようとした。

絢子は、赤いザイルを右手に持ちながら、這い進んで行った。強情を張らずに腰に補助ザイルを結んで、カラビナに赤いザイルを通してさえいたら、ザイルには気を取られずに、自分の身のことだけを考えながら進むことができたのに、そうしてなかったことがこういう場になると、彼女を不安定にした。彼女は強風地帯に入ると、やはり、赤いザイルに手が伸びた。それにたよろうとした。彼女の気持ちと行動とは別だった。

右手にザイルを握りながら這うようにして進んで行く彼女は、全身の力で、風を支えた。負けるものか、負けてなるものか、この風に負けたら、あの華村敏夫に負けることになる。私より先に雅子に安全ベルトをつけてやったあの非礼な男に負けることになる。そう思いながら彼女は全身で風をこらえた。

何十キログラム、何百キログラムの重さに耐えながら、じりじりと進んでいる気持ちだった。風が強いので、風に口をふさがれて呼吸ができなかった。気が遠くなりそうだった。もうダメだ、吹き飛ばされるかもしれないと思った。その頂点で風はぴたりとやんだ。

絢子は全身の力を右側の空間にかけていた。その乳白色の気体の壁と力くらべをしていたのだ。その壁が忽然《こつぜん》と消え失《う》せたので、絢子は自分自身の力で、右側に飛んだ。身を投げ出した格好であり、風に逆手《さかて》を取られて、霧の中に引きずりこまれた形でもあった。

彼女は叫び声と共に握っていたザイルを放した。そのザイルに足がからまった。ザイルに足をさらわれて、彼女の身体は大きく右に傾いた。頭の芯が空中で一回転した。彼女の悲鳴が霧の壁を破った。

彼女の身体は稜線の右側（南側）の笹藪《ささやぶ》の中に滑りこんで行った。

雨で笹の葉は濡れていた。急斜面は、絶好の滑り台であった。絢子の身体はすぐ見えなくなった。

華村は、驚きのあまり色を失った三人を強引に引っ張って、さらに二十メートルほど進んだ。そこまで来ると風はいくらかおだやかになった。彼はそこにみんなを集めて言った。

「おれはこれから、絢子さんを探しに行く。和泉君もいっしょに行ってもらいたい。大熊君は雅子さんを連れてオジカ沢ノ頭の避難所へ行ってくれ」

華村の処置は明快だった。男たちは、その決定に一言も口をさしはさまなかった。華村は登山ナイフで、赤いザイルを二つに切った。大熊と雅子がザイルで結ばれ、華村と和泉がアンザイレンした。

「さあ行くんだ」

華村は大熊と雅子に言った。雅子は慄《ふる》えつづけていた。寒いのではなく、いま目の前に見たことで気が転倒したのだ。

「さあ行くんだ、しっかり」

華村は雅子に言うと、それからは大熊と雅子の方には目を向けず、和泉四郎を先にして、いま絢子が落ちたばかりのところへ引き返して行った。

「降りる前に荷物をしっかりまとめよう」

と華村が言った。笹の上は滑るから、ここでもう一度身ごしらえをする必要があった。

華村は、そのときになって雅子のルックザックを彼が持っていることに気がついた。彼はそのルックザックをおろすと、稜線の上に置き、その上に石を置いて、風に吹きとばされないようにした。非常の場合ルックザックの一つや二つ問題ではなかった。ここから危険な場へおりるには身軽にする必要があった。もう一つ、もし万が一、絢子の救出ができなかった場合——救助隊に滑落場所を知らせるよい目標だった。強風はザックの上の石を動かそうとした。

華村はザイルを持って来たのにピッケルを持ってこなかったことを後悔した。このような場合ピッケルは絶対に必要だった。ピッケルなしで、この急斜面を降りられるとは考えられなかった。手ごろの棒を探したが棒はなかった。こうなると、和泉が持って来たピッケルだけがたよりだった。

和泉は、彼のピッケルの価値を十分知っているようだった。和泉は、ピッケルで、足場を探り、笹藪をかきわけながら降りて行った。華村は、稜線で、ザイルを肩がらみにして、もし和泉が足を滑らせたら、いつでも支え止められるような確保の姿勢に入っていた。暴風雨のことは気にならなかった。絢子のことで頭はいっぱいだった。

それまでずるずると延びていたザイルの延びが止まった。下から声がしたようだったが、風に吹きとばされてよく聞こえなかった。ザイルが引っ張られた。和泉四郎が、降りて来いという合図をしたのだ。華村敏夫は笹藪の中へ降りて行った。足はほとんどたよりにならなかった。両手で笹を引きつかんで、降りて行く姿勢は危険そのものであった。

和泉四郎はピッケルにザイルを巻きつけて、華村の来るのを待っていた。二人はそこで一呼吸すると、また離れた。時間がかかる下降だった。ピッケルとザイルがあっても、一人が勢いよく滑り出したら止めようがないところであった。

二人はときどき声を合わせて絢子の名を呼んだ。風が二人の声を上の方へさらって行った。絢子がいるのはずっと下だから、そのへんで呼んでも聞こえるはずはなかった。

「降りられるだけ降りてみよう」

二人は申し合わせた。笹藪の滑り台に乗った絢子が、傾斜の急なそのへんで止まることは考えられなかった。止まるとすれば、ずっと下の笹藪地帯からダケカンバ地帯に入ったあたりだと思われた。運悪く樹木がなければ、笹藪の滑り台に乗ったまま赤谷川《あかやがわ》の上流の断崖に落ちこんでしまうことになる。そうなった場合、生存の可能性は少なかった。

二人はやがて、ダケカンバをところどころに見かけるようになった。傾斜は相変わらず急だが、斜面のところどころに凹凸《おうとつ》があった。

「この木があることがかえって心配だな」

華村が言った。和泉は華村がなにを言おうとしているかを了解した。笹の滑り台を勢いよく滑りおりて来た絢子が、木に衝突した場合のことを言っているのだった。

「とにかく、いるとすればこのあたりだ」

二人は、絢子が滑りこんだところから、まっすぐに降りて来たのだから、絢子のいるところと、そう離れているはずはなかった。

和泉がチョコレートの包みを発見したのはそれからすぐだった。おそらく絢子のルックザックから飛び出したものであろう。さらに二十メートルほど下ると、傾斜面に盛り上がりが見えた。そこはぎっしり笹が生えていた。

絢子はその笹藪の瘤《こぶ》の下にいた。その瘤に乗ってはね上げられて、落ちたところで止まったのである。そこに一坪か二坪ほどの急斜面をけずり取ったような窪地があって、そのそばに、くの字に曲がったダケカンバの木があった。

絢子は降りて行った二人を放心したような眼で見つめていたが、突然声を上げて泣き出した。

「絢子さん、怪我《けが》は」

華村は、不規則に投げ出している彼女の左足を見て言った。絢子はただ激しくむせび泣いていた。

華村と和泉は顔を見合わせた。まずなにをなすべきかと眼で相談した。絢子が怪我をしていることは確かであった。どこか安全なところに収容したかった。だが、いくら知恵をしぼっても、そういうところはなかった。下手《へた》に動いて、滑り出したら、こんどこそあの世へ行くことは間違いなかった。

相変わらずの暴風雨の中で見通しはきかなかったが、下から吹き上げて来る風の咆哮《ほうこう》から察すると、彼らのいるすぐ下が絶壁になっているような気がしてならなかった。

「なんとかしてちょうだい」

絢子が言った。なんともできない暴風雨の中であった。

凍 死

絢子は身体に打撲傷を負っていた。左足に怪我をしたように見えたが、それも骨折ではなく単なる打撲傷らしかった。笹の滑り台を勢いよく滑り降りて来て、ダケカンバの木に引っかかって放り出されたとき、彼女の上着が木の枝に引っかかって破れて、雨具もろとも片袖《かたそで》が引き裂かれていた。その左腕の切り傷の血はもう乾いていた。そのように痛めつけられたのにもかかわらず、彼女がルックザックを失わずに背負っていたのは奇跡としか考えられなかった。

「立てますか」

華村は絢子に訊いた。彼女は自信のない頷《うなず》きかたをしたが、立とうとする気があったので、華村と和泉が両側から介添《かいぞ》えした。絢子は立った。介添えされたまま、二、三歩は歩いたが、それ以上は歩けなかった。全身に受けた打撲傷が痛むのだ。

時間は四時を過ぎたところだった。暴風雨はいよいよ激しくなっていた。

傷ついた絢子を物陰に入れてやりたかった。そのまま風雨にさらされていることは危険であった。男たちはその付近を探してみた。洞窟《どうくつ》でもあればいいが、それがなくても、せめて風雨をまともに受けないところがあればと探したのだが、その南向きの斜面には、それらしいものはなかった。はっきりわかったことは、すぐ下に絶壁があることだった。

「せめてあのツェルトザック（簡易テント）でもあれば」

華村が言った。そのツェルトザックは、大熊菊男のルックザックに入っていた。

「せめて鉈《なた》でもあれば、木の枝を切って来て、風雨よけにできたものを」

と和泉が言った。その鉈も大熊のルックザックに入っていた。

なにもかも、どうしてこう食い違ってしまったのかと華村は嘆いたけれど、いまさらどうすることもできなかった。

華村のルックザックの中には、一食分の食糧と水筒、飯盒《はんごう》、山日記、地図、それに一缶《ひとかん》の燃料が入っており、和泉のルックザックには、米と調味料とタマネギとインスタントラーメンの袋が、入っていた。

「携帯用石油コンロは？」

和泉が言ったとき、華村の顔に混乱が起きた。携帯用石油コンロと燃料は華村が持っていたのだが、途中で、有部雅子のルックザックを華村が引き受けたとき、その携帯用石油コンロが大きすぎて邪魔になるから大熊のルックザックに移してしまったのだ。大熊のルックザックには、そのほかに缶詰めの類《たぐい》が入っていた。絢子のルックザックは、主として、彼女の下着類や身の回り品が入っていた。

「おれたちはここにいることは危険だ」

と華村が言った。テントはなし、燃料があっても、石油コンロがないというような状態で、しかも暴風雨を真正面に受けての野宿は無謀というほかはなかった。

「どこか行く当てがあるのですか」

和泉は顔を流れる雨の雫《しずく》をふり落としながら言った。

「この地図を見たまえ、おれたちは赤谷川源流のこのあたりにいる。ここをもう少し東に回りこめば、川棚《かわたな》ノ頭《かしら》から派生するこの尾根のかげに回りこむことができるだろう。そうすれば、南風をまともに受けないですむし、ここまで行けば、なにか適当な隠れ場所があるかもしれない」

あるかもしれないというのは期待であって、ないかもしれなかった。だが、どこへ行ったにしても、このような吹きさらしの場所よりはましだと考えられた。地図は眼の前でびしょびしょに濡れた。

華村はザイルを背負い紐《ひも》にして絢子を背負った。和泉は三つのルックザックを一つにして背負って、先に立った。

それは、常に危険にさらされた移動であった。一歩足を踏み誤ると、笹の葉の滑り台に乗る危険性があった。

華村は心の中で祈っていた。日が暮れるまでに、三人が一夜を明かすことのできる場所が見つかるように……。そうでなければ、この三人の中から犠牲者を出すことになるかもしれない。あたりは暗くなっていた。暴風雨の夜はすぐそこまで来ているのだ。

背中の絢子は苦痛をうったえつづけていた。そのたびに華村は立ち止まって、彼女の苦情を聞いてやらねばならなかった。彼女も痛いかもしれないが、華村の背中の荷物は眼がくらむように重かった。その夜のねぐらが見つからないうちに、彼女を背負ったままぶっ倒れるかもしれないと思った。

「交替しましょうか」

と和泉が言ってくれなかったら、華村はほんとうに倒れるところだった。

和泉が絢子を背負って二十分も歩いたところに、不満足ながらその夜のねぐらが見つかった。岩があったのである。その岩の北側に、人一人だけがどうやら入れるぐらいの、穴があった。穴というよりも、凹《くぼ》みであった。そこならば、直接南風を受けないですみそうであった。

和泉は絢子をそこにおろした。

絢子はその穴に入ったが、男たち二人は番犬のように穴の外で眠らねばならなかった。それでも、ここのほうが、南の強風を直接受けないですむから楽だった。

三人の身体は冷え切っていた。なにか暖かいものを飲みたかったが、石油コンロなしではどうしようもなかった。

石油を布にしめしてそれに火をつけて暖《だん》を取るという方法があるにはあったが、風が強くて、それもできなかった。三人はそれぞれ持ち合わせの食べ物を出した。

華村はそう多くは食べなかった。過度の疲労で食欲が出なかったのである。彼はその日が暮れるまでに、彼が出し得るかぎりの力を出してしまったようであった。

「これからがほんとうの意味での戦いになる。負けたら死なねばならぬ」

華村は和泉の顔を見て言った。

和泉四郎は四郎と名がついているけれど、それは父の武四郎の四郎を取った名前であり、彼自身は一人息子であった。一人息子に共通したのんびりしたところとわがままなところが彼にはあった。彼のあだなは坊っちゃんであった。その名にふさわしい端麗な顔をしていた。有名大学を出て、一応エリート社員として会社に迎えられたのに、彼は出世のエスカレーターの傍《かたわら》でそれに乗って行く友人を見物して行くような男だった。すでに二十七歳であった。そろそろ係長の席を狙いたいところだが、彼にはそんな野望は全く見えなかった。彼に対しては大物型だという見方と、やはり坊っちゃんでしかないという批評とが半ばしていた。その彼も山に来ると、人間が変わったようによく動いた。山が彼の性分に合ったのであろう。

「いざとなったらやるべきことをちゃんとやりますよ」

和泉はぽつんと一言、言った。その日の最後の光が、彼の眼に輝いていた。

絢子は食べるとすぐ眠りについたが、華村と和泉はルックザックの中に足を突っ込んで、その口を結び、互いに身を寄せ合って眠ろうとしたが、寒くてすぐには眠りにつけなかった。まともに暴風雨にたたかれることはなかったが、風雨に打たれることにはかわりがなかった。風と雨は、雨具の上から彼らの体温を遠慮会釈《えんりょえしゃく》なく奪い取っていった。

(まるで、氷をとかした水の中につけられたようだ)

華村はそんなふうに考えていた。手と足の先からやって来る凍傷《とうしょう》の前兆のあの疼《うず》くような痛さが、彼の身体のいたるところに感じられた。

「こういう晩に眠ったら死ぬだろうな」

と華村がひとりごとのように言った。

「ぼくもそんなことを考えていたところです」

「寝ないで歌を歌おうか」

「歌をですか」

そういう和泉の口もなんとなく重かった。

二人はときどき、身体をぶっつけ合いながら、寒さに耐えていた。雨具が完全であっても、長い時間の間には首から雨が入りこみ、それに自分自身の汗が加わって、着衣はすっかり濡れていた。彼らの体温を維持するものは、彼らの体内で燃焼する生命の火だったが、その火も消えそうに寒かった。

「君には妹がいるかね」

和泉の耳元で華村が言った。

「いません、ぼくはひとりっ子です」

「おれには妹が一人いる。名菜枝っていうのだ。いま叔母《おば》のところでコンパニオンをやっている」

「コンパニオン？」

和泉がその意味を聞きただそうとすると、

「うん、いいやつだよ、とても……」

華村の声はそれで途絶《とだ》えた。彼は膝を抱きかかえるようにして眠ったらしかった。眠ったら死ぬと、さっき華村の言った言葉を和泉は思い出した。華村をゆり起こそうとしたが、その和泉も睡魔に誘われた。

快く引きずりこまれていく、あの眠りではなかった。固く凍っていこうとする自分の身体から自分自身を抜き出そうとしながらも、じわじわと、氷の中に引きずりこまれていく気持ちだった。

眠った三人にバケツの水をぶっかけるように雨が降りそそぎ、強風のむちが打ちおろされた。

オジカ沢ノ頭の避難所に無事に着いた大熊菊男と有部雅子は、谷川岳肩ノ小屋から縦走して来る途中で暴風雨に会って、この小屋に逃げこんだ三人連れの一行と一夜を共にした。

大熊は絢子が突風に吹き飛ばされたことを三人連れに話した。

「気の毒だが八〇パーセントはダメじゃあないかな」

三人連れのリーダーの小林《こばやし》が言った。小林はこの付近の地形にくわしかった。絢子が落ちたところは笹藪の滑り台で、そのまま滑って行くと、自然の勢いで赤谷川上流の断崖の下に落ちこむ可能性が強い。数年前このあたりで、やはり突風に吹き飛ばされた登山者の遺体はいまだに上がらず、ルックザックが、赤谷川の下流で発見された、という話は大熊と雅子の心を寒くした。

「たとえザイルがあったとしても、あの暴風雨の中を降りて行った二人のことが心配だな」

と小林はつけ加えた。

「いったい私はどうしたらいいのでしょうか」

雅子は、すべての責任を彼女がひとりで背負いこんだような顔をした。

「どうしたらいいのかね」

小林はしばらく考えていたが、

「谷に滑り込んだ絢子さんというひとは、死んでいるか、運がよくて大怪我をしている。どっちにしても、降りて行った二人だけの力で稜線まで引っ張り上げることは困難だろう。こうしたらどうかな。あなたがたは明日の朝なるべくはやくこの小屋を出発して、谷川岳肩ノ小屋へ行って、この遭難事件を告げて救援を求める。ぼくらはできるだけいそいで万太郎山から吾策新道を土樽にくだって土樽山荘の高谷吾作さんに話すことにしよう。この遭難は一日や二日で片がつくものではないですよ」

小林の発言に対して、小林パーティの中村《なかむら》が、土合と土樽へ知らせるのはそれぞれ一人ずつでいい、あとの者は、救援活動に参加すべきだという意見を出した。

「長いザイルが必要だし、場合によれば、救出用のワイヤロープやウインチも必要になる。ザイルも持っていないぼくらが、どうしてあの谷へおりることができるのだ」

小林に言われて中村は黙った。

オジカ沢ノ頭の避難所は九時になると静かになった。火の気のない避難所では、食べて寝るだけしか用はなかった。大熊と雅子は夜半何度か眼を覚ました。小屋の中にいてもこんなに寒いのだから、風雨に打たれている人たちはどんなだろうと思った。

翌朝、明るくなりかけたころには、小屋に泊まった五人はみんな眼を覚ましていた。霙《みぞれ》が降るほどの寒さだったからである。

「これはひどい天気だ。ちょっと動きようがないな」

小林は霙の降る空模様を見て言った。霙は一時的なもので、そのあとが雨になり、そしてきのうよりも濃い霧に包まれた。風が北に変わったからまもなく天気は回復すると思われた。

「こういうときに慌《あわ》ててはいけない」

小林は、小屋を出ようとする大熊を引きとめた。大熊は大丈夫だとして、同じザイルにつながれている雅子の格好がなんとしても、あぶなく思われたからであった。

十時過ぎたころに、二つのパーティは東と西に別れた。

# コケシの泣き顔

華村名菜枝はシャワーを浴びて、二階に上がると電気を消したままで窓を開けた。

「もうそろそろ九月になるというのに」

名菜枝はむし暑い夜に不満を述べた。大気は死んだように動かなかった。

「とてもこのままじゃ眠れないわ」

彼女はルームクーラーのところまで歩み寄ったが、伸ばした手を引っこめた。ルームクーラーの取り付けてある北側の窓と数メートルへだてて向かい合っている部屋で、受験勉強をしている隣家の息子のことを思って、たじろいだのである。隣家から、クーラーの音がやかましくて勉強ができない、と苦情を言って来たのはついこの間のことであった。

彼女は南側の窓のところに立った。網戸を一枚開けたままにして置けば、風があるにしろ、ないにしろ、庭の冷気が彼女の部屋へ入りこんで来ることは間違いなかった。明け方近くなれば寒いほどになる。

「でも兄さんがいないから……」

彼女は窓から顔を出した。隣室の兄の部屋の窓の外には手摺《てすり》のある濡れ縁がついていた。その濡れ縁の東の端のあたりに柿《かき》の木があった。柿の木をよじ登って来て、濡れ縁の手摺に手を伸ばすと、とどきそうであった。この家に泥棒が入るとすれば、まず、おれの部屋だなと、いつか兄の敏夫が言ったことがあった。

濡れ縁は兄の部屋だけについていた。兄の部屋に泥棒が入れば、当然、その隣室にいる彼女の部屋もねらわれるおそれがある。階下の松野《まつの》夫婦は当てにはならない。名菜枝は、隣室の兄の部屋へ行って、戸締まりを確かめてから、自分の部屋へ引き返して寝る支度をした。

兄が山に出かけてから今日で幾日目かしら、彼女は日数を数えた。三日目である。予定どおりならば、今夜遅くなって帰るのだが。

「でも、もう十一時を三十分も過ぎている」

山へ行って予定どおり帰って来ることよりも、一日か二日延びる場合の方が多い。彼女はベッドに入るとネグリジェの上に薄いタオルケットを掛けた。

隣家の受験生の部屋から洩《も》れて来る光が、彼女の机の上に置いてあるコケシに当たっている。

「あら、あのコケシ泣いているようだわ」

そのコケシは兄の敏夫が東北の山行の帰りに土産《みやげ》に買って来てくれたものである。どちらかというと、いくらか眼尻《めじり》を下げたおとなしい表情をしたそのコケシの顔に淡い光が斜めに当たると、なんとなく泣き顔に見えてくる。本来の笑いが泣き顔に変わるのは光線の加減だけだろうかと、彼女は頭の位置を動かしてみた。コケシはやはり泣いていた。

名菜枝はびくっとした。

「なにか兄さんに……」

そう思うと同時に彼女はベッドの上に起き上がっていた。

(谷川岳といっても、岩登りをするのではない。一般コースをただ歩くだけだ。それに女連れだからけっして無理はできない)

出発する前に敏夫の言った言葉を思い出しながら、彼女はいままで何回となく山へ出かけて行った兄に対して、今夜のような気持ちになったことがあるだろうかと考えてみた。なかった。敏夫が冬山へ行って二日も遅れて帰って来たときも、あら、もう帰ったのと言って、

(お前は、おれが山へ行っても心配しないのか)

と敏夫にたしなめられたことがあった。

(私は兄さんを信じているわ。兄さんのように臆病な男は絶対に遭難はしないってね)

敏夫が、こいつめと言って、名菜枝を追い回したのは今年の二月のことである。

「なのに、なぜ今度にかぎって兄のことが……」

そうだ、あの眼尻の下がったコケシがいけないのだわ、兄は、あのコケシは鳴子《なるご》の名工武《たけ》蔵《ぞう》の作だと言ってくれたけれど、私は泣き虫は嫌い。彼女はベッドから、おりようとした。

コケシの置き場所をかえるつもりだった。

　階下の電話のベルが鳴った。名菜枝の胸に突きささるように鳴った。名菜枝はスリッパも履かずに階段をおりていった。階段の上についている電灯が、彼女の影を彼女の行く方向に長く延ばした。

「華村でございます」

　彼女は受話器を取って言った。

「ちょっとお待ちください」

　そういう女の声がして、すぐ男にかわった。

「ぼくは華村君と同じ山岳会の高田《たかだ》ですが、あなたは……」

「妹です。兄になにか……」

「ああ妹さんですか。実はきのう、華村パーティ五人が大障子の避難小屋から谷川岳肩ノ小屋へ向かう途中、パーティの一人が誤って、赤谷川の上流の谷へ落ちたのです。華村君はその人を助けに、その谷へ降りて行きました。

　深い谷ですから、落ちた人を救助するのは、容易なことではないと思います。救助隊は今日出発しましたから明日は現場へ到着するものと思われます」

　高田は淡々としゃべった。義務的すぎるほど冷たい感じだった。

「兄は遭難したのではないのですね、遭難した人を助けに行ったのですね」

「そうです。落ちたのは多旗絢子さん、助けに行ったのは華村敏夫君と和泉四郎君です。おそらく明日、救助隊といっしょに山麓へおりるでしょう。そのように土合の方から連絡がありましたから一応お知らせいたします。なお念のために山岳会からも、若手を五人ばかり現地にやることにしました」

高田はそれだけ言うと、電話を切ろうとした。名菜枝は、彼の電話番号と土合ヒュッテの電話番号を聞いた。

「坊っちゃまに何かあったのですか」

いつの間にか起きて来て、傍《そば》に立っていた松野けさが言った。松野文蔵《ぶんぞう》とけさの夫婦は、名菜枝たちの両親が健在だったころからこの家にいた。その当時から二人は敏夫のことを坊っちゃま、名菜枝のことを、お嬢さまと言っていた。

両親が、相ついで死んでからあとも、いくら、坊っちゃま、お嬢さまの呼称をやめるように言っても直さなかった。けさは華村家の留守番兼お手伝い、松野文蔵は生前父が関係していた会社の守衛として、通勤していた。そろそろ六十に近い年齢だった。

「兄さんのパーティに遭難があったから、帰りが遅れるんですって」

「坊っちゃまが山で遭難されたんですか」

「違うわ。兄の友だちが遭難したから兄が助けに行ったのよ」

そう言ってから、名菜枝は、遭難した多旗絢子は初めて聞く名前だなと思った。

兄妹は仲がよかった。たいがいのことは話し合っていた。友人が華村家へ来る場合、兄妹で迎えることが多かった。多旗絢子は華村家へ来たこともないし、その名を兄から聞いたこともなかった。山岳会の会員の一人だというだけならば、名菜枝が知らないでもいいのだが、なぜか名菜枝は、その多旗絢子という名にこだわった。

部屋に帰ったが、名菜枝は眠りつけなかった。兄が遭難したのではないのに、なにか兄が遭難したように思えてならなかった。

コケシは棚の上に置きかえたが、いままでコケシが置いてあった机の上に、なにもないとなるとまた寂しかった。

名菜枝はコケシを兄の机の上にもどすことにした。兄の机の上はきちんと整理してあった。いつもはなにやかと山のように積み上げておく兄が今度の山行に当たって、机の上をちゃんとして出かけて行ったのも気になることだった。すっかり取りかたづけられた机の上の中央にアルバムが置いてあった。それは山の写真だけを集めたものだった。

(なにかあったらどうぞ)

と兄が言っているような置き方だった。

名菜枝は厚い表紙をめくった。兄がこの春丹沢《たんざわ》に行ったときの写真があった。岩を背にして数人の男女がいた。その中心に兄がひどく真面目くさった顔でいた。他の人が全部笑っているのに兄だけは笑っていなかった。眉《まゆ》が太く、全体的に彫りの深い兄の顔は父に似ていた。

肩幅の広い頑丈な体格も父に似ていた。その兄の写真を見つめていると、名菜枝の心の中の不安は次第に薄らいでいった。

(兄に限って絶対に間違いはない)

彼女はアルバムを閉じて電灯を消した。

明け方になって名菜枝は眠った。二時間か、三時間ばかり眠ったら、けさに起こされた。

「よくお休みになっていらっしゃいましたから、一時間ほど待ちました」

けさはそう言った。九時を過ぎていた。

名菜枝は起きるとすぐ階下へおりて行って、土合ヒュッテへ電話をかけた。何回かけても話し中で通じなかった。昨夜電話をかけてくれた高田のところへ電話をすると、高田の母が出て、

「進一郎《しんいちろう》は今朝の列車で土合へ出かけました。遭難については、その後新しい情報は入ってはおりません」

と切り口上の返事をした。まるで、叱られているみたいだと名菜枝は思った。

名菜枝は電話機の前でしばらく立っていた。兄は遭難したのではない。遭難者を助けに行ったのだ。それなのに、なぜこのように不安なのだろうか。

「お嬢さま、ご飯を召し上がらないと」

「いいの、ほっておいて」

名菜枝は兄のために、なにかしてやらねばならないと思った。居ても立ってもいられないという気持ちはこういうものだろうと思った。

名菜枝は思い切って高田の家へもう一度電話をかけた。高田の職場の電話番号を訊《たず》ねた。

「山岳会のことなら、この私がうけたまわっておくことになっています」

高田の母は冷たい声で言った。

「私の兄と同行した人たちの名前が知りたいのです」

「それなら、わかっています。華村敏夫、和泉四郎、大熊菊男、多旗絢子、有部雅子の五人ですわ。お宅にも、山岳会員の名簿があると思います」

名菜枝は、二階の兄の部屋へ上がって雨戸を開けた。兄がいないのに、兄の部屋は男のにおいがこもっていた。名菜枝は兄の書棚を探した。書棚の一角に山の本ばかりきちんと揃《そろ》えてあった。その下の段に綴《と》じ込み帳が背を並べていた。山岳会関係と背に書いてある綴じ込み帳を出すと、その中に会員の住所録があった。

名菜枝は多旗絢子を探した。すぐ見つかった。多旗絢子の名前の下に赤線が二本引いてあったからである。勤務先と住所があった。高田の母が教えてくれた、和泉四郎、大熊菊男、有部雅子の名前もすぐ見つかった。その三人には赤いアンダーラインは引いてなかったし、数十人の会員のうち、アンダーラインを引いてあるのは、多旗絢子一人であった。

「多旗絢子……」

名菜枝は口の中でつぶやいてみた。なぜ兄は多旗絢子のところにアンダーラインを引いたのだろうか。リーダーとして出発する前に、名簿を開いて、彼女の名前を調べたのだろうか。和泉四郎、大熊菊男の名前は、すでに兄から何度か聞いていた。有部雅子の名もたしか聞いたような気がするが、多旗絢子の名は聞いたことはない。

もしかすると、兄の敏夫にとって多旗絢子は未知の人だったのかもしれない。知らない人と山へ行くのだから気をつけないといけないというつもりでその名の下に赤線を引いたとも考えられる。それとも会員のだれかに多旗絢子と同行するんだったら用心しろよ、と言われたから、なんの気なしに、その名の下にアンダーラインを引いたのだろうか。

(とにかく、多旗絢子という女《ひと》は兄にとってなにかしら異例な存在であったに違いない。その多旗絢子が谷に落ちこんだ……)

彼女にはその先のことが不安だった。大体その谷がどんな谷だか知りたかった。

十時を過ぎてやっと土合ヒュッテと電話が通じた。相手は男の声だった。名菜枝が華村敏夫の妹だということを話すと、すぐ相手は、ご心配でしょう、だが今朝早く、谷川岳肩ノ小屋を救助隊が出発しましたから、と言った。言葉の様子で土合ヒュッテに手伝いに来ている人らしかったが、山のことはかなりくわしかった。

「赤谷川上流の谷へ滑りこんだとなると、たぶんその女の人は大怪我をしているでしょう。そのあとを追って行った二人の男もかなり危険な目に会っているでしょう」

男はその場所の地形を名菜枝にわかるように説明してから、

「今ごろは救助隊は現場に到着して、固定ザイルを張って、一人ずつ谷へ下降しているところですよ。その結果は、早くて、今日の夕方、もし霧でも出て今日の夕方までにわからないとなると、捜索は明日に持ち越されますね」

男はそう言った。

「兄たちが危険な目に会っているというのはなぜでしょうか」

「それは装備が不完全という一語に尽きます。ザイル一本で怪我をした女の人を探しに赤谷川上流の谷に降りたことからして、非常に危険なことなんです」

名菜枝はどうしていいかわからなかった。気をもんでみたところで、どうしようもないことだが、このままじっとしていることはできそうもなかった。

「そうだ、土合へ行ってみよう」

彼女はそう言った。この場合、そうすることがいちばんいいことのように思われた。彼女は時刻表を手にした。上野一三時一五分発長岡行きの列車に乗れば一七時一四分に土合に着く。

名菜枝は叔母の矢川《やがわ》ふきのところに電話をかけて、ゆうべからのことを話した。

「でも、敏夫さんがまだ遭難したと決まったわけではないでしょう。敏夫さんに、でしゃばったことをしたと叱られはしないかしら」

「叱られたっていいのよ、兄が無事なら」

「名菜枝ちゃん、なにか予感でもするの？　心当たりでもあるの」

「そんなの別にないわ、でも行ってみたいのよ、どうしても」

「そう――」

それきり叔母はあとを言わなかった。名菜枝には考えこんでいる叔母の顔が見えるようだった。

「あなたが、どうしてもというなら行ってらっしゃい、お店の方はどうにでもなるから。どっちみち、はじめっから、あなたなんか当てにしてはいないんだから」

叔母は強気のところをちょっぴり見せてから、気をつけてねとつけ加えた。

名菜枝は服装のことを考えた。山に登るのではないが、登山の基地の土合へ行くのだから、それらしい姿で行きたかった。彼女はずっと前、ハイキングに行ったとき穿《は》いたスラックスを出した。押し入れの奥からルックザックを探し出してほこりを払った。そうしている間にも兄と自分との距離が遠のいていくような気がしてならなかった。

「いったい、なにを持って行ったらいいのかしら」

敏夫は酒類はあまり飲まない。どちらかというと甘党のほうだ。名菜枝は敏夫が好きなマロングラッセを買って行こうと思った。銀座へ回る時間はじゅうぶんあった。

# 山の家

土合ヒュッテは、駅のプラットホームから呼べば聞こえるほどのところにあった。名菜枝は、ヒュッテへ通ずる坂道に一歩踏みこんでから周囲を見た。緑の山がすぐ近くまで迫ってきていた。山の頂《いただき》は霧に覆《おお》われていた。

さわやかな風が山のにおいを運んできた。やはり山の中だなと名菜枝は思った。都会ではとても味わうことのできない空気のうまさだった。

名菜枝はヒュッテの戸をおして中に入った。土間の中央にストーブがあって、その周囲に椅子《いす》やテーブルが並んでいた。

名菜枝は土間を横切って、つきあたりの物売り場のあたりから奥に声をかけた。奥からはだれも出てこなくて、今入ってきたガラス戸を開けてこの家の女主人と思われる女が、白菜《はくさい》の束をさげて入ってきた。

名菜枝は来意を告げた。

「ああ、華村さんの妹さん……よく似ていらっしゃること……」

土合ヒュッテの経営者小島清《こじまきよし》の妻千代《ちよ》は、二、三度この家に泊まったことのある華村敏夫をよく知っていた。よく似ていると言われたとき名菜枝はくすぐったいような顔をした。兄は父に似ており、自分は母に似ていると思いこんでいても、赤の他人から見ると、やはり兄と自分とは似ているのだなと思った。似ていると言われたことは、これが初めてではなかった。

小島千代は、女としては立派すぎるほどの名菜枝の体格と華村敏夫に似た二重《ふたえ》まぶたの大きな眼と、鼻から口元にかけてきりっと引きしまった容貌を見ながら、気が強い女だと思った。多くの人を見てきている千代の直感であった。

「女の方お二人さんと相部屋になるけれどかまいませんか」

と千代は言った。シーズン中のヒュッテはどうしてもこのようなことになると、申しわけなさそうにつけたした。

「もう、しばらく経《た》つと、みなさんが一度に帰って来てたいへんにぎやかになります」

千代は、先に立って名菜枝を奥の部屋へ連れて行った。そして、名菜枝をなぐさめるように、

「今日は天気がよかったから、救助隊の活動も楽だったでしょうね。華村さんも六時の連絡時間までには肩ノ小屋まで来ているかもしれませんわ」

名菜枝は時計を見た。六時まであと二十分ほどあった。六時の連絡は谷川岳肩ノ小屋から

土合ヒュッテの隣りにある谷川岳警備隊本部へ来ることになっていた。

名菜枝は外に出た。その結果を、警備隊本部へ行って直接聞きたいと思った。が、名菜枝はその前まで来てなんとなく気が引けて、警備隊の前を素通りした。一本道を四人、五人とかたまって下山して来るパーティの群れを見ながら、兄の敏夫も、きっとあのように元気よく帰って来るに違いないと思った。

山の頂にかかった霧が静かにおりて来る。きっとあの霧は夜とともにこの谷一帯に入りこみ、朝までは動かないだろう。その霧の動きを見ていると名菜枝はなにか悲しい気持ちになる。霧は彼女の憂《うれ》いごとを慰《なぐさ》めようとして、おりてくるようにも見えるのである。

(私にはなにも憂うべきことはないのよ)

彼女は霧に向かってそう言いたい気持ちだった。六時の連絡が気になった。谷川岳肩ノ小屋と、警備隊本部との間のトランシーバーの通信は、今行なわれているのかもしれない。彼女の眼の前を、その電波が飛んでいるのだ。名菜枝はそこに立っていることを苦痛に感じた。彼女はその道をまっすぐ登っていって、湯檜曽川《ゆびそがわ》にかかる橋の上で、川の流れを見ていた。彼女の背後をつぎつぎと下山者が通って行った。その話し声もかき消されるように瀬の音は高かった。川から吹き上がって来る涼気が彼女の気持ちを落ちつかせていた。

(なにが起こっても取り乱してはならない)

彼女は心にそう誓った。救助に行った兄の身になにかが起こったと考えているのは、自分だけの思い過ごしだと思っていても、時間の経過とともに胸がしめつけられるように苦しくなると、彼女には兄の身になにもなかったと信ずるよりも、なにか起こったと考えるほうが当たっているように思われてくるのであった。

（しっかりするのよ、しっかりして）

彼女は自分自身に号令を掛けながら、ヒュッテへ帰って行った。ヒュッテは騒然としていた。幾組かの滞在客がほとんど同じころに帰って来たのである。彼らは、声高々とその日の岩壁登攀《とうはん》の成果について語り合っている者もいたし、縦走路について話しているものもいた。物売り場の近くに一群の人がかたまっていた。なにか話していたが、名菜枝が入って来ると、彼女の方をいっせいに見て、そして申し合わせたように、話を止《や》めて、それぞれ自分たちの席に帰って行った。

（なにかがあったのだ）

彼女は彼らのその動作を見てそう思った。

彼女は靴を片付けて、奥の部屋に入って行った。相部屋をする相手の二人の女性はもう山から帰って来ていた。名菜枝の方から挨拶《あいさつ》すると、二人の女性はひどく慌てて居ずまいを正して、挨拶を返すと逃げるように部屋を出て行った。入れちがいに、千代が来て名菜枝の前にすわった。

「お嬢さん……」

と彼女は言った。それだけであとの言葉が続かなかった。言わねばならないことがあるが言えない素振りだった。

「兄がどうかしたのですね」

名菜枝はがまんできなくなって言った。

「華村さんが……」

千代はその眼に憂いをこめて名菜枝を見つめた。

「兄がどうしたのです。ね、おばさん、兄はどうしたというのです」

だが千代は黙っていた。

(兄は死んだのだ)

泣いてはいけない、取り乱してはいけないと名菜枝は自分の心に言った。兄は死んだかもしれないと思っても、死は実感となっておしよせてはこなかった。

「救助隊は今日の午後四時過ぎに一人の遺体と二人の生存者を国境稜線に引き上げました。生存者の名前は和泉四郎さんと、多旗絢子さん。そして遺体となって収容された人の名は……」

千代はそのあとを言わなかった。

「兄が、私の兄が死んだのでしょうか。助けにおりて行った私の兄が……」

「くわしいことはなにもわかりません。救助隊は稜線で二つにわかれて、一隊は今夜はオジカ沢ノ頭の避難小屋に泊まり、一隊は大障子避難小屋に泊まって、遺体と怪我人は明日、吾策新道を通って土樽へおろすことになりました」

女主人ははっきり言った。

「土樽？　あ、トンネルの向こうの駅ですね。兄の遺体が明日そこへ。でも兄は……ねえおばさん、兄はほんとに死んだのでしょうか」

名菜枝は同じことを繰り返した。

「救助隊と共に現地へ行ったうちの主人が帰ってこなければくわしいことはわかりません。ここであれこれと想像してみてもどうにもならないことですわ。でもねえ」

千代は名菜枝を見て、言葉につまった。

名菜枝は涙を見せまいとした。私はここでは泣かない。兄がどうして死んだのかはっきりわかるまでは私は泣かない。彼女はこらえつづけていた。息がつまりそうだった。眼が回った。顔から血が退《ひ》いていくのがはっきりわかった。

「おばさん、すみませんでした」

名菜枝は言った。

名菜枝はひとりになった。食事ができたから食堂へという誘いを受けたが、彼女は立たなかった。彼女はじっとすわったままだった。

時間の経過がわからなかった。ひどくのどがかわくので、そこに置いてあるお茶を飲んだ。

相部屋ときまった二人の女がルックザックを取りに来た。他に部屋があきましたからと小さい声で言った。部屋があいたのではない、千代が気を利かせて、名菜枝をひとりにしてくれたのだと思った。

（私がひとりで泣けるように）

千代の好意が名菜枝は痛いほどうれしかった。

ガラス戸の外に、蛾《が》や昆虫が来て止まった。

山の中の虫という虫が光を求めて彼女の窓に集まってくるようだった。虫は活発に動き回った。

（あの虫たちも生きているのに）

兄は死んだのだ。

列車が通ると、大地はいくらか揺れた。トンネルに入るときより、トンネルを出る列車の音の方がうるさかった。

名菜枝は部屋の隅に積み重ねてある布団《ふとん》を敷いた。電気を消すと、外にはもう明るさはなかった。

眠ろうとしても眠れるものではなかった。兄が死んだと思いこもうとしても、そう思えなかった。おおぜいで寄ってたかって、自分をなぶり者にしているのではないかと思ってもみた。ひとりで泣きたいだけ泣けるようにという千代の配慮も、名菜枝には用がないことだった。彼女は眼を開いて闇を見つめていた。

列車が通ると、光芒《こうぼう》が乱舞した。そして静まり返ったあとに水の流れる音が聞こえた。お茶は飲みつくしていた。彼女は水がほしかった。彼女の部屋の外に池があり、そこに清《し》水《みず》が引き入れてあった。

彼女は茶碗を持って宿の外へ出た。霧は、思ったとおり山峡を閉じこめていた。なにもかも乳白色の気体の中だった。

彼女は樋《とい》から流れ落ちる水を汲《く》んだ。氷のように冷たくて重い水だった。彼女の胃の底に沈んでいくのがよくわかった。

水を飲むと心がさらに落ちついた。彼女はまた兄のことを思った。兄の遺体は大障子避難小屋にあるはずだ。救助隊員は死体と寝るのを嫌って、兄を小屋の外に放り出して置くようなことはしないだろうか。霧の国境稜線に横たわっている兄の死に顔が見えた。

名菜枝は一睡もしなかった。一夜のうちに考えられることはすべて考えた。

「取り乱してはいけない、こういうときにこそ冷静でないと、死んだ兄にすまない」

朝を迎えた彼女はまず新聞記者のぶしつけな質問に答えねばならなかった。

「あなたは二重遭難が起こるかもしれないという予感があったのでしょう」

新聞記者が訊いた。

「二重遭難ってなんですの？」

名菜枝は二重遭難という言葉さえ知らなかった。

「遭難者を救助に行った人が遭難することです。谷川岳では珍しいことではありません」

「そんな予感は全然ありませんでした。偶然ですわ。この土合にはぜひ一度こようと思っていたのです。ちょうど兄が来ているから来てみる決心がついたのです。そしてこんなことになったのです」

名菜枝は新聞記者を見事にまいた。

「虫が知らせたということですか」

「結果的にはそうですわ」

「兄さんの死はリーダーの責任上やむを得ないものだと考えますか」

「兄がどういう死に方をしたか、あなたはご存じですか。くわしい報告がないのに、勝手なことは申し上げられません」

名菜枝ははっきり言った。その新聞記者は、泣き顔ひとつ見せないで、てきぱきものを言う名菜枝に、いささか反発を感じたようだった。新聞記者は去った。

名菜枝は土合ヒュッテの千代に厚く礼を言って、九時四十五分の列車で土樽へ向かった。

土合と土樽とは、清水《しみず》トンネルの両端の駅であった。土合は群馬《ぐんま》県、トンネルを越えて土樽に出ると新潟《にいがた》県だった。

土樽山荘には今度の遭難の関係者が、遺体と怪我人が山からおりてくるのを待っていた。東京から夜行をかけて来た人たちだった。

名菜枝はそこで、高田に会った。電話では、ぶっきらぼうな男だったが、会ってみるとそれほどでもなかった。

「華村君が死ぬなんて考えられないことだ。あれほど慎重な奴がやられるなんて」

高田は名菜枝に会うと真っ先に言った。

和泉四郎の家族も、大熊菊男の家族も、有部雅子の家族もいた。多旗絢子の家族とその関係者は数人来ていた。高田が、彼らに名菜枝を紹介しようと言ったが、名菜枝は強硬にそれをことわった。

「あの人たちと挨拶しなければいけないのなら、私、次の列車で帰ってしまうわ」

高田はあえて、それ以上彼女におしつけがましいことを言わなかった。

「遺体がおろされるのは、はやくて午後の二時ごろになるだろう。ここで検死をすませて、遺体は火葬場へ運ばれる予定です」

「なぜ、火葬場へ？　山で死んだ人は山で荼毘《だび》に付すのではないのですか」

「このごろはそうしなくなったんです。どこの山でも引きおろして火葬場へ持っていくことになったのです」

高田はすまなそうな顔で言った。

「私、迎えに行くわ、兄を」

「と言いますと」

「途中まで連れていってください。私はあの人たちといっしょにいるのが耐えられないのです」

名菜枝があの人たちと言って、きびしい視線を送ったあたりに、多旗絢子の関係者が一団となってしゃべっていた。赤ら顔の太った男が大きな声で笑っていた。死者を迎える顔ではなかった。

名菜枝は土樽山荘の玄関に吊り下げてある、霧鐘《むしょう》を見ながら言った。

「彼らは死んだと思った者が生き返ったよろこびに浸るために、ここまで出て来たのだわ。きっと彼らは一行が山をおりて来たら、私の兄のことも忘れて、万歳を唱《とな》えるでしょう」

名菜枝はくるりと、土樽山荘に背を向けた。

彼女の眼には怒りだけが燃えていた。

高田は名菜枝の先に立って丘をおりた。鉄道線路を越えるとき右を見ると、トンネルの入り口のシグナルが赤になっていた。

二人は線路に沿って清水トンネルの方へしばらく歩いてから、鉄橋の下の細い道に入った。頭上を轟音《ごうおん》を立てて列車が通過して行った。道は魚野川《うおのがわ》に沿って上流へ延びていた。

線路にからむようなその道がトンネルの入り口から百メートルも離れると、急にあたりが静かになった。そこからは土樽の駅も、土樽山荘も見えなかった。

濃い青葉の茂みの中で小鳥が鳴いていた。

「この道をまっすぐ行くと蓬峠《よもぎとうげ》に出て、そこをおりると土合に出る」

高田は石ころ道をさして言った。名菜枝は豪雨のあとの出水のために、すっかり荒らされて河原のようになった道に眼をやった。ところどころにむき出しになっている白い石が痛々しく眼に映った。

「このあたり五月ごろ通るとコブシの花がいっぱい咲いていて、そのジャスミンに似たかおりが鼻をつくと、思わず足を止めてしまう」

高田が言った。ジャスミンなどという香料の名を高田が知っているのが意外だった。山男は、一見ぶっきらぼうに見えても、案外情緒感が発達しているのかもしれない。名菜枝はふとそんなことを考えた。そういえば、兄の敏夫にも、そんなところがあった。

岐路に道標が立っていた。右が吾策新道、左が蓬峠への道である。高田はそこでちょっと立ち止まって、名菜枝を見たが黙って右の道へ入って行った。

(四日前に、兄はこの道を、五人のパーティの先頭に立って入って行ったのだ。そして、その兄は、この道を遺体となって降りて来るのだ)

そう思うと、涙が出そうだった。彼女はこらえた。

吊り橋が魚野川にかかっていた。

高田が先に渡ってみせてから、名菜枝に渡るように言った。吊り橋はぎしぎしと音を立てて揺れた。こわいとは思わなかった。もしここからとび降りたらと考えると眼の下を渦を巻いて流れる川の瀬の冷たさが背筋にしみこむようだった。

川を渡ってから道はさらに細くなった。二人で並んで歩けるだけの広さはなかった。道は疎林の間を続いていた。

杉の木立ちに入ると夜のように暗くなり、そこを出て明るいところに出ると、右手の崖に、つややかに光るイワカガミの群れがあった。小鳥の眼ほどの赤い実がなっていた。葉はいくぶん色づき始めていた。名菜枝は山のことをなにも知らなかったが、その赤い実を見たとき秋を思った。

名菜枝は足を止めた。なにか人の声を聞いたような気がしたからであった。

「どうしたんです」

「人が、人の声が……」

高田はそこに立ち止まって、帽子を取って額《ひたい》の汗を腰の手拭《てぬぐ》いでぬぐった。こんどは前よりもはっきりと人の声がした。ずっと上の方からだった。人の声に混じって物音がした。

「来たようだ」

高田はあたりを見回して、もう少し先の方がいいと言った。名菜枝にはそれが、なにを意味するのかわからなかったが、高田の言うがままに従《つ》いて行った。

川の方へせり出したような台地があって、そこまで来ると道はやや広くなった。近づいて来る足音がはっきり聞こえた。

突然、黒い顎鬚《あごひげ》をたくわえた男が、茂みの中から顔を出した。名菜枝はびっくりした。その男の顔を見ると、高田が、なにか小さい声をあげて走り寄って行った。二人は軽い会釈をした。既知の間柄のようだった。髯の男が手を上げた。彼の後ろに続いている一隊が止まった。

名菜枝は、その男が土樽山荘の主人の高谷吾作だろうと思った。土樽側からの救助隊長として遭難現場へ出動したのだと思った。

髯の男は、そこで道をよけて藪の中に入った。彼に続いている男も道をよけた。三番目の大きな男は、人を背負っていた。その男は、そのまま道をまっすぐ歩いて来て名菜枝の前で止まった。

背負われている人は寝袋に入っていた。その寝袋の上に太いザイルがかけられていた。背負われている男の顔のあたりには雨具がかぶせてあった。

「おろせ」と髯の男は静かな威厳のある声で言った。背負われていた人は、幾人かの手を借りて笹の上におろされた。人という感じはしなかった。人の形をした物体だった。

名菜枝はひとことも言わなかった。おそろしいものを見る眼で、そこにおろされた物体を見つめていた。

人々は少しずつ位置をかえた。自然の成り行きのように、寝袋の中に入っている人と、その前に立っている名菜枝を取り囲む格好になっていた。

だれもひとことも言わなかった。言えば、そこになにかしら、おそるべきことが起こるような気配がした。そこには十人ほどの人がいたが、だれもいないように静かだった。

川の瀬の音だけが聞こえていた。男の肩に支えられながら女が前に出て来た。女と名菜枝の眼があった。

女の口から異様な声が発せられた。叫びに似た声だった。おさえにおさえていた声が一気に飛び出したような突然さで、女はなにか叫んだ。

「私が……私が悪かったのです……私が華村さんを殺したのです。ごめんなさい、華村さんの妹さん……私があなたの兄さんを……」

女はそう言うと、男の肩から手を離すと崩《くず》れるようにそこに倒れて、笹の上を這うようにして寝袋に近づいて行って、

「華村さん、妹さんがいらっしゃったわ、妹さんがお迎えに……」

そして、死体の顔から雨具を取ろうとした。

「おやめになって、私の兄にさわらないで」

名菜枝の唇《くちびる》から激しい言葉がとんだ。

「よごれた涙で兄の遺体をけがさないでください」

名菜枝はなぜそんな言葉が出たのか自分ではよくわからなかった。ほとんどそれは反射的に出たものだった。女が叫び声を上げて泣き出したとき、名菜枝は、その女が多旗絢子に間違いないと思った。

名菜枝を見て、突然、叫び狂うように泣き出したその女のやり方は、どこか芝居がかって見えた。華村敏夫の妹の前でこうしてやろう、こう言ってやろうと、心の中で演出して、練習していたことをそのとおりやったように思えてならなかった。

名菜枝の頭は冴《さ》えていた。久しぶりで晴れた、その日の谷川岳上空の青空のようにすき通

っていた。

「あなたは多旗絢子さんでしょう」

名菜枝は言った。

「はい、多旗絢子です。このたびは……」

絢子は言葉につかえた。

名菜枝は寝袋のそばに、きちんと両膝を揃えてすわった。顔にかかっている雨具を取ろうとしたが、簡単には取れなかった。髯の男が彼女の向かい側に膝をかがめて寝袋のチャックを下に引きおろした。

名菜枝は、ちょっとためらったが、すぐ片手を伸ばして、かぶせてある雨具を取り除いた。兄の白い顔がそこにあった。眼は閉じていた。表情はなかった。眠っている顔でも、死んだ顔でもなく、それは石膏《せっこう》の像のように固形化した顔だった。

冷たいものが彼女の全身を流れた。兄は死んだ、兄は死んだのだと、名菜枝は心の中で叫びつづけていた。兄と対面している自分が、兄と同じように固形化した顔になりそうだった。

川の方から吹き上げて来て、笹の葉をさらさらと鳴らした風が、兄の髪の毛に触れた。兄のやわらかい髪が風にわずかに揺れた。兄の表情が少しばかり動いたように見えた。それは気のせいで、風が止むと頭髪の動きはなくなり、そこにまた死の顔があった。

激しい悲しみが名菜枝を襲ったのはそのときだった。

(兄は死んだ。ほんとうに兄は死んだのだ)

彼女は思った。涙が視界を閉ざした。なにも見えなかった。彼女は兄の遺体に抱きついて泣いた。きのうの夕刻から、こらえにこらえていた悲しみが一度に溢《あふ》れ出した。

彼女は声を上げて泣いた。兄と彼女以外の存在を認めなかった。泣きながら彼女はときどき、なぜ死んだの兄さん、なぜ山でなんか死んだのと掻《か》きくどいていた。自分がわからなくなった。いまどこにいるのかも、わからなくなった。兄が死んだのだから、自分も死なねばならないような錯覚にとらわれるかと思うと、兄の死の原因を突き止めるまでは死ねないと思ったりした。

そのときだけは周囲の者を意識したが、すぐ、兄の死と、そこに残された一人ぼっちの妹の立場になると、死の誘惑が、雲のように彼女を覆った。時間の経過がわからなくなった。

肩を叩《たた》かれたので名菜枝は顔を上げた。髯の男が、もうあきらめなさいと言いたそうな眼をしていた。

名菜枝は大きくうなずいた。いくら別れを惜しんでも死んだ兄は生き返ることはないのだ。彼女は遺体から離れた。髯の男が、遺体の顔に雨具をかぶせようとした。

「待ってちょうだい」

名菜枝は、彼女のルックザックの中から、白地に緑の水玉模様のネッカチーフを出して兄の顔を包んでやった。もう泣いてはいなかった。そのときになって、兄の顔が綺麗《きれい》に拭いてあることに気がついた。

「どなたが、兄の顔を拭いてくださったのかしら」

名菜枝は、兄と行動を共にした四人のパーティのだれかが、兄の顔を拭いてくれたのだと思った。だれも答えなかった。

「おれが、水筒の水で拭いてやったのだ」

そして髯の男は今度ははっきりと、さあ下でみんなが待っているからなと、さとすように言った。

名菜枝は立ち上がった。兄の遺体が男の背にザイルで背負われるのを見ながら、兄の顔を拭いてくれなかった四人の男女はなんと非情な人たちだろうと思った。許すことはできないと思った。

絢子も雅子もちゃんと化粧をしていた。女性のたしなみだと言い逃れをしても、それを見逃すことはできなかった。自分の顔を化粧するだけの時間があるのに、なぜ兄の顔を拭いてはくれなかったのだ。とくに絢子は許せない。彼女のために兄は死んだのだ。絢子を助けようとして死んだ兄の顔を拭こうとせず、自分の顔を念入りに化粧している絢子を絶対に許すことはできなかった。

(兄の死の原因はこれら四人の人たちとの山行の中にかくされているのだ)

「高田さん、兄と山行を共にした人たちは」

名菜枝は高田に訊いた。

「彼が大熊君」

高田は、遺体を背負ってまさに歩き出そうとしている男をさして言った。そして、多旗絢子、有部雅子、和泉四郎の四人をつぎつぎと紹介したあとで、髯の男を高谷吾作さんだと紹介した。

名菜枝は改めて、高谷吾作に礼を言った。取り乱してすみませんと言った。

和泉が名菜枝の前に出て頭を下げると、雅子もそのとおりにした。和泉は蒼白な顔をしていた。いまにも倒れそうであった。雅子は、声をつまらせてなにか口の中で言った。なにを言ったか聞き取れなかった。

「出発――」

高谷吾作が言った。遺体を中にして、一列に並んだ人の列は静かに動き出した。

名菜枝は、兄の遺体の次を歩いていた。兄の遺体を背負った大熊の足はゆっくりしていた。

名菜枝は、兄の遺体の背を見つめながら、兄の死を山の遭難死として簡単に片付けることはできないと思った。

兄には外傷はなかった。綺麗な死に顔だから、岩から落ちたのではない。おそらく疲労凍死に違いない。山では夏の方が疲労凍死が多いと、いつか兄が言ったことを思い出していた。

なにか、後ろの方で話し声がした。高田が遭難の事情のあらましを、和泉に訊いているらしかった。名菜枝には、その話し声が邪魔でしようがなかった。

吊り橋のところで、小休止して、遺体は大熊の背から屈強な青年の背に移された。地元の人らしかった。

その小休止の時間に、名菜枝は、高田に兄の死因を訊いた。

「華村君と和泉君は赤谷川上流の谷間へ滑りこんで怪我をしている絢子さんを探し出した。そこは風当たりが強いから怪我人を岩陰に収容して、暴風雨に打たれながら一夜を明かした。その翌朝の寒さで華村君はやられた。疲労凍死だ」

やはり兄の死因は疲労凍死だったのだ。

(夏山だからといって油断してはいけないと言っていたあの兄が、そして兄一人だけが朝の寒さで凍死したのはなぜだろうか)

名菜枝は吊り橋を渡り終わったところで、高田の背に負われて吊り橋を渡って来る絢子に眼をやった。絢子は名菜枝の視線に合うとひどくあわてて、横を向いた。眼をそらしたのではなく明らかに逃げたのだ。なぜ絢子は名菜枝の視線をそれほどおそれなければならないのだろうか、なぜ絢子は、名菜枝と初めて会ったとき、あのようにオーバーな泣き方をしたのだろうか。

なぜ絢子は——。

名菜枝は絢子に対して大きな疑惑を感じた。

# 地下の庭園

国電を降りたところで、軽いめまいに襲われた名菜枝は、有楽町《ゆうらくちょう》駅から歩いて五分とはかからないビルディングに行きつくまでに二度も立ち止まって呼吸《いき》を整えた。

そのビルディングは、元新聞社があったところに、ごく最近新築されたものであった。なにもかも、きらびやかに光り輝くビルであった。

『黄蝶《きちょう》』はビルディングの地下室に日本庭園を持つ料亭であった。名菜枝はそこにコンパニオンとして勤めていた。

名菜枝は地下一階から地下二階に通ずる、飛行機のタラップのような階段を降りるとき、また激しいめまいを感じた。彼女は『黄蝶』と大きく書かれたドアを押して中に入ったところで、どうにかここまで来たという安心感と気のゆるみから、大きくよろめいた。

「どうしたの……」

と言う女の声を聞いたが、それがだれだかわからなかった。名菜枝は玉砂利《たまじゃり》の間に敷きつめた庭石の上にかがみこんだ。庭石の上に置いた手の平がひどく冷たかった。

「大丈夫よ。しばらくこうしていれば……」

彼女はそう言ったつもりだったが、それは言葉にはならなかった。眼の前のものが霞《かす》んでいくようだった。おおぜいの手が伸びてきて、彼女は宙を踏むような思いをしながら、従業員の更衣室兼休憩室に連れていかれた。

額に冷たいタオルが置かれた。

「しばらく静かにしておいてやってちょうだい」

それは叔母の矢川ふきの声だった。名菜枝は眼をつぶった。苦痛のあとの快い眠りが襲ってきた。

(そう、眠ればいいのだわ。眠らないといけないのだわ)

彼女は自分自身に言いきかせていた。谷川岳土樽の山の中で兄の遺体との対面、火葬場、遺骨を抱いて東京へ帰る自分の姿、兄の葬儀など、ここ十日ばかりの間に起こったことが、走馬灯のように浮かび上がっては消えていった。

名菜枝はどれほど眠ったか知らなかった。

店の方の物音で眼を覚ました。一日中で一番いそがしい時間が来たのだなと思った。

彼女はだれかが掛けてくれたカーディガンを取って、起き上がった。もう眼は回らなかった。

「名菜枝さん、もういいの」

叔母は塗り盆《ぼん》の上にお茶の用意をしてきて、名菜枝の前に置いた。

「熱いお茶を飲んだら、さっぱりするわ。あなたひとりでたいへんだったからね」

叔母はお茶をついで名菜枝にすすめながら言った。叔母は名菜枝の起きるのを待っていたらしかった。叔母の言うとおり、熱いお茶を飲むと、気分はさらによくなった。

「なにもそういそいで出てくることもないのに、ねえ」

ねえを尻上がりに叔母は言った。名菜枝に対する肉親の愛情がにじみ出ていた。

「でも、ひとりで家にいると、やり切れないのよ、気が変になりそうだわ。夜はちっとも眠れないし」

だから、さっきのようなことが起きたのだよ、と叔母は言った。名菜枝には、紫の縮緬《ちりめん》の単衣《ひとえ》に白地の博多《はかた》帯をした叔母の姿がまぶしかった。

「気晴らしってこともあるわね。それなら、早速、着がえをして、お店に出てもらいましょうか。

今夜は外人さんが、もう二組もいらっしゃっているわ。こういう晩はつぎつぎと現われるものよ、ね」

叔母は小首を傾《かし》げてちょっと笑った。

そんなときの叔母の顔は、どこか女優の大森光子《おおもりみつこ》に似ていた。叔母は大森光子に似ていると言われるから、わざと、大森光子の所作を真似《まね》しているのかもしれない。

名菜枝は、彼女のロッカーの前に立った。

大原女《おはらめ》の支度をしようか、和服にしようか、それとも洋装のままで出ようか、名菜枝はしばらく考えた末、久しぶりで大原女の姿をしてみようと思った。

名菜枝は馴れた手つきで、絣《かすり》の着物を着て、赤い帯に赤い襷《たすき》をかけ、手甲《てっこう》をはめ、白い脚絆《きゃはん》に白足袋《しろたび》を履き、赤い鼻緒《はなお》の草履《ぞうり》をつっかけた。頭にかぶる手拭いは花模様を選んだ。

更衣室から客室に通ずるところに枝折《しお》り戸があった。

そこを通り抜けると、突然前がひらけて、高い天井に輝く、星のような照明の下に、その天井にとどくほどの杉の木と、杉の木を取り巻くように植えてあるモチの木と、それらの木々の隙間を埋めるように、ヤブコウジの葉が、露に濡れて光っていた。

植え込みの間を縫うように玉砂利の道がつづき、その道にからむように、石井戸から湧き出す泉を導くせせらぎが音を立てていた。

せせらぎのほとりに、シダをひとまわり大きくしたタニワタリが、どこをどう風が吹き通るのか、鷹揚《おうよう》に揺れていた。

庭園のあちこちに数寄屋《すきや》造りの客室が散在していた。

『黄蝶』は地下二階と一階の立体空間を利用して造られた庭園つきの料亭であった。

東京の中心地では土地を求めることは困難であるから、このような、人工庭園ができたのである。

天井には太陽灯が取りつけられて、植物の生命を維持するにふさわしいだけの光が投射されていたし、定期的に天井から人工雨を降らせる装置もついていた。

名菜枝は、地下の庭園に久しぶりで立った。

休んだのは十日あまりだったが、一カ月も二カ月も休んだような気持ちだった。遠いところへ行って、いまやっと帰ったような気持ちでもあった。

名菜枝の仕事は、この店に来る外国人の案内であった。名菜枝の他に麻理《まり》という案内係がいた。二十人ほどいる他のホステスたちは名菜枝と麻理のことを案内さんと呼んでいたが、外人たちが名菜枝と麻理をコンパニオンと呼ぶから、コンパニオンと呼ぶ者もあった。名菜枝には呼び名などどうでもよかった。

名菜枝と麻理の仕事は、日本語のわからない外人に、この地下の料亭のすべてを紹介することであった。

名菜枝は枝折り戸のところに立っていた。用があればホステスが呼びに来るから、べつにそのへんをうろつく必要はなかった。

下手にうろつくと、日本人の客に、なぜ大原女の服装をしているのかと訊《たず》ねられる。

(それは、料亭『黄蝶』の経営者の矢川ふきの趣味でございます)

といちいち説明するのは面倒であった。

「名菜枝さん、ちょっと」

ホステスの一人が呼びに来た。

名菜枝は敷石ひとつひとつを数えるように踏んで行って、地下の純日本式庭園を、度肝《どぎも》を抜かれたような顔で見まわしている三人連れの外国人に、

「いらっしゃいませ」

と声を掛けた。外国人は竹藪の中から、いきなり顔を出した大原女姿の名菜枝の姿に、いよいよもって驚いたようであった。

いらっしゃいませの最初の一語は、あくまでも日本語であって、その次に外国人が話す言葉によって、英語なりフランス語なり、ごくまれにはスペイン語やイタリア語で答えればよかった。

「私たちは純粋な日本の料理を食べたいのです」

三人のうちで、いちばん年取った男が英語で言った。

「ここには純粋な日本料理と、純粋な日本庭園と、そして純粋な日本の女性しかおりません」

名菜枝は流暢《りゅうちょう》な英語で答えると、三人の外国人を『菊の間』に案内して行った。

敷石伝いの道から、玄関に入って、靴を脱いで畳の座敷に上がるときは、外人たちは少々ざわめいたが、名菜枝のリードで、どうやら座布団にあぐらをかいて、庭に眼をやるようになったときを見計らって、和服姿のホステスがお茶を持って来る。その茶の中に桜の花が浮

いていた。

外人は、その説明を名菜枝に求めた。

日本料理が、つぎつぎと運ばれて来る。

外人たちは、縞鰺《しまあじ》のさしみの重ね造りと、さしみのつまの、さんごのり、岩茸《いわたけ》、わさびに奇異の眼を投げ、針みょうが、粟麩《あわふ》と木《き》の芽《め》さんしょうの入った鯉《こい》こくには、ちょっと手が出せず、うなぎの八幡《やわた》巻きの焼き物には、どうたべたらよいやら、困ったような顔をした。かぼちゃと揚げゆば、木の芽の焚《た》き合わせや、鮎並《あいなめ》の唐揚げをもみじおろしの天つゆにつけて食べるときは、ワンダフルを連発した。冷やし物の天草《てんぐさ》寄せはどうやら咽喉《のど》に通ったが、止め椀《わん》の八丁《はっちょう》仕立てには手を焼いているようだった。

ご飯に添えて出される、なす、塩こぶ、にんじんの味噌づけ、白菜、しそ、しょうが、きゅうりのぬかづけは、色の取り合わせが美しいとほめ、そして、果物として出された二十世紀に、はじめて安心しきった顔でナイフを入れた。

名菜枝は外人たちが、そこに出される日本料理の一つ一つに対して率直な表現をもって応《こた》えてくれるのがうれしかった。こうして、一度、二度はほとんど味がわからないままに帰るのだが、数回も来ると、もうすっかり日本料理の味を覚えて、中には特注を出す外人も出て来るのである。

これらの外国人は外国語新聞の広告を見たり、他人に聞いたり、日本人に紹介されたりして、この『黄蝶』を訪れる人が多いが、中には、ふらりとやって来る者もあった。

名菜枝は三人連れの外国人の客を送り出して、ほっとした気持ちで、枝折り戸のところに立っていると、カール・ロックナーが一人の外国人を連れて現われた。ロックナーは数回この店に来ているから、名菜枝が案内することもないが、ロックナーが連れて来た外国人が初めてだから、名菜枝は二人の前に顔を出した。

「名菜枝さん、ぼくはあなたの兄さんが山で遭難死されたことを心から悲しむものであります」

ロックナーはひどくかた苦しい言いまわしで名菜枝におくやみを言った。

名菜枝はすぐ、麻理がしゃべったのだなと思った。名菜枝は、ロックナーのおくやみに対して、最上級の言葉で感謝の意を表してから、二人を『蘭《らん》の間』に案内して行った。

ロックナーがこの店について、なにもかも知っているから、名菜枝は多くしゃべる必要はなかった。

ロックナーが連れて来た外人もまた、すでに日本食は何度か食べているらしく、いちいち説明の必要はなかった。

その男は料理より、名菜枝の大原女姿に興味を持ったようだった。ロックナーは、大原女がいかなるものかを得意になって説明した。

「その帯の上に結んである小さい帯はなんですか」

その外国人は名菜枝に訊ねた。帯締めのことを言っているのである。桃色の帯締めの端を右前で結んで、その端を二十センチほど下げてあるのは、大原女姿の特徴の一つであった。名菜枝はこの結び方は一種の飾りであると説明した。そんなこまかいところに眼をつけた外国人は、はじめてだった。

食事が終わると、ロックナーは話を名菜枝の兄の遭難のことに変えた。

「私も山が好きです。日本の山はよく知りませんが、ヨーロッパのアルプスには何回も行きました」

ロックナーがアルピニストだとは知らなかったと名菜枝が驚いてみせると、ロックナーは、もしさしつかえがなかったら、あなたの兄さんがなぜ死んだかを話してくれと言った。

名菜枝は、かいつまんで遭難の模様を話した。

「ほかの人が助かって兄さんだけが死んだというのは、なぜでしょうか。きっと兄さんに運がなかったのですね」

ロックナーはそれ以上は聞こうとはせず、腰を上げた。

名菜枝は、ロックナーが言った最後の言葉の中に、ロックナー自身も、兄の死について疑問を持っているのだなと思った。

ロックナーを送って入り口まで来たところで、『桜の間』から出て来た日本人の三人組の一人が、ロックナーを見て日本語で声を掛けた。ロックナーは振り返って、かなり達者な日本語で話しだした。

（まあ、この人は……）

名菜枝はロックナーの顔を見た。日本語が話せるくせに、わざと知らんふりをしている外国人はちょいちょいいた。そういう外国人には、警戒しなければならないと叔母から注意を受けていた。

ロックナーの顔をそんな気持ちで眺めていると、ロックナーに話しかけた日本人が、名菜枝に、

「あなたは華村さん……」

それで、名菜枝はその白髪《しらが》まじりの男の顔を思い出した。谷川岳土樽山荘まで、多旗絢子を迎えに来た男だった。多旗絢子の親類ではなく、どうやら、絢子の父の会社に勤めている男のようであった。

名菜枝はその男の顔を見て、すぐ不愉快なひとこまを思い出した。

名菜枝が土樽山荘へついたとき、その男は、土樽山荘の前で、いっしょに来た男たちとなにか話しながら大声で笑っていた。兄の遺体が間もなく山から降りて来るというのに、その男はいかにもおもしろそうに笑っていたのである。

「あの節はほんとうに失礼しました」

男は名刺を彼女に渡しながら、

「たいへんだったでしょう、あなたは。私も、あれから、あの社長のわがまま娘を病院へ連れて行ったり、東京へ送ったりで、ひどい目に会いました。でもまあ、私なんかそれでよかったんですが、和泉四郎君はもっとたいへんでしたよ」

名菜枝はそう言われて、はじめて、男の名刺を見た。旗精器《はたせいき》株式会社　渉外課長　伴野《ばんの》広《ひろし》と印刷してあった。

「そうですか、あなたはここにお勤めですか」

伴野は名刺から上げた名菜枝の顔を見て言った。

「私の叔母がこの店の経営者ですので、手伝っているのです」

「そう、矢川さんの姪《めい》ごさんですか」

伴野は、それでわかったという顔をすると、彼女に軽く会釈して、ロックナーと肩を並べて外へ出て行った。

名菜枝は、手元に残った、旗精器株式会社という名刺をいつまでも眺めていた。多旗絢子は社長の娘で、和泉四郎はその会社の社員なのだ。

「叔母さん、このひとご存じなの」

名菜枝は、叔母にその名刺をつきつけて言った。

「ちょいちょいうちへ来るお客様じゃあないの。会社もすぐ近くよ」

名刺にはすぐ近所のビルディングの名が印刷されていた。

## 兄の声

名菜枝は電話機の前でしばらくためらってから、ダイヤルをまわした。交換手が出て、すぐ和泉四郎につないだ。和泉ですという相手の声を聞いたとき、名菜枝はもう落ちついていた。

「兄のことでは、いろいろとお世話になりました」

名菜枝は型どおりの挨拶をしてから、実はお礼かたがた一度お会いしたいのですがと、まるで五十を過ぎた女が使うような言葉を口にした。

「こちらこそ、一度お訪ねしようと思っていたところです。実は華村敏夫さんの遭難報告をかねた追悼号を発行することになったので、それについてお伺いしようと思っています。追悼号は……」

電話の中に別の男の声が入った。どうやら、彼のところにほかから電話がかかっているらしかった。

「北海道《ほっかいどう》から電話がかかって来ましたので、ちょっと失礼いたします。終わったら、こちらからお電話いたします」

和泉は名菜枝の家の電話番号を聞いて電話を切った。北海道から電話がかかって来たのに違いないし、会社はいま執務時間だから、私用の電話はつつしまねばならないことは知っていたが、なにか名菜枝には和泉のやりかたが、そっけないように思われてならなかった。

名菜枝は旗精器に再度電話して、こんどは有部雅子を呼んでもらった。あるいは和泉の近くにいるかもしれないが、それでもいいと思った。

名菜枝は兄の死によるショックで、長いこと自分を失っていた。眠れない夜が幾晩か続いた。その彼女が、兄の遭難に関係があった人たちに電話をかけたい気持ちになったのは、昨夜、『黄蝶』で、旗精器の渉外部長の伴野広に会って、彼女の職場のすぐ近くのビルディングに和泉と雅子がいることがわかったからであった。

近くにいるから会いたいと思えばいつでも会えるという気持ちが、どうしても会わねばならないという気持ちにいつか変わっていた。

「あら驚いたわ。……でも、そのうちきっとあなたから電話があると思っていたわ」

雅子は電話に出るとそんなことを言った。雅子の声は鼻にかかった甘ったれ声だった。

「あなたにお訊きしたいことがあるのよ。会っていただけるかしら。私の勤めているところは、あなたのビルのすぐ近くよ」

名菜枝は、昼食時間に『黄蝶』で会う約束をした。いま、十時だからまだ時間はゆっくりあった。電話機をはなれて二階の部屋へ行こうとしたとき、電話がかかって来た。きっと和泉四郎だなと思った。彼女は電話に出ようか出まいかしばらく考えていた。

「おや お嬢様、ここにいたのですか」

けさが電話のベルを聞きつけて来た。

「もし、相手が和泉さんだったら、外出したと言っておくれ」

名菜枝は、嘘を言うことに少々抵抗を感じたが、今日はこうしたほうがいいような気がした。

(順序として、まず雅子に会う)

彼女は頭に浮かんだその考えに、自分ながらびっくりした。

けさが電話に出た。やはり和泉だった。けさは名菜枝が言ったとおりに、外出したばかりだと答えた。

「和泉さんて、どういう方なの」

「たいへん大事なひとなのよ」

「大事なひとなのに、なぜ居留守なんか使うのですか」

けさは不満な顔をしたが、名菜枝はそれには答えずに階段を上っていった。

(大事なひとだから、あとで会ったほうがいいのよ)

彼女は階段の途中で足を止めた。

（おい名菜枝、おまえ、少々へんだぞ）

兄の声が聞こえるような気がした。たしかにへんだと名菜枝は思った。有部雅子に電話をかけたとき、そのうちきっとあなたから電話がかかって来ると思っていたわと言われた。名菜枝の心の中にへんな気持ちが起こったのはその瞬間だった。

（私は兄の死についての疑問を解こうとしているのだわ。そういう気持ちを兄が死んでから、ずっと持ちつづけていて、それが具体的に現われようとしているのだわ）

名菜枝は階段の突き当たりの明るみに眼をやりながらゆっくりと上っていった。

名菜枝は外出の支度をして部屋を出ると、隣りの兄の部屋に入った。兄の部屋は兄が生きていたときのままになっていた。部屋の中のものを動かしてはいけないと、けさにかたく言いつけておいたのである。兄がいたときと違っているのは、兄の机の上に兄の写真が置いてあることだった。名菜枝は兄の写真に向かって言った。

「兄さん、きょうは有部雅子さんに会うのよ。まず順序として周囲から固めて行くのよ。有部雅子、大熊菊男、救助に参加した、土合や土樽の人たち、そして和泉四郎、最後が多旗絢子……。ここまで行かないうちに、兄さんを殺した者がだれだか、きっとわかるでしょう」

（なにを血迷ったことを言っているのだ。おれは殺されなんかしない。力が尽きて倒れただけのことだ。ばかなことはやめろ）

兄の声がした。

「いいえ、私はやめないわ。兄さんを殺した人をつかまえるまで私は追及するわ」

名菜枝は、兄の写真に向かって言うと、ぴしゃりと戸を閉めて階段をおりて行った。

名菜枝が『黄蝶』の前で有部雅子を待っていると、急ぎ足で近づいて来た叔母の矢川ふきが、

「あら名菜枝ちゃん、きょうは、はやいじゃないの」

と言った。

「ここでひとを待ち合わせているのよ」

『黄蝶』の従業員は、朝組、昼組、夕組の三班にわかれていた。名菜枝は当分の間、夕組にだけ出勤することになっていたから、叔母がはやいと言ったのである。

「ひとを待ってるの？　そう」

叔母はべつに気に止めないで店の奥へ入っていった。

有部雅子は約束どおり、十二時五分にやって来た。名菜枝は雅子を連れて、『黄蝶』には入らず、地下一階の『紫蝶《しちょう》』に入って行った。

矢川ふきは、ビルの地下二階と一階をぶちぬいた空間を利用して、地下庭園を造った。二階の庭園内には高級料亭『黄蝶』を造り、一階には、その庭園を斜め上から眺めおろすように、『紫蝶』と『楽蝶《らくちょう》』を造った。『紫蝶』と『楽蝶』は一般向きのレストランであった。

昼時間だから『紫蝶』はかなり混んでいたが、名菜枝が連絡してあったので、地下庭園が

見おろせる席に予約の札が置いてあった。

「雅子さん、どれでもお好きなものをどうぞ。この『紫蝶』も、向こう側の『楽蝶』も、そしてこの下の地下庭園を持つ『黄蝶』も、私の叔母が道楽に始めたものなんですわ」

「どうらく？」

雅子は、道楽の意味がすぐには飲みこめないらしく、眼を白黒させていた。

「叔母は新しい事業に興味を持つと、いくらでも金を掛けるという道楽ものよ。ほら、あそこを歩いている女のひと……ちょっと大森光子に似たような顔の女……あれが叔母ですわ」

名菜枝はガラス張りの壁をつつきながら、叔母のことから、料亭『黄蝶』のことから、コンパニオンという名菜枝の仕事のことまで話してやった。

「こんな近くに、こんなところがあるなんて知らなかったわ」

「できたのは三カ月ほど前だから――」

「もう、そんなになるの……」

雅子は有楽町付近のことなら、なんでも知っているつもりだった。ところが、彼女の会社から歩いて、三分ほどのところに、地下庭園つきの料亭があるなどとは露《つゆ》知らないでいた。

彼女は、あっけにとられた顔でいた。

「なにを召し上がるの」

名菜枝がおこんだてと書いたメニューを雅子の前に出すと、彼女はやっとわれにかえったような顔で、メニューのページを繰りながら、おそるおそる細い指を出して、タイ茶漬けのところをさした。

「ねえ、さっき雅子さんが電話に出たとき、そのうちきっと私から電話があると思っていたとおっしゃったでしょう。……あれ、どういう意味なの」

「いずれ、落ちついたら、あなたはきっと華村さんの遭難について、もっともっとくわしく事情を聞きたくなるに違いないと思ったのよ」

雅子はなんの臆《おく》することもなく言った。名菜枝はそれでずっと気が楽になった。

「そうなのよ。私は、兄たちの一行が東京を発《た》って、土樽に一泊した夜から翌日の昼過ぎ、あなたと兄が別れるときまでのことを、くわしく知りたいのよ」

「くわしく知りたいのは、絢子さんのことじゃあないかしら」

雅子は名菜枝の腹の中を透視するようなことを言って、首をすくめた。

タイ茶漬けが運ばれて来た。『紫蝶』のウエートレスは、全員、紫色の着物を着ていた。前掛けまで紫色である。

二人はタイ茶漬けに箸《はし》をつけた。

名菜枝は、雅子が意外にこだわりのない女だから、兄の遭難の真相は、ほぼこの女の口からわかるかもしれないと思った。

それとなく雅子の方をうかがうと、雅子はときどき箸を休めるときがある。そのときのことを思い出しているのだな、と名菜枝は思った。

「華村さんはリーダーって立場上、ずいぶん気苦労もあったし、肉体的な苦労もあったんです。私の荷物を持ってくれたのも華村さんなんですわ。霧の上越国境尾根を歩いていて暴風雨になったので、華村さんは大障子の避難小屋へ引き返そうと言ったんです。すると絢子さんがオジカ沢の避難小屋の方が距離的には近いから、オジカ沢の避難小屋へ行こうと反対したんです。その反対を押し切れなかったところに華村さんの敗北の原因があったのですわ」

「敗北ですって?」

「リーダーとしての敗北ですわ。いくら絢子さんが旗精器株式会社の社長のお嬢さんだからって、なにも遠慮することがなかったのに、華村さんは――」

「いったい、兄と旗精器株式会社と、どういう関係があるんです」

「あら知らなかったの。華村さんの勤めていた美野電機《みのでんき》は旗精器の系列会社ですわ。むしろ下請け会社と言ったほうがいいんじゃあないでしょうか」

「だから、兄は旗精器の社長のお嬢さんの言うことを聞いて、無理をしたというのですか」

名菜枝は、白雲《はくうん》山岳会の会員名簿の多旗絢子の名前の下に、赤でアンダーラインが引いてあったことを思い出していた。もしかすると兄は、いま雅子が言っているように、絢子が山行に参加するときまったとき、そのことを考慮して、アンダーラインを引いたのではなかろうか。

「兄が絢子さんに遠慮して、絢子さんの言うとおりにオジカ沢の避難小屋へ強行したことが、遭難のそもそもの始めというのですか」

「それもありますけれど、なんといっても絢子さんが、リーダーの華村さんの言うとおりにアンザイレンしなかったために、風に吹き飛ばされたことが、この遭難の最大原因ですわ」

雅子はそのときのことを、身振りをまじえながら話した。

「ことの起こりはやはり絢子さんなのね」

名菜枝は唇を嚙んだ。そうならそうでいい、なぜその真相を話してはくれなかったのか。当人の多旗絢子も、和泉四郎も、大熊菊男もなぜそれを黙っていたのだ。面と向かって言いにくいなら、手紙だっていいのだ。兄の死に黒い影を感じさせる原因はこのへんにあるのだ。

「ねえ、雅子さん。なぜだれも、そのことを私に話してくれなかったのかしら」

「山の遭難は、なんでも、きれいにすましてしまいたいというのが、山を愛する人たちの、共通した気持ちですわ。それに——」

「それに絢子さんが、旗精器株式会社の社長のお嬢さんだからですか」

名菜枝は怒りを口に出した。もし、そんな気持ちで、男たちが黙っていたとしたら、絶対に許すことはできないと思った。

名菜枝がそのことについて言おうとしていると、雅子が階下の地下庭園の方に眼をやって、

「あら、あなたを呼んでいるのではないかしら」

と言った。

叔母の矢川ふきが肩のあたりまで手を上げて、名菜枝をさしまねくような格好をしていた。

矢川ふきの前に、カール・ロックナーが立っていた。

名菜枝は叔母に、すぐ行くと合図して、

「雅子さん、地下庭園を見物して行かない？　まだ時間あるでしょう」

二人は同時に腕時計に眼をやった。一時までにまだ十五分あった。

まだまだ雅子に訊きたいことがたくさんあった。

「雅子さん、よかったら明日のこの時間、またここでお会いしませんか」

名菜枝は雅子を誘った。

(いけない、名菜枝、お前は刑事にでもなるつもりなのか、そんなことはやめろ)

兄の声が名菜枝の耳元でした。

兄の声はたえず名菜枝の耳元で聞こえていた。名菜枝がしようとすることに、いちいち文句をつける声だった。

(名菜枝、いったいそんなことをしてどうなるのだ。やめてくれ名菜枝)

という兄の声に、名菜枝は胸を張って言った。

「私はしたいとおりにしないと、気がすまないたちなのよ」

名菜枝はボートの縁を両手でしっかり握って言った。

「ぼくにどうしろというのですか」

大熊菊男が言った。名菜枝はわれにかえった。死んだ兄と話していたのだとは大熊には言えないから、

「私はときどき自分がいやになることがあるの。なぜ、こんなにものごとに執着するのでしょうかしら」

名菜枝は大熊にかぎらず、この前、雅子と会っているときも、ときどき兄の声を聞いた。

死んだ兄と山行を共にした人たちといるかぎりは、なんの予告もなしに兄の声が聞こえてくるのかもしれない。

それでいいと思った。兄の声は、名菜枝のもうひとつの声なのだ。これ以上、兄の遭難の原因を掘り下げて行くのは止めろ、という反省なのだ。

そのうち、はっきりしたなにかをつかんだら、兄の声は聞こえなくなる。そして名菜枝は、もっともっとおそろしいことを考えるかもしれないと思った。

「大熊さん、最後にひとつだけ、あなたにお訊きしたいことがあるわ」

名菜枝は、膝にかけたカーディガンをちょっと直しながら言った。大熊はオールを動かす手を休めて名菜枝を見た。

日曜日だから、善福寺《ぜんぷくじ》公園の池はボートでいっぱいだった。遭《こ》ぐとほかのボートにぶっつかるおそれがあるし、じっとしていても、向こうからぶっつかってくる。

「これ以上、ぼくには言うことはないな」

大熊はぽつりと言った。

「では、お聞きしますが、絢子さんが、赤谷川の上流の谷に滑り落ちたとき、絢子さんだけが、アンザイレンしていなかったそうですね。それはなぜですか」

名菜枝は、きびしい眼で大熊を見ながら言った。だが大熊は、いっこうに驚いた様子を見せなかった。

「絢子さんには自信があったのです。あの場合、アンザイレンしないでも十分歩けると判断したのでしょう」

「でも、判断するのはリーダーの兄であり、隊員はリーダーの言うことを聞くべきです。それが証拠には、絢子さん以外の隊員はアンザイレンしていたでしょう。だから強風が来ても、吹き飛ばされずにすんだのだと思います」

「結果的にはそのように見えますが、そのことだけで絢子さんを責めることはないと思います。あのときの絢子さんはしっかりしていました。雅子さんに比較すると、全然心配ない状態でした。だから、リーダーの華村さんも、彼女の言うとおりにさせたのだし、ぼくだって和泉君だって黙っていたのです」

「でも結局、絢子さんは風に吹き飛ばされたんじゃあないですか」

「だから突発的なアクシデントだ、とさっき言ったでしょう……。だれもが予想しないような強風が突然起こって、彼女を谷底に吹きとばしたんです。不可抗力だったんです」

大熊はそう言うと、オールを取って漕ぎ出した。その漕ぎ方はかなり強引だった。

「ちょっと大熊さん、気をつけてよ。ね」

しかし大熊は、名菜枝の言うことなど聞かないふりをして、ボートの群がっている中に割りこんで行った。あっちこっちで、衝突するので、そのたびに名菜枝は謝らねばならなかった。

ボートが群がっている池の中心を通り抜けて、池の端に来ると真菰《まこも》が密生しているところがある。その近くまで、一気に漕いで来た大熊はオールを放して、ボート乗り場の近くで買って来たポップコーンの袋を開いた。

真菰の間に見えがくれしていた家鴨《あひる》が、彼が投げるポップコーンを目がけて寄って来る。家鴨は見る間にボートのまわりを取りかこんだ。

大熊の顔に笑いが浮かんだ。それまで一度も見せたことのない笑いが、大熊の顔に浮かぶのを、名菜枝は珍しいものを見るように眺めていた。

「華村さんとこの池に来たことがあった。誤ってぼくがこの池の中に財布《さいふ》を落としたとき、華村さんは、あきらめろ、どうせたいして入ってるわけではないだろうと言ったことがある」

たしかあのあたりだった、と大熊は池の中ほどを指さした。

「財布だったから兄はあきらめろと言ったのよ。あなたがもし、この池に落ちて溺《おぼ》れようとしたら、兄はあきらめろなんて言わなかったでしょう」

「もちろん、黙ってはいないさ。絢子さんが滑り込んだ赤谷川の上流の谷間へ危険を冒《おか》しておりて行って、とうとう自分を犠牲にした華村さんのことだからな」

そして大熊は、名菜枝の顔をまっすぐ見て言った。

「あなたは華村さんの死になにかをくっつけようとしている。その考え方が、ぼくには気に入らない」

「山に悪事は起こらない。登山家は全部善人である……と言いたいのでしょう」

「そうではない。山にも悪人はいる。だが今度の場合、そういうことはなかったとぼくは考えたい」

その言葉じりに、名菜枝はすがりつくように言った。

「大熊さん、いまあなたは、そういうことはなかったと考えたいと言ったでしょう。考えたいというのは、やはり、あなた自身、兄の死に疑問を持っているからですわ。あの用意周到な兄が、なぜ死んだんです。兄だけ一人、なぜ死なねばならなかったのですか」

名菜枝は、ボートの上に乗り出した。ボートが激しく揺れた。

「ねえ、大熊さん、言って。あなたの考えを言って……」

だが大熊は固く口を閉じて、なにも言わなかった。

「答えないのねあなたは。いいわ、答えたくないことは答えないでもいいわ。だけど、答えてさしつかえないと思ったことだけは、返事をしてちょうだいね」

名菜枝はそう言うと、ハンドバッグからノートを出して開いた。その中に質問すべきことが個条書きにしてあった。

「絢子さんが風に吹き飛ばされたとき、あなたは、前から四番目、つまり、雅子さんの後ろにいました。だから絢子さんが風に吹き飛ばされる様子がよく見えたはずです。そのときの状況を、くわしく話していただけませんか」

大熊は名菜枝の質問の背後にあるものを探り出そうとするかのように、神経質な瞬《まばた》きを二、三度繰り返していたが、オールを漕ぐ手を休めて言った。

「風は右側から吹きつけていた。ほとんど連続的な強風だった。その風に吹き飛ばされないように、五人は五人とも、身をかがめ、風に対してこらえていた。つまり右側面にできるかぎりの力をかけていたのだ。ところが、風はいきなりぴたっと止んだ。不意を食った絢子さんは自分の力で谷間にころがり落ちていったのだ」

「大熊さん、私はそんな一般的な説明を聞いているのではありません。ザイルにつながっている人たちと、ザイルにつながっていなかった絢子さんとの違いがあったでしょう。たとえば、絢子さんが自分の力で、右側の谷へ身投げするような格好で飛びこんだと言うならば、雅子さんも同じように飛びこもうとしたはずです。その雅子さんが飛びこまずに済んだのは、ザイルにつながれていただけではないでしょう」

名菜枝はこまかい点を突いた。

「あなたはそんなことをいちいち聞いて、どうしようっていうのです」

大熊は不快さを露骨に出して言った。これ以上なにか言うと、黙りこんでしまうだろう。大熊の徹底した無口については、死んだ兄から二、三度聞いていたことがあった。

「あなたはさっき山にも悪人はいると言ったでしょう。私はその悪人を探しているのです」

「その悪人がぼくだったらどうします」

「とっちめてやるわ」

ふんと大熊は鼻先で嗤《わら》った。名菜枝の気負い方が大熊には児戯のように思えるらしかった。

「お願いです。そのとき雅子さんは、どうしました。絢子さんが吹き飛ばされたのに、雅子さんはなんでもなかったのですか」

「もちろん、身体は浮き上がった。彼女は、危《あや》うく右側の谷底に飛びこみそうになった。ぼくが、彼女の後ろから、彼女の腰につけていた安全ベルトをつかんで引き止めなかったならば、彼女はどうなったかわからない」

「そうでしょうね。私は山は知らないけれど、大熊さんの説明でよくわかりました」

名菜枝はそのとき、『紫蝶』で雅子に会ったとき彼女が言った言葉との相違に気がついていた。名菜枝と雅子が、二度目に『紫蝶』で会ったときも、雅子はタイ茶漬けを食べた。絢子が吹き飛ばされたとき、雅子自身がどうしたかについては、

(ぱたっと風が止んだとき、身体がぐらっとしたわ。私はちょうど眼の前にあった大きな石にかじりついたわ。それで助かったのよ)

雅子は、彼の背後にいた大熊の助けによって吹き飛ばされないで済んだのだとは言わなかった。

(つい最近起きたことなのに、二人の話がこれほど違うのはなぜだろうか)

が、名菜枝はその疑問を大熊の前にさらけ出すような愚かなことはしなかった。

「そのときザイルは絢子さんのどっち側にあったの」

それも名菜枝が用意して来た質問だった。

「ザイルがどっち側にあったかというのかね。ごく一般的には、アンザイレンして歩く場合は、右手にピッケルを持つから、ザイルは左手で持つ。ピッケルを持っていたのは和泉君一人だったが、やはりザイルは左側に送られていた」

「それはアンザイレンしていた四人のことでしょう。私がお訊きしたいのは、絢子さんはそのザイルのどっち側にいたかということです」

「絢子さんはザイルの左側にいた。つまり彼女は右手でザイルを握っていた。彼女の利き腕は右手だからそうなったのだろう」

「すると絢子さんは、彼女の右側にあったザイルを跳《と》び越えるか、足を掬《すく》われたような格好で谷底へ飛びこんだというわけね」

大熊の顔に冷ややかなものが流れ去った。彼の口元が少しばかり動いたが、それは言葉にはならなかった。こらえているようだった。そして、彼は鉛《なまり》のような沈黙におちいって行った。

(おかしいわ)

と名菜枝は自分の心に言った。

（その時絢子さんは左手でザイルを握っていたが、反動で、ザイルを手からはなしてしまったと、たしかに雅子さんは言っていたわ）

大熊と雅子の話はザイルに関しても食い違っていた。これはいったいどうしたことなのだろうかと名菜枝は考えていた。

「大熊さん、最後にひとつだけお訊ねしたいことがあります。五人でパーティを組んで谷川岳へ行こうと言い出した最初の人はどなただったのでしょうか」

「それは絢子さんです。絢子さんが最初に言い出して、華村さんにリーダーになってくれるように頼んだんです」

「兄に頼んだって？　だって兄と絢子さんとははじめての山行だったのではないでしょうか」

「なにも、ご存じないようですな、あなたは」

そう言ったとき、大熊の顔には冷笑が浮かんでいた。

「すると、以前から兄は絢子さんを……」

「たいへんよく知っていましたよ。山にも何回か行ったはずです」

名菜枝には、大熊の言葉が痛かった。兄のことなら、なんでも知っていると思っていた名菜枝にとって、それは兄の秘密の一端を見せられたようだった。兄に女友だちがあったっていい。が、絢子がその一人だったということは、この際重要なことだった。

（兄の死について疑いを持つならば、まず生前の兄のことをくわしく調べねばならないのではないだろうか）

名菜枝は、彼女の小さなノートに書きこんで来た次の質問は、もはやその意味を失《な》くしたような気がした。それよりも、もっともっと大事なことがあったのだ。

「兄と絢子さんとは単なる山友だちの交際以上のものがあったのでしょうか」

名菜枝にとって、それは勇気のいる質問だった。

大熊は鋭く光る眼で名菜枝を見すえたまま、それには答えなかった。答える気は全くないようにオールを静かに動かしていた。

「ねえ、お願い。兄と絢子さんとの関係はどうなっていたのでしょうか」

しかし大熊は知らんふりをしていた。こうなったら、いかなることがあっても口は開こうとはしないだろう。そんなふうに見えた。

「兄はいつも言っていたわ。山男って情緒的人間だって。もしそうならば、いま私が苦しんでいる気持ちを察してくれてもいいのではないかしら」

大熊は横を向いた。答えたくないという意思表示だった。

「兄の言ったことは嘘ね、山男って大熊さんのような非情の人ばっかりね」

大熊はそれに対して、大きく頷いて見せたが、言葉は発しなかった。

それまで静かに漕いでいた大熊が、力いっぱい漕ぎ始めた。ボートがぐいっ、ぐいっと動いた。名菜枝とこういう形で対決していることがやり切れなくなったかのようであった。

大熊はぐんと大きくひとつ漕いだ。中学生らしい少年が乗りこんでいるボートに触れた。

「ひでえなあ、よける方に近寄って来てぶっつけるんだから」

少年たちが口をそろえて言った。すみませんと名菜枝が言ったぐらいでは、少年たちの怒りはおさまらないらしかった。すれ違いざま、漕ぎ手の少年はオールで水を飛ばした。大熊の頭にかかった。

大熊の眼が光った。大熊はそこでボートの方向転換をして、少年たちのボートを追おうとした。大熊の剣幕に恐れをなして、少年たちのボートはピッチを上げて逃げた。

「やめて、やめてちょうだい……」

名菜枝は身体を伸ばして、オールを握る大熊の手をおさえようとした。膝にかけていたカーディガンが落ちた。名菜枝のミニスカートの下にそろえていた膝のあたりが乱れた。それを直そうとすると、ボートは大きく横に揺れて傾いた。

大熊はボートを回すのをやめた。名菜枝は居ずまいを直して、後ろを振り向いた。安全圏に逃げた少年たちはこっちに向かって手を振っていた。

それがカール・ロックナーからの電話だとわかると、名菜枝は、すぐ麻理の顔を思い浮かべた。麻理がロックナーに名菜枝の家の電話番号を教えたのだなと思った。しかし、ロック

ナーに流暢な日本語で、

「どうもすみません。驚いたでしょう。電話番号は電話局に聞きました」

と言われると、いよいよもって油断のならない外人だと思った。花村という名はあるけれど、華村という名は少ない。ロックナーは電話局に電話番号を問い合わせるとき、花と華の違いまで言えたのだろうか。そうだとすれば、ロックナーの日本語の力はたいしたものだ。

「ご用件はなんでしょうか」

名菜枝はロックナーとはそれほど親しくはなかったから、まず、杓子定規《しやくしじようぎ》の挨拶をした。

「旗精器の渉外課長の伴野さんからあなたの兄さんの遭難についてくわしく聞きました。あなたが現地まで行ったことも聞きました」

ロックナーの日本語は、一語一語を拾うような話し方だった。

「はい……はい、はい……」

名菜枝には、はいと返事をするより仕方がなかった。ロックナーの意図することがわからないからだった。

「私も親しい人を山で失くしたことがあります。そのときの情況と、たいへんよく似ています。あなたが悲しみの中にあることはよくわかります。そのあなたの兄さんの遭難に興味を持ったなんて失礼でしょうか」

「いいえべつに、それはあなたの自由ですわ。いったいロックナーさんはどんなふうに興味をお持ちになったのですか」

「いいですか、言ってしまって、名菜枝さんは怒りませんか」

「怒りませんから、どうぞ思ったとおりのことをおっしゃってくださいませんか」

「私はあなたの兄さんの普通でない死に方に興味を持ちました」

ロックナーはそれで言葉を切った。

名菜枝の反応を耳をすませて聞いているようだった。名菜枝は、はっとした。意表を衝《つ》かれたという感じだった。

(だが、いったい、ロックナーはなぜこんなおせっかいをするのだろうか)

へんな外人という名菜枝の気持ちは変わらなかった。

「いきなり、こんなことを申し上げて失礼しました。もし、差しつかえなかったら、あなたの兄さんの遭難について、もっともっとくわしい事情を聞かせていただけませんか。私の山友だちで、山における遭難について研究している友人にデータとして送ってやりたいのです」

「よくわかりました。兄の遭難については私もいろいろと調べているところですわ。そのうち機会がありましたらお話しいたしましょう」

名菜枝は電話を切った。なにか奥歯にものが挟《はさ》まったような感じだった。だいたい外国人は他人のことに干渉はしたがらないものだ。ロックナーの電話は、名菜枝に対するある種の干渉だった。ロックナーの友人が山の遭難について研究しているいないにかかわらず、兄の死の直後、遭難について話を聞きたいなどという申し出は、あまり気持ちのいいものではなかった。

(ロックナーはなにか別の目的——この私に接近しようとする目的であんな電話をかけてきたのではないだろうか)

考えられないことではなかった。ちょっとした隙に乗じて執拗に接近しようとする外人を名菜枝は幾人か知っていた。

月曜日の夕刻時に『黄蝶』に出勤した名菜枝は、同僚のコンパニオンの麻理に、カール・ロックナーのことを訊いた。どちらかというと、麻理の方がロックナーの席に出る場合が多かったからである。

「どんな人って? そうね、在日外国人のある種の典型ね」

「悪い方の典型? いい方の典型?」

「どちらかというと、悪い方の典型よ。といっても、悪漢という意味ではないことよ。悪いのは日本人の女の方だから」

「すると、ロックナーさんは軟派なの?」

まあ驚いた、という顔をしている名菜枝に麻理は、

「日本人の女って舶来に弱いでしょう。外国人と並んで歩いているだけで得意になっている女もあるくらいだから、外国人にしてみたら日本は天国ね。ちょっと甘い言葉をかけて誘え

ば、どこにでもついて行く。一度でも会えばたいていの女はころりよ。だって、外人ときたら、女の扱い方がそれはおじょうずなんだから。痒《かゆ》いところに手がとどくっていう言葉があるでしょう。外人はそのとおりのサービスをするのよ」

麻理の言葉には真実感があった。ひょっとすると麻理は、痒いところに手のとどくようなサービスを受けた経験があるのではないか、と名菜枝は思った。

「ロックナーさんは日本語はだめかと思ったら、あのひとしゃべれるのね……」

名菜枝が言うと、

「ばかね、知らなかったの、それを……ロックナーさんは日本語を知っているくせに、知らんふりをしているかまとと外人よ。そのほうが、日本人をだますには都合がいいでしょう。うちのお店に、ロックナーさんを連れて来る日本人たちも、ロックナーさんが日本語がわからないと思って、つい取り引き上のことを、日本人どうしでしゃべってしまうことがあるわ。こっちがはらはらするくらいよ」

麻理は意外なことを言った。

「どうして麻理さんは、そんなことまで知っているの」

「実はね、だいぶ前よ、ロックナーさんに食事に誘われたことがあったのよ。ここのママに相談したら、昼食一度ぐらいならいいでしょってね。それで、彼とホテルのロビーで待ち合わせしたのよ。私が少々遅れて行くと、彼は日本人の女と日本語で話しているではありませんか……」

「それで……」

「だから私はロックナーさんに、『あなたはたいへんな、かまとと外人ね』って言ってやったわ。するとどうでしょう、立派な日本語で、かまととの語源を知っているか、知らないだろう。では教えてあげましょう。かまぼこのことを魚《とと》かと訊いたという話から出た言葉で、おぼこ娘らしい顔をして、実際はなんでも知っている女のこと、たとえば麻理ちゃんのような女のひとのことを言うのだ――こう言うのよ。ね、驚いたでしょう」

麻理はまだその先をつづけた。

「だいたい、ロックナーさんの英語は、ドイツ語なまりの英語でしょう。しかも、かなり強いドイツ語なまりの英語だわ。ああいう外国人は警戒したほうがいいのよ。そのうちあの男は、きっとあなたを食事に誘うわ。そのとき、はっきりと日本語で〝かまとと外人〟と言ってやればいいわ」

そこまで一気に言った麻理は、急に囁《ささや》くような低い声で、

「なんでもね、ロックナーさんのお母さんは日本人だって話よ。だとすれば、彼が日本語が上手なのは当たり前よね。お母さんが日本人だったら、それをことさら誇張するのが一般的な外人でしょう。そうしないところに、ロックナーさんのかげがあるわ」

麻理は、ね、へんでしょう名菜枝さん、と言った。

## 不思議な符合

和泉四郎が名菜枝の自宅を訪問したのは、日曜日の午後だった。名菜枝は、和泉四郎と兄の部屋で会った。

「兄の追悼号に入れたいものがあったら、なんでもどうぞ。この部屋にあるものが、兄が残したすべてですから」

　名菜枝は、兄の本棚、書類入れ、引き出しまで開けて見せた。

「なにか書いたもの、たとえば日記のようなものはございませんか」

「兄は日記をつけていませんでした。あったとしてもメモ程度のものです。山の紀行文がたしか白雲山岳会の会誌に載っていたはずですわ」

「それは追悼号に入れていただくことになっています。そのほかになにか……。学生時代に書いたもの……ずっと幼いとき書いたものでもいいのですけれど」

「兄は、そういうものをいっさい残さないたちでした。要《い》らないものは、さっさと処分していましたから……。それでも家中を探したら、父母たちが取って置いたなにかがあるかもしれません。しかし、そんなものを追悼号に載せても意味はないじゃありませんか。追悼号は、山で死んだ兄のための追悼号でしょう。兄が遭難したときの情況をできるだけくわしく書いてこそ、追悼号にふさわしいのではないでしょうか」

和泉は、名菜枝の言うことを黙って聞いていた。

「華村さんの最後の山行のとき、あなたあてに出した手紙はございませんか」

「兄の絶筆でしょう？　それはございます」

名菜枝は彼女の部屋に戻ると、一枚の葉書を持って来て和泉にわたした。

《八月二十三日土樽。天気があまりよくないので心配。だがまあ、行けるところまで行ってみよう。たぶん予定どおりに帰宅できるだろう。ここはとても涼しい。列車がトンネルを出た。お休み》

一読して、眼を上げる和泉に名菜枝が言った。

「兄の葉書はいつもそんなふうなんです」

「列車がトンネルを出た。お休み……。余韻《よいん》のある文章ですね。これを追悼号に載せさせていただきます」

和泉は、来ただけの甲斐《かい》があったという顔で、その葉書を内ぶところにしまうと椅子から立ち上がった。

「追悼号ですから、兄と山行を共にした人たちは、それぞれ筆を取るのでしょうね」

名菜枝の眼が和泉を押えた。

「もちろんそうです。同行した者は、それぞれ感想を書かせていただきます」

「感想？」

「いえ、思い出を……」

「なぜ実録を書かないのですか。どのような経路をたどって兄が死んだかを書かないのですか」

「経過報告は当然載せます。それ以外に、華村さんと親しかった人たちの感想やら思い出やら、おわかれの言葉やら――」

ちょっと、と名菜枝は両手で和泉の言葉を押えるようにして、

「兄はごまかしが大嫌いな男でした。兄についての感想や思い出など載せたところで、死んだ兄は喜ばないでしょう。兄が書いてもらいたいことは、なぜ死んだかということですわ。それを書ける人は和泉さんです。あなた以外にはおりません」

和泉は名菜枝のはげしい言葉に圧倒されたように頭を下げた。

「そのとおりです。くわしい事情は一番ぼくが知っています。だからぼくは書きました。もう書き上げてあります」

「ではお訊きしますが、兄はなぜ死んだんです」

和泉は、切りこんで来た名菜枝の鋭い言葉の太刀《たち》を受けそこなって狼狽《ろうばい》した。

「兄はなぜ死んだんです。用意周到な兄がなぜ死んだのです。兄は、あなたや絢子さんと同じような服装をしていました。それなのに兄だけが凍死したのはなぜなんです」

「華村さんはリーダーだったから、疲れ切っていたのです。体力の限界まで来ていたのです。それにあの暴風雨でした……」

「すると、絢子さんとあなたは体力の限界まで来ていなかったというのですか。兄だけに肉体の消耗を強《し》いたのですか」

「……」

和泉は答えにつまった。

「和泉さん、その暴風雨の夜のことをあなたはよく知っているはずです。兄が死ぬまでになにがあったか、あなたはそれを知っていて、かくしているのではないでしょうか。あなたは、この前、夜が明けたら兄は死んでいたと言いましたね。人間って、そんなに簡単に死ぬものでしょうか」

それでも和泉は顔を上げなかった。

名菜枝は、和泉が帰っても、まだ兄の部屋にいた。

和泉が沈黙をおしとおすあたりに、兄の死の秘密がかくされているような気がした。

(その夜、なにかが起こって、兄は死に、多旗絢子と和泉四郎は、生き延びたのだわ)

いったいなにが起こったのであろうか。

階段を上がって来るけさの足音がした。

「まあ、まあ、電灯もつけずに」

けさはそう言って電灯のスイッチを入れてから、速達ですと一通の封書を置いて行った。

信用調査会社からの報告書であった。タイプで打ってある。

名菜枝は叔母がよく信用調査所を使うのを知っていたから、それを真似て、多旗絢子と和泉四郎の身元調査を依頼しておいたのである。

多旗絢子については、生年月日、彼女の親族関係、出身学校などのごく一般的な調査事項のほかに、趣味として、次のように書いてあった。

「趣味は多方面にわたっているが、大学在学中から登山に興味を持った。現在、白雲山岳会のメンバー、今年の夏、谷川岳で九死に一生を得た経験あり」

交友関係としては、男、女それぞれ数名の名があげられてあった。その中に華村敏夫の名も和泉四郎の名もあった。

「身元調査なんて、案外いい加減なものね。この程度のことなら、なにも調査を依頼するほどのこともないのに」

名菜枝はそうつぶやきながら別の調査報告を開いた。

和泉四郎の趣味は、

「音楽と登山。最近、谷川岳で遭難事件にまきこまれたことがある」

そして交友関係については、

「会社関係、山岳関係の友人のほか、谷川岳で遭難したときいっしょだった多旗絢子との交際が最近多くなった」

と記録されていた。

多旗絢子と和泉四郎の身元調査には、それぞれ別の人が当たったものと思われた。

名菜枝は、遭難以来、和泉四郎も多旗絢子との交際が多くなったという点に注視した。それが事実だとすれば、このことは、なにか兄の死とつながりがあるように思えてならなかった。

（二人が接近したということは、二人が共通な秘密を持っているということだろうか）

その秘密をつかめば、兄の死は解決されるのだ。やはり信用調査会社の手を借りただけの価値はあったと思った。

その夜珍しく、カール・ロックナーはたったひとりで『黄蝶』にやって来た。名菜枝はロックナーを『菊の間』に案内した。

名菜枝はロックナーから注文を聞いて、それを客席係のひとに取りついだ。コンパニオンの役はそれまでで、あとは係の女《ひと》に任せておけばいいのであったが、その夜は、ほかに外国人の客もなかったから、名菜枝はそのまま『菊の間』にとどまった。

「涼しくなりましたね」

ロックナーは日本語で気候のことを言った。彼は日本人とつき合っているうちに、話の糸口に気候を持ち出すことを覚えたのである。

「富士山に初雪が降ったって新聞に書いてあったわ」

名菜枝はすぐそれに応じた。

麻理は、こんどロックナーが来たら、日本語で話してやりなさいと言ったけれど、ロックナーの方が先回りして、日本語を使い出したのだから、名菜枝はとくに、この問題にこだわることはないと思った。

「富士山に初雪が降りましたか。すると、日本アルプスにも初雪が降ったはずですね」

とロックナーはしんみりと言った。富士山から日本アルプスに話がとんだあたり、いかにも山に興味を持っているように思えたから、

「ロックナーさんは登山がお好きなの」

と訊いてみた。すると、ロックナーは、いままでみせたこともないような、大げさな身ぶりで、自分がいかに山が好きであるかを話し出したのである。

彼はドイツのミュンヘンに生まれた。子どものときから山が好きで、日本に来るまでに、ヨーロッパ・アルプスの著名な山はだいたい登っていると話した。

カール・ロックナーはひととおり彼の山歴を話したあとで言った、

「この前はほんとうに失礼しました。突然の電話で驚いたでしょうね」

ひどく恐縮しているふうだった。

「それは驚きましたわ、ロックナーさんは、日本女性に対してファルコン（隼《はやぶさ》）のように敏《びん》捷《しょう》だっていう話をかねがね聞いていましたから、私のようなか弱い小鳥は一応は警戒いたします」

名菜枝は、ロックナーの機先を制しておいた。おそらく、この次に兄のことを訊くだろう。一般的な話ならとにかく、兄のことに立ち入ってくることは、結局は名菜枝に近づいてくることだった。山のことだからといって油断してはならないと思った。

「あなたの兄さんの遭難については、大体のことは伴野さんに訊きました。だが、彼は、私が知りたいような問題点については、なにも知ってはいないんです」

「問題点ですって」

「そうです。この遭難事件には二つの問題点があります。一つは絢子さんが谷底に落ちた原因、もう一つは華村敏夫さんが凍死した直接原因なんです。その二つについて伴野さんはなにも知ってはいませんでした」

ロックナーが挙げたその二点は、名菜枝自身がこれからもっともっと掘り下げて調べたいと思っていたところだった。ロックナーにいきなり、その二点を突かれたとき名菜枝は、あるいはこのロックナーという男は、ほんものの登山家であり、なにかの理由で、兄の死の原因を知ろうとしているのではないかと思った。

「絢子さんが谷に落ちたのは、五人のうち彼女だけがアンザイレンしていなかったからですわ。彼女は、その必要がないと言ってアンザイレンを拒絶したのです。気が強い女《ひと》だったからです。そして、兄が凍死した直接原因は、絢子さんを安全地帯に収容するまでに極度に疲労してしまったことと、その夜がひどく寒かったことです。肉体的に疲労の限界にまで達し、その状態で寒い目に会ったがために死んだのだと言われていますわ」

「だれがそのように決めたのですか」

「生存者の話を聞いて、みんながそのように決めたのでしょう。医師の検死の結果もそのようになっていましたわ」

「それですべては終わりなんですか」

えっ、と名菜枝は聞きかえした。ロックナーの質問の意味がよくわからなかったからである。

「あなたはそれですべて納得できますか、と訊いているのです」

「いいえ、納得してはいません。だから私は……」

独力で調べられるだけ調べてみようとしているのだと名菜枝は言おうとしたが、そこまでは言えなかった。ロックナーという人物について、名菜枝はなにも知ってはいなかった。うっかりしたことは話せない。

「名菜枝さん以外のだれでも、この遭難には疑問を感ずるでしょう。そして、同行したすべての人物に一応は疑いの眼を向けたくなるでしょうね」

ロックナーが、同行したすべての人物に疑いの眼を向けたくなるでしょうと言ったのは、名菜枝に対して、暗に、同行者の四人に疑いの眼を向けろと言っているようにも聞こえた。

(なんておせっかいなことを)

彼女は心の中でそう言った。なんのためにそんなおせっかいを焼きたいのだろうか。

「ロックナーさん、あなたは私に電話をくださったとき、あなたのお友だちが山の遭難についての研究をしているから、それに協力するために、私の兄のことを調べてみたいとおっしゃっていましたが、それはほんとうのことですか」

「そうですよ。しかし名菜枝さん、私自身がこの遭難に興味を持っていることを忘れては困ります」

「あなたとなんの関係もない、私の兄の遭難について興味を持つというあなたのことが気になります」

「そうでしょうね、私は名菜枝さんに、へんな外人と思われはしないかとそればかり気にしています。でも私は名菜枝さんにあなたの兄さんのことを訊く勇気はまだ失ってはいませんよ。名菜枝さん、あなたの兄さんは、いつごろから山を始めたのですか」

ロックナーの話し方は、質問調に変わった。彼の眼がまっすぐに名菜枝にそそがれた。怖《こわ》いような眼だなと名菜枝は思った。

「兄は高等学校のころから山へ行っていました。十年以上の山の経験があります」

「では、服装の問題ではありませんね」

ロックナーはずばりと言った。いつもより、ロックナーの顔が引きしまって見えた。きっと、この男が山に行くときは、こんな顔をするのだろうと思った。

「私が、日本に来る前、スイスのロートホルンという山の近くで遭難があって、私の友人が死にました。そのとき私の友人はリーダーでした。激しい暴風雨に襲われた一行は、岩陰に避難して一夜を過ごしたのですが、その隊員の一人のために、私の友人は自分が着ていた毛糸のセーターを譲ってやったのです。そして、その男は助かり、私の友人は死にました」

ロックナーは、日本酒の杯《さかずき》を口に運んだ。

「毛糸のセーター一枚で、生死が分かれることがあるのですか」

「山においてそれは、めずらしいことではありません」

名菜枝はロックナーの話に兄を当てはめてみた。兄は毛糸のセーターを持っていた。その兄が死んだ。もし兄がそのセーターをだれかに貸し与えたとしたらどうだろうか。

しかし、兄の死が、そのような善意によったものであったなら、和泉にしろ絢子にしろ、はっきりそのことを言うはずである。

それが言えないのは、そうではなかったからだ。

「そう、そう、こんな話がありました。山に馴れない二人が山で暴風雨にあったのです。二人は、一枚の防風衣を奪い合って争い、結局、それを奪い取った男が生き残り、他の男は死んだ——二人とも、暴風雨で頭が狂ったのです」

ロックナーはつけたした。

「山では、常識では考えられないことが起こるのね」

「そうです。山で起こることは、山に行かない人には理解できないことが多い。次元が違う世界なんです」

「ロックナーさんは、日本の山へ登ったことがありますか」

「年に二回か三回はでかけます。日本の山は美しい。とくに秋の山はいいですよ。ナナカマドの赤い実はたいへん美しい」

名菜枝はロックナーが日本語で言った、ナナカマドの実を見たことがないが、兄から、聞いたことはあった。

「結局、山のことは、山に行かないとわからないのね」

名菜枝はつぶやいた。そのとき名菜枝は、兄の死を解決するためには、どうしても山に入らなければならないと思っていた。

# 兄の体臭

名菜枝は眠れなかった。

兄のことがしきりと思い出されるのである。眠れないのは今夜ばかりではない。兄が死んでからというものはときどきこのような夜がある。そういう夜は強いて抗《さから》わずにじっと兄の思い出にふけっているより仕方がなかった。

(兄はそれほど私にとって大事な人だったろうか)

名菜枝は考える。たったひとりの兄だという点では大事な人であった。しかし、実質的に兄が大事な人だったわけはなんであろうか。考えてみると、それがわからない。

(だいたい兄は私をいじめてばかりいて、私を可愛がってくれたことはないわ)

彼女は兄との思い出の原点をたどった。彼女が幼稚園に行っていたころのことである。彼女は兄の敏夫とよくいっしょに風呂に入った。二人は湯を掛けたり、掛けられたり、大騒ぎをやった。

兄の敏夫が風呂の流し場でオシッコをして見せて、彼は勢いよく、放水線を延ばして行って、風呂場の壁にかけた。

「やい、名菜枝やってみろ、できないだろう」

と敏夫は言った。

名菜枝は兄とはかなり年が違うのに負けん気が強かった。なんでも兄と同等でなければ気が済まなかった。母がお前は女だからなどと言うと、その母にすがりついて泣いた。同じ兄妹だから、なにもかもいっしょでないと承知しなかった。兄と差別されることは許せないことだった。

「あたいにだってできるわよ」

名菜枝は言った。兄のやることならなんだって私にできないことはない。同じようにできなくとも、それに近いことができると、そらあたいにだってできるじゃあないの、と言った。

だが、兄のやったオシッコの真似はできそうもないと彼女は思った。すでに男と女との身体の違いは、彼女は眼で見て知っていた。だが、敏夫にできないだろうと言われて、できないと引っ込んではいられなかった。

彼女は兄の真似をした。だがそれは想像していたとおり、みじめな結果に終わった。

敏夫は笑った。やあい、やあいと、はやし立てて笑った。

名菜枝は裸のまま母のところに走って行って泣いた。どうしたかと母に訊かれたが、そのわけを言わずに泣いた。そのときほど彼女はくやしかったことはなかった。女と生まれてくやしいのではなく、兄の敏夫に敵《かな》わないとわかったことのくやしさだった。

彼女はそれ以来、兄といっしょに風呂には入らなかった。

「なぜお兄ちゃんといっしょに入らないの」

母が言った。

「だってお兄ちゃん、意地悪なんだもの」

名菜枝はそう答えた。オシッコのことは言わなかった。

（ほんとうに兄は意地悪だったわ、私に対して意地悪ばっかりしていたわ）

敏夫はなにかというと名菜枝をばかにした。名菜枝が小学校、中学校と進むにつれて敏夫は中学、高校と進むから、いくら名菜枝が背伸びしても敏夫には追いつけない。それなのに、敏夫は、名菜枝の知らないことを訊いて、それに答えられない彼女に、そんなことを知らないのか、と言って笑った。

彼女が中学生になったころから、兄と妹の生まれつきの能力の差は、はっきりして来た。敏夫は数学が得意で、名菜枝は不得意だった。数学の問題を兄のところへ教わりに行くと、

「なんだ、こんなやさしい問題がわからないのか、名菜枝は頭が悪いのだな」

と敏夫は言った。そう言われると名菜枝は、すぐ腹を立てた。二度と教わるものかと彼のもとを去った。そんな兄だったが、彼女が中学生のころ、学芸会で遅くなったときには、学校の門まで迎えに来てくれた。迎えに来たとは言わずに、彼女の姿を見ると、先に立ってど

んどん歩き出すような兄だった。

(兄っていったいなんだろうか。ほかの人も、こんなふうだろうか)

と彼女は思う。思い出に残っている兄は妹いじめをする兄以外のなにものでもなかった。

(でも兄妹の関係ってそんなものかもしれない)

彼女の思い出は、父母が相次いで死んで、兄妹二人になってからのことに移って行った。

二人は隣り合って住んでいた。それぞれ一部屋を占領していて、お互いに干渉はなかった。兄は理科系の大学を卒業し、名菜枝は文科系の大学を卒業した。彼女のところに高校の英語の先生の口があった。同時に叔母の矢川ふきが、『黄蝶』を手伝ってくれないかと言って来た。名菜枝が英文学を専攻したからである。名菜枝は兄に相談した。

「お前の英語なんか口先だけの英語だ。そのお前に英語を教わる中学生たちは可哀《かわい》そうだな。しかしまあ、叔母さんのところで、外人相手の女中として働くよりはいいだろう」

敏夫が言った。

「女中ですって?　コンパニオンよ。仲居さんとは違うのよ」

「同じようなものじゃあないか。コンパニオンといえばいかにも格好がいいけれど、『黄蝶』で働く限りにおいては外国人の前で、下手糞な英語を使う料理屋の女中であることに間違いないじゃないか」

兄のその言い方に名菜枝はひどく反発した。叔母の肩を持ったわけではないが、兄のそのような決め方に腹が立った。

「『黄蝶』に行くことに決めたわ」

彼女は兄の前で言った。

敏夫はまさか名菜枝がそんなことを言おうとは思っていなかった。彼は唖然《あぜん》とした顔で名菜枝の顔を見つめていたが、おれの言い方が悪かったから、かんべんしてくれとはついに言わなかった。

名菜枝は『黄蝶』に勤めるようになった。

名菜枝の思い出は去年の夏のことになる。その日は日曜だった。朝からむし暑い日で、夜になると、どうにもやり切れないような暑さになった。敏夫はその夜、パンツ一枚になって食堂に出て来た。

「ねえ、兄さん、もう少しなんとかならないの、いくら妹の前だといったって、私も女よ、失礼じゃないの、そんな格好」

名菜枝は彼を責めた。

「お前なんか女だなんて思っていないから、かまったことはないさ」

敏夫は平気で言った。

「まあ、ひどい、どうでしょう、けささん、兄さんのこの言い方は」

名菜枝はけさに援助を求めた。

「坊っちゃま、お嬢様の言うとおりでございます。いくらなんでもそれでは、若い女の人の前では失礼ですよ」

けさに若い女の人と言われたとき、敏夫は、改めてそれを確かめるように名菜枝の方を見た。そのとき以来、敏夫は、裸に近い姿を名菜枝の前に現わすことはなかった。

名菜枝は敏夫に世話を焼いた。そのネクタイは古くさいから取り替えろとか、ワイシャツがよごれているとか、気がついたことはなんでも言った。敏夫は、うるさいと口では言っていながら、名菜枝の言うことをたいてい聞いていた。

「やはり、ご兄妹ですからねえ」

名菜枝が敏夫にひとくさり世話を焼いたあとでけさが言った。兄妹だから仲がよいとけさは言いたいのだろうかと名菜枝は考えた。それまで彼女は兄妹仲がいいなんて思ったことは一度もなかった。

(その兄が死んでからの、この空虚な毎日はなぜだろうか)

そこまで考えて行くと名菜枝は、はたと行きづまるのである。

「お坊っちゃまでも、お嬢様でもどっちでもいいから、一人が結婚なさると、あとはすぐ決まります」

と、けさが二人の前で言ったことがあった。敏夫がその意味について訊きただすと、けさは言った。

「お二人は兄妹であって、夫婦ではないと申し上げたいのでございます」

けさは四角ばった言い方をした。

つまり、けさに言わせると、兄妹が仲よく暮らしていると、なんとなく、それで安定してしまったような気になって、婚期を失ってしまうことがあるというのであった。

(兄はやはり、男性として私の近くにいたのかもしれない。私は兄という名の男が傍《そば》にいることに安心感を持っていたからこそ、他の男性に眼を向けなかったのだろうか、そして兄を失ったこのむなしさは、私の傍に男性がいなくなった寂しさから来るものなのだろうか)

名菜枝はそこまで考えた。いよいよ眠れなくなった。本でも読もうかと思った。彼女は起き上がった。机の上に最近評判になっている小説が置いてある。麻理にすすめられて買ったけれど、そのままにしてあった。まだ小説を読むような気分にはなれなかった。彼女はベッドの中で本を読むことは嫌いだった。机に向かって、ちゃんとした姿勢で読まないと読んだような気にならないのである。彼女にはそのような几帳面なところがあった。

小説は第一ページから退屈だった。冒頭から、くどくどと家族関係の説明を読ませられると、彼女はやり切れない気持ちになる。二ページほど読んだころ、彼女は睡魔に誘われた。快い眠りへの誘いが彼女を遠くに連れ出そうとしていた。

夢のように薄ぼんやりした頭の中で、だれかがひっそりと彼女の部屋に入って来るのを彼女は見つめていた。

(なんだ、兄さんじゃあないか)

彼女はそう思った。敏夫はしのびやかに入って来ると彼が着ていたセーターを脱いで、彼女の肩にかけ、そのまま来たときと同じようにそうっと出て行った。

敏夫の出て行ったドアの方から冷たい風が吹いて来る。

(あらいやだわ、兄さんたら開けっぱなしにして……)

そして彼女は背のあたりに冷ややかなものを感じて眼を開いた。

「うたたねしちゃったわ」

彼女はそう言った。そのとたんに、彼女の肩にかけられてあった敏夫のセーターの重みはなくなった。

夢を見ていたのだと彼女は思った。それにしても、なんと現実的な夢だろう。彼女は、今、夢で見たとおりのことを敏夫にされたことがあった。うたたねをしている彼女の背に、敏夫が彼自身が着ているセーターを脱いで着せかけてくれたことは珍しいことではなかった。

(男くさいセーターだったわ)

強烈な男の体臭がする兄のセーターを肩にかけられて、彼女は快い眠りをむさぼったことがあった。

(兄も意外にやさしいところがあったのね。けれど兄妹という密着関係の中では、そのやさしさは陰にかくれて見えなかったのかもしれないわ。それとも、やさしくしてもらうのは妹として当然だと考えていた私の独善が、兄のやさしさを忘れさせたのかもしれない。意地悪をされたことばかりが思い出となって残ったのは、私がわがままだったからよ、いいえ私ばかりではないわ。負けず嫌いの妹が兄に対する思い出って、だれでもこうなのよ、きっと)

名菜枝は兄と妹の関係が、なにかほのぼのとわかって来たような気がした。それにしても、兄と妹との密着期間はあまりにも長かった。その心の絆《きずな》を今すぐ断ち切れといっても無理だと思った。

「私の中には兄の体臭がしみこんでいるのよ。兄に代わるべき男が、どこからか現われて、私の中の兄の体臭を追い出してくれないかぎり、私は今後も眠れない夜を迎えなければならないのよ。その日はいつだかわからない。私は期待もしない。眠れない夜の中で、やがて私は、かさかさに枯れたお婆ちゃんになってしまうかもしれない。でもいいの、今の私は、けっして私の中から兄を追い出す人が現われることを望んではいないわ」

名菜枝は電灯を消した独りの部屋の中で、闇に向かって囁くように言った。

追悼号

名菜枝は、ほとんど休むことなく話しかけてくる有部雅子にあいづちを打ちながら、名菜枝に集まってくる多くのひとたちの視線を感じていた。

「時間がまいりましたので例会を始めさせていただきます」

白雲山岳会の幹事の高田が言った。会場は静かになった。みんなの視線は高田に集まる。

「まず最初に、会員の華村敏夫君の追悼号を出すに当たって、いろいろ協力いただいたみなさまにお礼を申し上げます。おかげさまで立派な追悼号ができました。ちょうど、この例会に華村君の妹さんの名菜枝さんが、いらっしゃっていますから、これを贈呈いたしたいと思います」

高田は追悼号の一冊を持って、大テーブルを回って、名菜枝のところに来た。名菜枝は立ち上がって受け取りながら、贈呈するという高田の言葉をなにかぴったりしない気持ちで聞いていた。

「それでは、出席者に追悼号をお配りいたします。欠席者の分は、それぞれの会社の方が、お持ち帰りを願います」

追悼号の配布を始めると、会場はさわがしくなった。

「白雲山岳会ってね、会長がいないのよ。会長がなしで、三名の幹事で運営している、ちょっとかわった山岳会です。その幹事は旗精器、美野電機、そして佐森《さもり》製作所から一人ずつ出すことになっています。三つの会社は同じ系列会社。そして、幹事の高田さんは佐森製作所の社員ですわ」

雅子が名菜枝の耳元で説明した。

すると、白雲山岳会の会員は、その三つの会社の社員によって構成されているのだな、と名菜枝は思った。

「では、慣例に従いまして、まず山行報告を聞きましょう」

高田はさがって椅子に腰をおろした。若い男が、大きな紙を持って黒板に近づいて行った。すぐ両側から二人の女性が出て行って、紙をピンで黒板に止めるのを手伝った。

「では南アルプス縦走について報告いたします」

男はルート図をさしながら説明を始めた。

聖岳《ひじりだけ》という名称に名菜枝は眼を止めた。南アルプスの多くの山の名の中で、それだけがとくに名菜枝の記憶に残っていた。兄が生きていたころ聞いた名前だった。

が、名菜枝はその男の山行報告を五分と聞いてはいなかった。おもしろそうだったが、それよりも、追悼号の内容のほうが気になった。

名菜枝は、目次を見た。二十人ほどの人が寄稿していた。和泉四郎、有部雅子、大熊菊男、多旗絢子の名があった。

名菜枝は、まず、多旗絢子の文章から読むことにした。

絢子の一文は、追悼文のほぼ中ごろにあった。『私が悪かった』という題名に、しばらく名菜枝は眼を止めてから読み出した。

「……私は右側から吹いてくる強風に、いまにも吹きとばされるのではないかと思っていた。私は全力をふりしぼって、その風と戦った。そんなに強く吹きつけてくる風が、突然、眼に見えない力で、切り落とされたように、やむとは思ってもいなかった。ぱたっと風がやんだ瞬間、私はその風の吹いてくる方向に身を投げ出した。足を掬《すく》われ、うしろから人につきとばされたような感じだった。反動を取られたのだ。

笹の上をつるつる滑っていることは知っていた。やがてなにかにぶっつかってはね上げられて、大地に落ちたショックで私は気を失った。気がついたときには、ダケカンバの根元に投げ出されていた……」

名菜枝は先をとばして読んだ。兄の死の場面こそ、もっとも読みたいところだった。

「暴風雨の寒い寒い夜だった。私たちは夜中に何度か眼を覚まして、声を掛け合った。夜明け近くなって雨は小降りになったが、風はまだ吹いていた。朝が近づいているなと感じながら、私はぐっすり眠りこんだ。

眼を覚ましたときは、もうすっかり夜が明けていた。私と和泉さんは眼を覚ましたのに、華村さんはいつまで待っても眠っている。声を掛けても返事をしない。そのとき、華村さんはすでに永遠の眠りについていたのだ」

名菜枝は眼を上げた。これでは兄の死については、触れていないも同然だと思った。

名菜枝は和泉四郎の『華村さんと共に』という文章に眼を移した。読む前に、斜め向こうにすわっている和泉の方に視線をやった。偶然のように和泉と視線が合った。和泉四郎はあわてて眼をそらした。名菜枝は追悼文に眼を落とした。

和泉の文章は書きなぐりの日記のようだったが、情況がよくわかった。

「華村さんとザイルを組んで、笹の中をおりる。滑ったらアウトだぞと呼び合う。多旗さんをダケカンバの根っこで発見。彼女は足を怪我していて歩けない……」

といった調子で、華村が絢子を背負い、岩穴まで連れて行って、彼女にもっともよい場所を与えたところなどくわしく書いてあった。

名菜枝はさらにその先を読み進んでいった。

「寒い夜、連続した強風と豪雨、身体を打つ。寒くて眠れない。ときどき起きて名前を呼び合う。暗い。夜明けになって小降りとなるが、風、依然として強し。夜明けの寒さに引きずりこまれるように眠る。眼を覚ましたら夜が明けていた。多旗さんとぼくは眼を覚ましたが、華村さんは声を掛けても返事がない。そのときすでに、華村さんは死んでいたのだ……」

名菜枝はそこで眼を上げて、和泉の方を見た。和泉は山行報告を聞いていた。聞いているような顔をしているけれど、実は、名菜枝の視線を横顔に意識しているように見えた。その横顔がぴくりと動いた。和泉は、机の上に肘《ひじ》を立てて、頬《ほお》につっかい棒をした。

(私の視線を怖《おそ》れているのだわ)

名菜枝は、和泉の書いた文章と絢子の書いた文章が、遭難第一夜から明け方までの描写に関するかぎり、非常に似ていることに気がついた。

恐怖の一夜を数行で終わらせたあたりが、なにか意味ありげであった。その恐怖の長い夜との戦いを、二人ともなぜくわしく書かなかったのであろうか。

(二人は、この部分だけ、相談して書いたのではなかろうか)

名菜枝はそう思った。言いまわしは違っていても、その短い文章の中に盛りこまれてあることは五項目であった。強風と豪雨の寒い夜。ときどき声を掛け合った。夜明けには雨は小降りとなったが、風は強い。眼を覚ましたら夜が明けていた。華村に声を掛けたが眼を覚まさなかった。

(二人はぐ
るなんだ)

名菜枝は確信した。自分の胸の鼓動がはっきりわかった。

「名菜枝さん、なにか気づいたことあったの」

雅子が横目で覗きこんでいるのを、名菜枝は知っていた。雅子は名菜枝が、兄の死に疑問をいだいていることをちゃんと知っているのだ。おそらく、名菜枝が、力を貸してくださいと言ったなら、すぐそれに応じてくるに違いない。

(だが、この女《ひと》は信用できない)

名菜枝は、そう思った。

だいたい、相手が男であるにしても、女であるにしても、甘ったれたようなアクセントで話しかける女は信用できない女だ、と名菜枝は決めこんでいた。さっき、雅子が、山岳会員の男性と話している言葉を聞いて、名菜枝はそう思ったのである。

名菜枝は雅子には答えないかわりに、雅子が書いた文章を読んだ。

短い文章だった。いやいやながら書いたなと思われるような情のこもっていない文章だった。今度の遭難のことには一言も触れず、山行において華村敏夫がいかに親切であったかということを書いてあった。

名菜枝はその雅子に、いくらか腹を立てた。そして軽蔑した。

大熊菊男は、しっかりした文章で、遭難の経過をくわしく書いていた。リーダーの華村が引き返そうと言ったが、多旗絢子がオジカ沢ノ頭の避難小屋まで行こうと言ったので、前進を続けた事実には触れてはなかったが、

「リーダーの華村さんはア・ンザイレンを主張したが、多旗さんだけは自信があるからと言っ

て、アンザイレンを拒絶した。事故はその直後に起きたのである……」

と、遭難の核心に触れていた。

「やはり、大熊さんはしっかりしているわ」

名菜枝は小さな声で言った。

「大熊さんの文章でしょう。彼の文章は抜群よ。でもなんとなく神経質ね。あれで、もう少しスカッとした顔をしていればね」

雅子は斜め向こうにいる大熊の方を見ながら、肩をすくめた。

「山行報告は、いずれまとめて会誌に載ることになるでしょう。では、引きつづいて晩秋の山行計画について申し上げます」

高田は議事進行を急いでいた。会場の時間制限を気にしているのだ。そこに集まった二十数名の会員の顔に、やや疲れが見え出してきたからでもあった。

高田は山行予定として、丹沢と奥多摩《おくたま》と、そして谷川岳をあげて、そのコースを一つ一つ説明した。

「晩秋山行は、例年どおり、懇親山行を兼ねたものですから、だれでも行けるような一般コースを選びたいと思います」

会員の一人が手を上げて質問した。

「谷川岳で遭難を起こしたばかりなのに、また谷川岳をコースの一つに選んだのはなぜですか」

高田はその質問を予期していたようだった。

「谷川岳で遭難を起こしたからこそ、そこへ行くべきだと思います。追悼号が出たついでに、追悼山行をしたいと思うのはぼく一人だけではないでしょう。ただし、今度の谷川岳は、さっきも話したように、西黒《にしくろ》尾根の一般コースを肩ノ小屋まで行くのですから、危険なことはありません。天気が悪かったら、マチガ沢《さわ》、一《いち》ノ倉沢《くらさわ》、幽《ゆう》ノ沢《さわ》などの沢覗きをやろうと思っています。出発までにもし雪でも降ったら、西黒尾根はやめて、土合から蓬峠を越えて土樽へ出るコースを歩くことになるかもしれません」

高田のその説明がよかったと見えて、そのあとで決をとってみると谷川岳山行を支持する人は過半数をしめていた。

「では、こんどの懇親山行は谷川岳と決定します。さっそく実行委員を決めて準備にかからねばならないので、この山行に参加する人は申し出てください」

高田は眼を上げた。

ちょうどそのとき、会場のドアが開いて、多旗絢子が現われた。絢子はエンジとベージュ色の派手なチェックのスーツに、白い大きなスカーフを胸のあたりで結んでいた。黒い髪が肩のあたりで波を打っている。

絢子が現われると、高田は懇親山行の話をやめて、

「そこがあいていますから、どうぞ」

と空席をさした。出席中の会員の眼はいっせいに絢子の方に向いた。

絢子は高田が示したところにはすぐ行かずに、そこに立ち止まって、会場へ視線を投げた。

雅子が立ち上がって、

「絢子さん、こちらへどうぞ」

と声を掛けた。その誘いで絢子はそっちへ行こうとして歩き出したが、雅子と並んで名菜枝がすわっているのを見ると、雅子の隣りのあいた席にはすわらず、名菜枝の隣りの席にすわった。

名菜枝と絢子は顔を見合わせて、お互いに挨拶した。ほかから見たら、二人の間にはなんのわだかまりもないようであった。

「いま山行報告が終わって、晩秋の懇親山行のことに話が回ってきたところです。一応、今年の秋の懇親山行は谷川岳西黒尾根と決まりました」

高田が言ったが、絢子は軽く頭を下げただけだった。

彼女のところへ、手から手にリレーされた華村敏夫遭難追悼号が回ってきた。絢子はそれを手に取った。開こうとしたが、やめて、彼女はその追悼号を携《さ》げてきた大きな紙袋に入れた。

名菜枝はそれを黙って見ていた。

その席で配られた追悼号は、ほとんどの人はそのまま前に置いていた。しまいこんだ人はなかった。あとから来た絢子だけが異例だった。

「懇親山行と華村君の追悼山行を兼ねての谷川岳山行に参加される方は手を上げてください」

高田は会員名簿を開いて、鉛筆を手に取った。手がつぎつぎと上がった。雅子が手を上げると、すぐそのあとで絢子が手を上げた。高田は、手を上げた人たちの名をチェックしていった。

「十四人ですね」

高田はそう言って、念のためにもう一度手を上げてくださいと言った。

「おや、今度は十五人」

そしてすぐ、高田は新しく手を上げたのが名菜枝であることに気がついた。

「私は山に登った経験がぜんぜんございませんけれど、その山行に加えていただけないでしょうかしら」

名菜枝が言った。

「西黒尾根は一般コースですからだれにでも登れます。あなたに参加していただければ、今度の山行は、たいへん意義あることになります」

高田が言った。

名菜枝はそのとき、山に入らなければ山のことはわからないと言ったロックナーのことを思い出していた。絢子がその山行に参加するとわかったとき、急に自分も行きたくなった気持ちの裏にあるものは、顔には出すまいと思っていた。

その喫茶店は道路に面してガラス窓になっていた。名菜枝はガラス窓に背を向けて高田と話しこんでいた。

「白雲山岳会の性格が私にはどうしてもわかりません。ただ同系列の会社の社員によって構成されている山岳会という以外になにものもないような山岳会ならば、その山岳会が存在すること自体、たいして意味がないように思われますけれど」

名菜枝は言った。白雲山岳会の性格について突っ込んで聞くと、なんとなく焦点をぼかしてしまうような歯がゆい答え方をする高田に、彼女はやや腹を立てていた。

「同系列の会社の社員によって構成される山岳会はそう珍しいことではありません。他にもいくつか例はあります。最初はその系列の親会社の中に山岳会ができて、会社の補助を得て装具などが充実してくると、系列会社の社員で山好きの者が、それに参加を申し込み、次第次第に会員が増え、ついには、かなり名が知られた山岳会になるというケースです。同系列の会社間の親睦をはかるという意味においてもいいことですし、会社としても山岳部のような健全な部活動には積極的に援助をします。白雲山岳会はもともと旗精器の中に自然発生的にできたものですが、近年になって急に大きくなったものです。旗精器の幹事役の稲森《いなもり》さんと美野電機の華村さんの熱心な指導によるものです。佐森製作所からは幹事として私が加わりました。最盛期には土曜、日曜ごとに、近くの山へ出かけていたし、連休となると、谷川岳、南アルプス、北アルプス方面へ出かけていたものです」

華村敏夫との山行になると、高田は、名菜枝を意識するのか、ことこまかに話すのである。名菜枝はしばらくは黙って聞いていた。白雲山岳会の性格は、職場を基盤とした社会人山岳部であって、とくに目立つような特徴はないようだった。初心者もいるし、岩壁登攀をやる上級者もいた。名菜枝には、どうやら白雲山岳会なるものがわかりかけたような気がした。高田の話の中には稲森泰造《たいぞう》という名と華村敏夫の名がほとんど等分に出て来た。その二人が中心となって白雲山岳会が進展して行く様子が見えるようだった。

「稲森さんと華村さんはよい意味のライバルだったんです」

と高田は言った。

稲森泰造は、有名大学の工学部を卒業して、エリート社員として旗精器に迎えられた男だった。その点は、美野電機に入った華村敏夫とも似ていた。学歴ばかりでなく、女性たちに人気がある点もよく似ていた。稲森は多趣味な男だった。音楽に明るく、自らもギターを弾《ひ》いて、歌を歌った。熱っぽい眼をしてものを言う男だった。まことにほがらかな男だったが、議論を始めると、自説を固執して譲らなかった。稲森は登山の究極は岩壁登攀にあると考えていて、白雲山岳会も将来は岩壁登攀に重きを置くべきことを説いた。それに対して、華村敏夫は、岩壁登攀は登山の方法過程の一つであって、岩壁登攀そのものが登山ではないという、クラシックな主張を持っていた。

「稲森さんが死ぬ半年ほど前でした。雨に閉じこめられた山小屋の中で、稲森さんと華村さんとは二十四時間、ぶっつづけにその問題で議論をしたことがありました。全く驚きましたね、そのときは」

高田は、からになったコーヒーのコップにちょっと手を出しそうにして引っこめた。名菜枝が、かわりのコーヒーを注文しようとすると、高田は、紅茶にしてくれと言った。

「その稲森さんは病気で……？」

名菜枝はおそるおそる訊いた。山で死んだのではないかという気がしたからだった。高田はひどく困惑した顔をした。言おうかどうしようかとしばらくは迷っているようだった。

「岩壁で死んだんです。彼の理想主義は、その途上で挫折《ざせつ》したのです。それもつまらない落石事故でした」

高田の声は細く消えるようだった。

「落石ですって？　落ちて来た石が頭に当たって死んだんですか」

「運が悪かったんです。同じザイルに他に二人もいたのに、死んだのは彼だけなんです」

そして高田は、名菜枝の顔を窺《うかが》うように見て、知りませんでしたかと訊いた。

「知るはずがないでしょう。私は白雲山岳会員ではありませんもの」

「そうですね、しかし、華村さんが……」

「兄が、その遭難に関係していたのですか」

「あなたの兄さんがトップにいたのです。あなたの兄さんのいるあたりから落ちた石が、二番目にいた稲森さんの頭に当たったたんです」

「そんなことがあったのですか。知りませんでしたわ。いったいどこなの、その岩壁は」

「穂高岳《ほたかだけ》の滝谷《たきだに》です。滝谷の落石は有名なものです。登攀中に落石に打たれて死んだ人はかなりの数になっています。だいたい岩がもろいんです。ほんのちょっとしたショックでも岩が崩れ落ちるんです。あそこでの落石はある程度不可抗力と考えるべきです」

高田は、しきりに頭を掻いた。三十を過ぎたばかりの年配なのに、彼の頭髪は薄かった。ある日突然、その頭髪が一度に無くなってしまうと、卵のような頭になるだろう。そんな頭の形をしていた。

「岩壁登攀の技術は稲森さんの方が上でした。大学時代にきたえ上げていましたからね。その日は、稲森さんがわざとミッテル（中間）に入って、トップに立った華村さんに、下からいろいろと世話を焼いていたのです。そしてラストにいたのは、岩壁登攀にかけては全くの素人《しろうと》のこの私でした」

そんなことがあったのかしら、彼女はそのころのことを思い出そうとしたが思い出せなかった。山にばっかり行っている兄のことだから、いちいち山から帰って来るたび、山で起きたことは話さなかった。しかし、今、高田にそう言われてみると、しばらくの間兄は物思いに沈んでいた時期があった。

(失恋でもしたの、兄さん)

と彼女が声をかけたことを名菜枝はおぼえていた。彼女が大学にいたころだ。

「あとがたいへんでしたよ。山岳会の中にはへんに邪推してつまらぬことを言う奴もいましたからね」

高田は、紅茶の中に入れたレモンをスプーンで掻き上げて、それを皿の上に置いた。

「兄が、わざと落としたっていうのでしょうか……なぜ兄がそんなことをする必要があったのでしょう。想像もできないことだわ」

名菜枝は自分の声が高いのに気がついた。隣りの席の男がふりかえったからである。

「つまらない憶測なんです。稲森さんと華村さんが絢子さんを争っていたとか、稲森さんと華村さんが白雲山岳会の主導権争いをしていたなどという噂を立てる奴がいましたが、それはすべて根も葉もないことでした。その場にいた私がその事故についてはよく知っております。私は、そのとき、華村さんが岩にハーケンを打ちこんでいるところを下から見上げていました。稲森さんのところからは、すぐ上のこぶに遮《さえぎ》られて見えませんでしたが私のところからはよく見えました。華村さんが、ハーケンを打ち始めて間もなく、そのハーケンを打ちこんでいる近くで、ハーケンを打つ震動によって、小さな崩壊が起こりました。ざらざらと小石が落ちたのです。華村さんはそれに気づいて、ハーケンを打つのを止めました。次の瞬間、頭ほどの石が、その小崩壊が起こったあとからすっぽりと抜け落ちました。落石！という叫び声は華村さんと私とが同時に発しました。稲森さんは除《よ》ける身構えをしました。小石がざらざらと落ちて来ました。その中には握り拳《こぶし》ほどのものもありました。稲森さんがその小石群を除け終わってほっとしている瞬間、大きな石が落ちて来て彼の頭を打ったのです。つまり、稲森さんが小石を除けようとして、身体を傾けていた、そっちの方へ大石が落下したというわけなんです。運が悪かったのです」

高田の額に汗が浮かんでいた。

「それほど稲森さんの死因がはっきりしているのに、なぜ兄はへんな眼で見られなければならなかったのでしょうか」

「山の世界にはありがちなことです。山だから、すべてが綺麗にすまされて行くというのは伝説であって、綺麗ごとの陰には必ず、きたないことを想像したがるものが人情なんです。その場にいた私が報告書にも書いたし、何度も何度も話しました。しかし、真相とは別な真相がどこかでだれかによって囁かれていたのです。それは今度の、華村さんの遭難についても同じことです。華村さんは疲労凍死だとすべての人が信じこんでいるかというと、そうではないのです。二人のうち一人は、華村さんの死は単純なものではないと考えているのです」

「すべての人というのは白雲山岳会員のことですの？」

「そうです。白雲山岳会員とその周辺の人々です。たぶん、その中に名菜枝さんも入っているのではないかと思います。今日私が会社の帰途、あなたに呼び出されたのも、あなたの心の中にある、その疑いを晴らすためではなかったのでしょうか」

名菜枝は高田に先回りされたような気持ちだった。高田はなにもかも承知で出て来たのかしら。

「私の心の中に重く沈んだものがなんであるか、おわかりならば、高田さんもそのことについてのお考えがあると思います。それをお聞かせいただけないでしょうか」

「華村さんの死に方に疑問があるというのでしょう。率直に言って私自身も、華村さんが凍死したことについては疑問を持っています。おそらく、私とあなたは、このことに関する限り同じ見解を同時に持ったのではないでしょうか。華村さんの遺体を迎えに来たあなたの前で見せた絢子さんの芝居がかった仕草は、全く異様としか言いようがありませんでした」

高田は名菜枝にはっきりと彼の気持ちを伝えた。

「だが私は、すくなくとも自分は登山家だと思っています。そして、白雲山岳会の三人の幹事の一人です。白雲山岳会の内部に犯罪が起こったと思いたくはありません。だから、私自身、刑事のようなことはしたくはないと思います」

「これ以上協力はできないというのですか」

「いいえ、私ができることならなんでもいたします。ただ、私自身が率先してやりたくないと言っているのです」

「ああ、よかった。あなたも大熊さんみたいにいきなり黙りこんでしまうのかと思ったわ」

名菜枝は胸を撫《な》でおろして言った。そのやり方が仰山《ぎようさん》だったので、高田は笑った。全く取りつく島もないように不愛想な高田が笑うと、意外にやさしい顔になった。

「話を前に戻してお訊ねしますけれど、兄と絢子さんとはどの程度親しかったのでしょうか」

「これはむずかしい。噂によると、稲森さんと同等程度に親しかったらしい。らしいというのは、それ以上のことは知らないからです。山岳会に報告された山行記録によると、華村さんと絢子さんとは、三、四回ほど山行を共にしたことがあります。これは山岳会に届けられたものであって、届けてない、つまり、二人だけの山行もあったらしいですね。会員の中でそれを見かけた者があります」

「絢子さんと稲森さんとの関係は？」

「これもかなり親しかったらしいんです。これも噂ですが、絢子さんは稲森さんと華村さんを秤《はかり》にかけて眺めているうち、稲森さんに傾いていった。ついには稲森さんと結婚の約束までした。たまらなくなって華村さんは、稲森さんを山に誘い出して殺したなどというデマが一時飛んだことがありました。そんなことはありません。全くのデマですが、そう思っている者が少数はおりました。絢子さんもしばらくの間はそのように考えていたようです」

「つまり絢子さんはその仇《あだ》を討ったというわけね。彼女はなんらかの方法を用いて谷川岳で兄を殺したというわけなのね。動機がやっとはっきりしたわ」

「ちょっと待ってください。動機はそう簡単ではないと思われます。なぜかというと、絢子さんは最近になって、華村さんとは前にもまして親しくなっているのです。滝谷の落石は、不可抗力の事故であるということを理解したからなんです。彼女は私に対しても、そのようなことをはっきり言っていました」

「擬装ではないでしょうか。そんなふりをして兄に近づき、兄を殺す機会、つまり仇討ちのチャンスを狙っていたのではないでしょうか。女って執念深いものよ」

そう言ってしまって、名菜枝は自分自身が執念深い女であることを自認した。

「高田さんは執念深い女はお嫌いでしょうね」

高田は面食らった顔をした。どう答えていいのかわからないようだった。彼は黙っていた。

「私は兄の死について執念深く、どこまでも追及していきたいと思うのよ、私自身の気が晴れるまで。こんな私が私自身も嫌になります。でもそうしないと気がすまないのよ。ごめんなさいね」

謝ることはなかった。ごめんなさいねと言ったのは、彼女が不覚にも高田に涙を見せたからだった。

高田は彼女の涙を不思議なものを見るような眼で眺めていた。土樽で会ったときの彼女とは全然違う女がそこにいた。あのとき、遺体にすがりついて泣く絢子を、激しく叱ったのも名菜枝だった。今、高田の前でつつましやかにハンカチを眼にするのも名菜枝だった。

「ひとりでなにもかもすることはむずかしいことだと思います。そして、その結果がどうなって終わったにしても、むなしいものだけがあとに残るでしょう。そのときの自分が見えるようです。でも私にとっては、兄はたった一人の兄でした。兄を殺した者は許せないのです」

名菜枝はもう泣いてはいなかった。

「高田さん。お願いがあるのです。大熊さんのその後の様子をくわしくお知らせいただけないでしょうか」

「大熊君、なぜ彼のことを？」

高田は名菜枝の真意を計りかねていた。

「兄の遭難に関係した人たちは、一応は疑ってかかりたいのです。それに、大熊さんはあなたと同じ会社だからまず大熊さんから調べてほしいのです」

名菜枝はもう落ち着いていた。

「さっき刑事のようなことはしたくないと言いました。だが、あなたにそれを要求されると断わりにくくなります。なぜこんな気持ちになったのかわかりません」

高田は、引き受けるとは言わなかった。その高田に押しつけるように名菜枝は言った。

「ではこの次にお会いするまでに、大熊さんのことをお願いします」

名菜枝は高田の返事を要求しなかった。それだけ言うと、あとは儀礼的な挨拶に移り、ほんとうに、今夜はすみませんでしたとお礼を言った。

高田は始めっから終わりまで名菜枝に引っ張り回されていた。

「華村さんと山に行ったとき、彼はあなたのことをよく口にしました。妹さん思いだった華村さんのために、私はあなたのお手伝いをしましょう」

「死んだ兄のために協力してくださるの」

名菜枝は確かめた。

「いいえ、それだけではありません。名菜枝さん、あなたのためにお手伝いさせていただきます」

高田は、はっきりと言った。

山焼けした黒いたくましい高田の顔が、名菜枝には、彼女の周辺に出没する、どの男性よりもたのもしく思えた。がっしりした肩のあたりを少しばかり持ち上げ気味にしてそう言った高田は、大きく一つ彼女に向かってお辞儀をした。それは、彼女に対して絶対服従を誓う騎士《ナイト》のようにさわやかな動作に見えた。

名菜枝は、多旗絢子がその日になって急に山行を取り止めたと聞いたとき、たいして驚きはしなかった。むしろ心の中で期待していたとおりのことが起きたなと思った。絢子の心の中に、もし、やましいことがあれば、名菜枝と山行を共にすることはつらいだろうし、できることなら、そういう機会をさけたほうがいいと考えるのは当然だった。

名菜枝は、絢子が来ても来なくても、秋の山行にわざわざやって来た甲斐があった、と納得できるものをちゃんと持って帰りたいと思っていた。

「名菜枝さん、けっして無理をしちゃあだめよ。このあたりで息を切らしてしまったら、もう少し上へ行って、どうにもならなくなるわよ」

有部雅子は名菜枝にそう教えた。山の先輩のつもりでいるのだわ、あのひと、と名菜枝は思っていた。たしかに有部雅子は先輩であり、名菜枝は山らしい山に登るのは生まれて初めてであった。それなのに、名菜枝は、自分自身、初めてだという感じが少しも湧いてこないのである。なぜだろうか、名菜枝はときどきそれを考える。

西黒尾根登山口と書いた立札のある少し手前で、名菜枝はトチの実を一つ拾った。その栗色に輝くトチの実は兄がときおり山から拾って来て、日本ではトチ、フランスではマロニエというのだと教えてくれた。

紅葉の盛りは過ぎて落ち葉が登山路にうず高く積もっていた。谷川岳もこのごろになると、登山者もずっと少なくなって、名菜枝たちの一行を追い抜いて行ったパーティは五組ほどしかいなかった。トチの実は、追い抜いて行ったパーティの足もとからころがり出たものであった。

雅子が先頭を歩いていた。二番目が名菜枝でそのあとに十人ほど続いて、ラストを高田が歩いていた。そのパーティの構成から見て、華村敏夫追悼登山という意思表示はかなりはっきり出ていた。華村敏夫の妹の名菜枝のペースに合わせるために、トップに雅子が選ばれたのである。

小一時間ほど登って、送電線の鉄塔のある見晴らし台で小休止したとき、雅子は名菜枝に、

「お疲れになって？」

と訊いた。名菜枝はその訊き方がおかしく聞こえた。お疲れになって？　という雅子の額にいっぱい汗をためているのに、名菜枝は汗をかいていなかった。そこで休む必要も感じなかった。

だから一行がその見晴らし台を出て暗い樹林帯の中に入って、ほとんどだれも口をきく人

がないような、ただ足元を見つめながら歩く登山になってしまっても、名菜枝はべつに苦痛は感じなかった。といって兄がよく使った愉悦といったふうなものも感じなかった。

ただ登りが急になって、みんな登ることに一所懸命になり、口をきくと息が苦しくなることを意識しての、だんまり登山に入ると、名菜枝は、それまでにない妙な境地におちいっていた。

黙って歩いていながら、ほんとうは、自分自身と会話をしているような静かな気持ちがずっと続くのである。

自分との対話は木の根につまずいたり、小鳥の声に足を止めたり、雅子がふりかえってなにか言ったときにとぎれるけれど、すぐまた続くのである。

(絢子さんはとうとう来なかったわね)

(おそらく、わたしがこわいのだわ。なにか感づかれはしないかと恐れているに違いないわ)

(でも、どっちみち時間の問題よ。いまに、私はあの女《ひと》をとっちめてやる。兄の死の真相を見きわめてやるから見ているがいいわ)

そのことにこだわってくると、名菜枝の足は自然にはやくなって、雅子のキャラバンシューズのかかとを蹴とばしそうになるのである。

「やはり華村さんの妹さんだわ。もともとあなたの身体は山にむいているのだわ」

雅子は一息入れながら言った。雅子が立ち止まると一行は停止する。静かな森の中に、雅子の声だけがよくとおる。

「名菜枝さん、山の経験がないなんて、嘘でしょう」

「いいえ、初めてですわ。高校のころ、お友だちと高尾山《たかおさん》に登ったこと以外に経験はないわ」

「だとすれば、生まれつきの……」

「山女?」

名菜枝は笑った。

「山女じゃあなくて、生まれつきの女性登山家ってわけね。私は、山女って言葉が嫌いなの。男は山男でもいいけれど、女に山女って呼び名はどうかしら」

そういう雅子に名菜枝は、

「私は山男に対して山女でも少しもへんだとは思わないわ。兄がよく山女って言葉を使っていたし……」

名菜枝はそこでぷつんと話を切った。そうだ、兄といっしょに登山しているのだと思った。知らず知らずのうちに兄をどこかに感じているのだ。歩くときも、ずっと前に兄から聞いたとおりの歩き方をしているのだ。

(登山のこつはいかにして山を歩くかでなく、いかにして歩かないかだよ)

と、兄の敏夫が、名菜枝に言ったことがある。

（山に入って、美しい自然を見、きれいな空気を吸っていると、むしょうに歩きたくなる。重い荷物を背負って、肉体的にはずいぶんつらい思いをしているのにかかわらず、心では歩こうとしているのだ。それが結局は過度の疲労につながるんだな。はやる気持ちを押えて、むしろ歩くことなぞ意識せずに歩くことが登山の秘訣《ひけつ》なんだ）

兄がひとり言のように言ったことを、名菜枝は覚えこんでいて、それを実行しているのだと思った。歩くことを意識せずに歩く——彼女は森の音を聞いた。

静かな森の中にも音はあった。

かさこそと散っていく落ち葉の音が森の暗い茂みの中で寄り集まって、それはかなりな音になるけれど、山は依然として静かであるとしか感じられないのは、その日が、谷川岳としては全く珍しいほど好天気に恵まれていたからであった。

（好天気の翌日はきっと荒れる）

と、土合ヒュッテの主人が言ったとおりとすれば、明日は荒れることになるのだけれど、名菜枝にはそうは思えない。ときたま、木の茂みの間からこぼれ落ちて来る光の矢をたどって見上げると、びっくりするほど青い空があった。

静かな山だと思っていた山が静かでなくなったのは、土合ヒュッテを出てから、かれこれ四時間近くになろうとしたころであった。樹林の背が低くなり、まばらになるとともに、それまで名菜枝が一度も聞いたことのない音を聞いた。

（あれが山の音かしら）

その音は風のように思われた。風が山に当たって出す音だろうと想像はできるけれど、なぜ、その音が、急に聞こえ出したのだろうか。

（もしや山の天気が？）

と空を見たが、空は相変わらず紺色《こんいろ》をしていた。

その空の広さが、だんだんと広がっていって、とても彼女には、そんな空が地球上にあるとは思えなかったほど、深い青さの、紺色というよりも黒い色に近いほどの広い空の下に、そのとき彼女は山（谷川岳頂上付近）を見たのであった。

山に登っていながら、山を見たというのは、なにか、だまされたような気がする。だまされてうれしかった。暗い森林の中から、明るい光の中に放り出された彼女は大きな声で叫びたい気持ちを押えるのに苦労した。

「真正面に見えるのが谷川岳。……左の沢が西黒沢、右側がマチガ沢、そして……」

雅子は、くるっと反対に向きを変えて、

「あれが朝日岳《あさひだけ》、あれが笠ガ岳《かさたけ》……」

と山の名を教えてくれるけれど、名菜枝はただ黙っているだけだった。

山の名などどうでもよかった。名菜枝にとっては、森林地帯から出て、いよいよ頂上に向かうという期待でいっぱいだった。

名菜枝は、暗から明に転じたその瞬間に、兄もやはり、このような場合、生きる喜びとともに自然の美しさを賛美したに違いないと思った。

山の音は、彼女が考えたとおり風の音であった。名菜枝が、風に揺れる木々の梢《こずえ》を珍しいものでも見るように眺めていると、雅子が言った。

「下界では風がなくても、山の上では風が吹くのです」

「なぜ」

「だって山は高いんですもの」

山が高ければなぜ風が吹くのか名菜枝は訊かなかった。雅子には答えられないことで、それは山の生理に違いない。こんなことを兄に質問したら、兄は一晩中かかっても、彼女が納得いくように説明してくれたであろう。

(兄が生きている間に、なぜ山に来なかったのだろう。兄があんなにすすめてくれたのに)

名菜枝はほろりとなった。

登山路をさえぎるように大きな岩があった。その岩がザンゲ岩だと名前を聞かされたとき、名菜枝は、その一枚岩に固定されている鎖《くさり》を見つけた。すぐ、その鎖に伝わって登るのだなと思った。

名菜枝はかすかに微笑を洩らした。

「名菜枝さんてへんなの……。だってさ、この岩の下に立つと顔色を変える人だってあるのよ、ごくまれにはね。でも笑う人なんかいないわ」

雅子が言った。

「思い出したのよ。幼稚園のころ、石の上に登ってお猿さんの真似をして叱られたことを」

名菜枝はそう言って、そこをごまかしたけれど、実際彼女は、なぜその鎖を見て微笑したか、自分自身わからなかった。

強いていうならば、いよいよ山らしいところへやって来た、谷川岳へ来たなという喜びが、彼女の顔に現われたに違いない。

雅子が、そこでも、名菜枝のために岩登りの見本を見せてくれた。

名菜枝は同性のお尻を真下から覗き上げるようなことをしたためしはなかったので、雅子のお尻を下から見上げて、そのあまりにも重そうで偉大なのに驚いた。そして、スキーズボンを穿《は》いていたにしても、よくまあ、あんな大胆に足を伸ばしたり、股を開いたりできるものだと思った。そしてすぐ、名菜枝は、そのお尻を見上げている男たちの心情を思うと、自分の顔が赤くなるような気がした。

(男って、心の中で、女をはだかにして見るものよ。だから、物腰にはよくよく気をつけてね)

名菜枝が、叔母の店のコンパニオンになったとき、叔母に注意された言葉だった。

名菜枝はふりかえって、男たちの表情を見た。どの男も緊張した顔をしていた。にやついている男は一人もいなかった。

しかめっつらをして、不安げな表情で見上げている男たちから、不純なものを発見することは困難だった。

名菜枝はむしろ自《みずか》らを恥じた。なんて私はいやらしい女だろうと思った。山の世界にいる人たちと、そうでない人間との違いだと思った。

雅子は、だれの補助も受けずに岩の上に出た。

次は名菜枝の番であった。彼女は岩にちょっと手を触れたが、後ろをふりむいて言った。

「どうぞ、お先に。私はいちばんあとでいいんです」

妙な譲り方であったので、名菜枝のあとにつづく人たちの間にざわめきが起こった。

「じゃあ、名菜枝さんは、いちばん最後にしてもらいましょう」

リーダーの高田が言った。

名菜枝はほっとして、すぐ、その人たちはみな、名菜枝が岩を登るのをこわがっているのではなく、他人にお尻を見せるのを恥ずかしがっていることを承知の上ではないかと思った。

高田と名菜枝が最後に残った。

「さあ、あなたの番です」

高田が言った。

「私はいちばんあとでいいのです」

「それは困ります。ぼくはリーダーである以上、あなたのあとを従《つ》いてゆかねばなりません」

「私のあとを……」

「そうです。あなたはまだ未知数ですからね」

高田の眼には命令的なものがあった。

「どうしても、いやだと言ったら」

「いやだとは言わせません」

「でも、兄は……兄はあのとき、絢子さんのわがままを聞いて、絢子さん一人にだけ、ザイルをはずすことを許したでしょう。あのとき兄はリーダーでした。が、兄は絢子さんにいやだと言わせたのです。それは……」

「それは、絢子さんの疲労度と実力から推して大丈夫だと見たからでしょう。だが、今は違います。あなたはズブの素人です。わがままは許せません」

さあと、高田は岩に向かって顎《あご》をしゃくった。

名菜枝は岩に取りついた。はじめっから怖いとは思わなかった。鎖が、なくても登れそうな気がした。岩に登ることより、彼女のすぐ下から高田が登って来ることの方が気になった。

だが、そんなことを考えたのも、ほんのしばらくで、いざ岩に取りついてしまうと、あとから登って来る高田のことなど、気にならなかった。

名菜枝は鎖を持った。その重量感と、はっとするほどの冷たさに、彼女は、いま自分は谷川岳に登りつつあるのだなと思った。

カール・ロックナーが、登山家の気持ちを理解するには、山に登ってみなければならないと言ったことを思い出した。

その岩を登り切るまで、高田はひとことも言わなかった。名菜枝は、ちょっとそれが不満だった。

ザンゲ岩を登り切ったあたりから、風が強くなった。熊笹《くまざさ》が風に鳴った。

名菜枝は、高田がもう少し自分に親切にしてくれてもよいのにと思った。すくなくとも彼の心の中にはそういうものがあるはずだった。彼と喫茶店で会って別れるときに、名菜枝さんのために協力しますと言って、最敬礼に近いお辞儀をした彼と、今ここでぞんざいな言葉を使う彼とは別人のようだった。生まれて初めて山に来たのだから、歩き方のA、B、Cから教えてほしいというのではなかった。鎖場という、一見怖いような場所に来たときくらい親身になってほしかった。雅子のような、おせっかいではなく、ひとことふたこと彼女の参考になるような言葉を掛けてもらいたかった。彼女は兄が、登山は最初が大事だ、へんな癖がつくとなかなか直らないと言っていたことを思い出した。その最初の登山に来たというのに、高田はなぜひとことも注意してくれなかったのだろうか。

名菜枝はふりかえって高田に言った。

「私の登り方おかしくはなかったかしら」

いや、べつに、と高田は首をふって、

「あなたは、前に登って行った人の登り方をよく見て、鎖にたよらないように、一歩一歩確実に登って行きました。はじめての人は岩を怖がるのですが、あなたにはそういうところはありません。たいしたものですよ」

「賛《ほ》めてくださるの、おだてには乗りませんわよ」

「賛めているのでも、おだてているのでもありません。そのとおりのことを言っているのです。山にはお世辞は通用しません。登り方が悪ければ、ちゃんと直します。そうしないと、あとになって取り返しのつかないことになりますから」

高田は、さあ歩けというように顎をしゃくった。名菜枝は上を見上げた。隊列はずっと長くなっていた。雅子のあとが、つまっているのは、雅子の歩き方が遅いからだった。

名菜枝は彼女のすぐ前を登って行く大熊菊男の後ろ姿に眼をやった。図体《ずうたい》が大きなくせに、妙に神経質なところがある大熊は、上野で夜行列車に乗りこんでからも、黙りこんだままほとんどものを言わなかった。朝早く、土合《と》に列車が止まって、夜が明けるまでのしばらくの間を、土合ヒュッテのベンチで、朝食を摂りながら過ごしたときも、彼はほとんど口をきかなかった。

彼は腕を組んだり、それをほぐしたりしながら、ときどきパーティの方に視線を投げかけていた。大熊の前を和泉四郎が歩いていた。坊っちゃんというあだなのとおり、彼はどことなくのんびりと見えた。前がつかえると、彼は、小脇にかかえこんでいるスケッチブックを開いて、その場にすわりこんで写生を始めた。一度すわりこむとなかなか立ち上がらなかった。彼はずっと遅れた。高田はその彼にべつに注意をしなかった。和泉は旗精器を代表する白雲山岳会の幹事であった。山歴もあった。その彼に高田が文句を言えるはずはなかった。もともと、懇親山行というような軽い山行だから、あまりうるさいことは言わないほうがいいだろうというリーダーの高田の配慮がそのあたりに見えていた。

「和泉さんひとりで大丈夫かしら」

岩に腰かけてスケッチを始めて動かない和泉の姿がずっと下になってから、名菜枝が言った。

「彼のことだ。すぐ追いつきますよ」

高田が言ったとおり、和泉は間もなくやって来て、名菜枝を追い越して、彼の順番に戻ると、後ろを向いて手を振った。

(あの男が兄の最期の場にいた一人なのだ)

と名菜枝は思った。そこになにが起こったかを知っているのは、絢子と和泉なのだ。

(スケッチブックなんかちらつかせて)

と名菜枝は、和泉の動作にけちをつけてはみたものの、和泉がわざとそんなことをしているふうでもなし、そういうことをする和泉をとくに憎む気持ちにもなれなかった。つまり和泉は、リーダーでもサブリーダーでもないという気安さから、やや気ままに見えるようなことをしているのだ。

前を行く大熊が立ち止まった。いっこうに動く気配がない。名菜枝が追い抜こうとすると、大熊は突然ふりかえって名菜枝に言った。

「名菜枝さん、あなたがこの山行に加わったほんとうの目的は何なんです」

その突然の質問は名菜枝にとって、いきなり頭を殴られたように痛かった。

「なんでそんなことをお訊きになるの」

「知りたいからさ。あなたのような美しい顔をした女の心の中を覗いて見たいのさ」

「山行にほんとうの目的と嘘の目的があるの。それなら大熊さんこそ、今日の山行のほんとうの目的はなんだか教えてちょうだい」

「ぼくのほんとうの目的は、華村名菜枝という女《ひと》を観察することさ」

「ごくろうなことね。どうぞしっかり見てちょうだい。私がどんな女だか」

「たいしたものさ、立派な女《ひと》ですよ」

「えっ……」

なにがたいしたもので、なにが立派なのか訊こうとすると、大熊はさっさと歩き出した。

と同時に、和泉もまた歩き出した。和泉は立ち止まって背後での会話を聞いていたようである。ばかにしているわ、と名菜枝は言いたいところを我慢した。なんて失礼な男だろう、山男ってこんなんかしらと思ったとき、彼女は、彼女の後ろにぴったりと従《つ》いて来ている高田のことを思った。

(高田に大熊の身辺を調査してくれるように依頼した。あるいは、高田がそのつもりで大熊のことを調べ始めたのを、大熊が気づいて、あんな皮肉を言ったのではなかろうか)

高田と大熊は佐森製作所に勤めている。職場も近い。今後、高田との連絡は注意しなければならない。

名菜枝は眼を足元から前に延ばした。頂が近づいていた。すでに頂付近に達している、先行のパーティの呼び声が千切れ千切れに聞こえて来る。

やはり山の上は風が強かった。

逃げた眼

谷川岳の頂上は正確にいうとトマの耳（一九六三メートル）である。名菜枝が谷川岳の頂上に立ったのだと思っている肩ノ広場は、トマの耳より低いところにあるのだが、眺望に恵まれた肩ノ広場の付近一帯は、一般的には谷川岳頂上と言われているし、そう呼んでも、嘘ではない。

肩ノ広場は笹に覆われていた。風に音を立てて鳴る笹の広場には、あっちこっちと踏み跡が乱れていて、その踏み跡は、肩ノ小屋に結局はまとめられていた。

肩ノ小屋はいかにも寒そうに見えた。風が、小屋に身を擦《す》りよせて吹き通ると、すすり泣きのような音を立てた。

名菜枝は、高田に導かれるままに従《つ》いて行った。彼は途中で、雅子がやったように、まず遠くに見える山々の名称を説明した。

南方遥か向こうに見える榛名《はるな》山。南東に見える赤城《あかぎ》山。東方にかたまって見える日光《にっこう》の白根《しら》《ね》山、武尊《ほたか》山。東北東に見える燧岳《ひうちだけ》、至仏《しぶつ》山などの名前を義務的に口にする、高田の指先を名菜枝は黙って見ていた。

名菜枝には、遠くに山が見えるだけで十分だった。その名前がなんであっても、もしかりに、あれは槍《やり》ガ岳《だけ》だと、嘘を言われても、おそらく彼女は黙っていたに違いない。

名菜枝は、谷川岳の頂に立ったという感慨にふけっていた。自分の足で歩いて数時間の後、谷川岳の頂上に立ったという、なにものにもかえがたい感悦は、そのときの彼女が初めて味わうものであった。

高田は西に向きを変えて、

「あそこに三つ山が重なって見えるでしょう。一番遠くに見えるのが、苗場《なえば》山、そのこっちが仙《せん》ノ倉《くら》山、そして仙ノ倉山とほとんど重なったように見えるのが万太郎山です」

高田はそこで名菜枝の方に眼をやった。彼女がなにか言ったように感じたからだった。

「あの山が万太郎山……」

名菜枝は懐かしさをこめて言った。

「すると、手前がオジカ沢ノ頭ですね」

「そうです」

高田は、名菜枝の胸中にあるものを察して、その次の言葉が口から出なかった。

華村敏夫は、万太郎山とオジカ沢ノ頭の中間地帯を南に下った赤谷川上流で死んだのである。その沢は肩ノ広場から見ることはできなかったが、名菜枝の眼はそこを透視しているように光って見えた。

「それほど遠いところではないわね」

名菜枝が言った。高田は、その言葉をどう解釈していいかわからなかった。

「そうです。距離にしたら、ここからオジカ沢ノ頭まで、約二キロメートルしかありません」

「そして、そこから絢子さんが滑落した場所までは、一キロメートル弱でしたわね」

「そのとおりです」

「ここからオジカ沢ノ頭までは、ゆっくり歩いても、二時間はかからないでしょう。こんなすばらしい天気だし……」

「名菜枝さん……」

「それに、もし天気でも悪くなったとしたら、オジカ沢ノ頭には避難小屋だってあるし」

「とんでもないことです」

「なんで？」

「われわれは日帰りの予定で来たのです。あと二十分ほどしたら、下山しなければならないのです」

「下山したい人はしたらいいでしょう」

「なにを言うんです。名菜枝さん。あなたは寝袋《シュラーフザック》を持ってこないではありませんか。まだ初雪こそ降ってはいませんが、夜になると、気温はぐんと下がります。それにしてももし天気でも変わったら動きが取れなくなります。われわれは食糧も燃料も持って来てはいないのですよ」

「オジカ沢の避難小屋は寒いでしょう。でも私は毛糸の厚手のセーターを持って来ています。それを着て、ウインドヤッケを着ていたら、まさか凍死することはないでしょう」

「なぜ、そんな無理をしようというのです」

「兄の死に場所を見たいのです。赤谷川の上流までおりて行くことができないにしても、せめて絢子さんが滑落した現場まで行ってみたいのです。兄は、その現場から赤谷川に向かって、一歩足を踏み出したときに、もう死んでいたのです」

「どういう意味なんです、それは」

「つまり絢子さんを助けようと決心したときに、兄は死んでいたっていうことですわ」

「あなたが言うことを、ぼくには理解できません」

「オジカ沢ノ頭まで、私を案内して行ったら、私の気持ちがわかるでしょう」

「いくらだだをこねても、ぼくには、そんな無茶なことはできません。ぼくは、このパーティのリーダーです」

「では、私に和泉さんと二人だけで話をする機会を作ってくださいませんか。二人だけですよ。話をだれにも聞かれないようなところで、私は和泉さんに訊きたいことがあるんです」

高田は名菜枝の顔をじっと見ていた。風が強いので名菜枝はウインドヤッケを頭からかぶっていた。ヤッケの中の顔は少女のように見える。その少女の眼は、初めての山に興奮したのか輝いていた。山の空気に触れ、頂に立った瞬間、名菜枝の中に新しい躍動が起こったのだと高田は思った。だれでも、初めて高い山の頂に登ったときは異常な興奮を示すものだ。やたらに大声を出して叫んだり、むやみやたらと写真を撮ったり、狂ったように肩を叩き合ったり、抱き合ったりするものだ。名菜枝の場合はそれらのあらゆる種類の興奮とは別な型の興奮なのだ。彼女は、兄の死の原因を突き止めようという衝動に駆り立てられている。止めようがないことだ。

「ちょっと待っていてください。話して来ますから」

高田は彼女をそこに置いて、和泉のところに行った。和泉は、同行した山岳会の仲間と声高に話していた。

「名菜枝さんが君に話があるそうだ。華村さんが死んだ場所はどこかと訊いているのだ。教えてやってくれないか」

「ここでは見えませんよ」

「わかっている。だから、尾根を少し向こうに行ったところで、大体のことを言えば気が済むだろう。彼女の気持ちにもなってやってくれないか」

和泉は、それに応えて名菜枝の方へゆっくりと歩いていった。

和泉と名菜枝とが肩を並べて縦走路の方に歩いて行くのを、白雲山岳会の会員たちは黙って見ていた。

「おや、どうしたの」

雅子が二人の姿を見て言った。彼女はすぐそのあとを追おうとした。

「行くのはよしなさい。名菜枝さんは、華村さんが亡くなった場所を知りたいのだ。大体でいいから教えてくれと言っているのだ。案内役は和泉が最適だ。なぜならば華村さんの最期の場にいたのは、彼と絢子さんの二人だけだった」

高田が雅子を引き止めて言った。雅子は、不安げな眼を二人の後ろ姿に投げたまま黙っていた。

「オジカ沢ノ頭までは二キロメートルもあるんですってね」

名菜枝は和泉に言った。

「そうです。痩《や》せ尾根ですが、天気さえよければそれほど危険な縦走路ではありません。今日のように時間がなければどうにもなりませんが……」

「歩いたことがあるの？」

「いえありません、人から聞いた話です」

「では、ほんとうはどうかわからないでしょう。行こうと思えば、これからでもオジカ沢ノ頭の避難所に行けるかもしれないわね。和泉さん、お願いですから、私をそこまで連れて行ってくださいませんか。そこまででいいのです。そこから、兄が死んだ赤谷川上流を見たいのです」

名菜枝は和泉の腕をかかえこむようにして言った。

「無理すれば行けるかもしれません。しかし、ビバークの用意をして来ていませんから、行きたくとも行けないのです。会社の方だって無断で休むわけにはゆきませんしね」

予期した答えであった。その答えの中に、会社のことを気にした言葉があったのを、名菜枝は興味深く受け取った。坊っちゃんなどというあだなにふさわしくないなと思った。見かけはお坊っちゃんでも、やはり会社の成績を気にする一般的なサラリーマンではないか。

「どうしても私は行きたいんです」

「そんな無茶を言われても困ります。それこそ遭難につながることです。夏と違って晩秋です。天気が変わると雪が降ります」

「夏とおっしゃったわね、夏ならば遭難にはつながらないと、おっしゃりたいのでしょう。それならば、その夏になぜ兄は遭難したのです。あなたと絢子さんがなんでもなくて、兄だけがどうして死なねばならなかったのでしょうか」

和泉は言葉につまった。風が、困惑した和泉の顔に吹きつけていた。

「どうしても行きませんか」

名菜枝はだめを押した。

「絶対にそれはできないことです」

「それならば、ここで私の質問に一つだけ答えていただけませんかしら。たった一つの質問です。その答えがいただけたら、私はオジカ沢ノ頭へ行くことをあきらめます。もしあなたが答えてくださらないと、私は一人で出かけることになるでしょう」

名菜枝は和泉四郎に正対《せいたい》して言った。風が強いから彼女は防風衣《ウィンドヤッケ》の頭巾《ずきん》をおろしていた。頭巾の中の名菜枝の眼は、期待に燃えていた。

「その質問を受けましょう」

和泉はそう言わざるを得なかった。

「兄が死んだあの夜、兄はあの厚手のセーターを一度も身体から離しませんでしたか」

名菜枝は和泉の眼を見つめて言った。和泉がほんものの山男なら、彼女の眼をまっすぐ見て答えるだろうと思った。

和泉の顔色が変わった。蒼《あお》くなった。彼は、名菜枝の視線を持ちこたえることができなかった。その眼は明らかに逃げていた。

「なにしてるの、まるで喧嘩《けんか》でもしているみたい」

雅子が来て言った。雅子のあとに大熊が従《つ》いていた。

名菜枝は土合ヒュッテで白雲山岳会の人たちと別れた。

(ここまで来たから、二、三日ゆっくりして帰りたい)

その名菜枝の申し出に対して、だれも反対することはできなかった。土合は下界である。下界の行動に対して山岳会としてとやかく言うことはできなかった。

ヒュッテは静かで、他に登山客はいなかった。彼女はヒュッテの主人の小島清に、兄の遭難について掘り下げたことを訊いてみたかった。

(谷川岳の頂上で、和泉四郎に放った質問に対して、一瞬、和泉四郎はたじろいだ。彼の眼は逃げた。兄の死の秘密は毛糸のセーターにあるのではなかろうか)

名菜枝はヒュッテのおばさんの千代を通じて、小島清に話をお伺いしたいと申し出た。

「なんの話だね」

その日の夕刻、帰宅した小島が名菜枝に訊いた。

名菜枝は、兄が遭難したときのお礼を丁寧《ていねい》に述べてから、

「どうしても納得できないことがあるのです」

「納得できないこと」

小島は澄んだ眼で、名菜枝の顔をじっと見つめていたが、

「まあ、飯でも終わってからゆっくり聞きましょう」

と言った。名菜枝は、小島の眼は、怖い眼だなと思った。嘘を言っても、あの眼にあったらすぐばれてしまうだろうと思った。名菜枝は、その時間が来るまで、頭の中をよく整理した。要領よく話さなければならないと思った。

食事が済んでしばらく経つと、千代が、名菜枝を迎えに来た。小島は着物に着かえて、茶の間の炬燵《こたつ》にあたっていた。ここではもう、炬燵の季節になったのだ。

名菜枝は、膝を折ったままで炬燵に入った。その形では長続きはしないだろうけれど、そのときは、そうせざるを得ないような、妙に堅苦しい空気だった。

「あなたの兄さんの遭難に関して納得のいかないことというと、なんでしょうか」

小島の方から、そう切り出してくると、名菜枝は楽だった。

「あの用心深い兄が、たった一夜で凍死したということが、どう考えても納得いかないんです」

小島は大きく頷いた。谷川岳の主《ぬし》と言われている小島は、数え切れないほどの遭難事件を扱っていた。ある意味では遭難に馴れていた。

小島は立ち上がると、すぐ日記帳を持って引き返して来て、名菜枝の前で、ぱらぱらページを繰って、八月二十四日という日付のところを開いた。遭難が起きた日だった。こまかい字でなにか、ぎっしりと書き込んであり、余白に、新聞の天気図の切り抜きが張ってあった。

「さあどうぞ、私でわかることなら、なんでもお答えいたします」

開き直ったように言われると、名菜枝は、ちょっと言葉につまった。名菜枝はしばらく、口ごもっていたが、ついにそのことを言った。

「私は兄の死に方にいまでも疑問を持っているのです。いくらはげしい暴風雨の夜だったにしても、三人のうち兄一人だけが一夜で冷たくなってしまったということが信じられないのです。……多くの遭難をごらんになっている小島さんは、兄の死についてどうお考えになりますか」

「どう考えるかというと？」

「へんだとはお感じになりませんでしたか。兄は厚い毛糸のセーターを着込んだ上に雨具をつけていました。疲労していたことは事実ですけれど、一夜で凍死するなんて、おかしいとは思いませんでしたか」

「おかしいとか、へんだとかいうことになると、山の遭難はみんなへんであり、おかしいことだらけなんです。いままで私が扱った遭難のどれを取り上げてみても、へんでない遭難はありませんでした。だいたい遭難が起こるということが、もともとへんなんです。どこかに遭難を起こすような欠陥があって……その欠陥が一つではなく、二つ三つと重なり合ったときに遭難は起こるものなんです」

「あなたは一般論を言っておられますが、私は兄のことをお訊きしているのです。あのときのことをもっとくわしくお訊きしたいのです」

名菜枝はたのみこむような眼をして言った。小島は、名菜枝に向けていた眼を日記帳に落とした。当時の記録を読んで、そのときのことを思い出そうとするつもりのようであった。

「この谷川岳では岩から落ちて死んだという例がたくさんありますが、岩から落ちた瞬間のことを取り上げて言えば、ハーケンが抜けたとか、岩を踏みはずしたとかいう原因があげられますが、そこに到着するまでの間にはいろいろあります。

夜行列車で来て疲労していたとか、経験不足だったとか、装備不足だったとか、人員構成がよくなかったとか、いくつかの欠陥が重なり合って岩から落ちて死んだという結果が起こるのです。

あなたの兄さんの場合でも、人員の構成、隊員の技術、天候の悪化、隊員の滑落、極度の疲労、暴風雨の夜などという悪条件が重なって起きたことだと思います」

やはり、小島は一般的な視野の上でしかものを言わなかった。

「でも、決定的なものが、あるでしょう。たとえば、もし兄がもう一枚余計に毛糸のセーターを持っていたら死なずにすんだというようなことです。私はそれをお訊きしたいのです」

「あなたは、妙に毛糸のセーターにこだわりますね」

「兄は……兄は私によく言いました。夏だったら、厚手の毛糸のセーターを着て、その上に雨具をつけていたら、食糧のあるかぎり、めったなことでは死ぬことはないって……その兄が死んだんです」

名菜枝は小島の顔を見つめて言った。小島は黙ったまま腕を組み直した。

「救助隊が現場に到着したとき、兄の遺体についてなにか不審を感じませんでしたか」

名菜枝は、とうとうそのことを聞いた。

「不審に思うようなことはなにもありませんでした」

「救助隊が到着したときの二人の様子を話していただけないでしょうか。どうしても訊きたいのです。お願いですから話してください」

名菜枝は畳の上に手をついた。小島は困り切った顔をした。迷惑そうであった。

「二人の居どころは、比較的容易に発見されました。和泉さんが、コール（呼び掛け）に応えてくれたからです。救助隊は、和泉さんの声の方へ近づいて行きました。一人だけやっと入れるぐらいの洞窟《どうくつ》を背にして多旗絢子さん、そのすぐそばにあなたの兄さんが倒れていました。焚火《たきび》の煙が樹林の中を這い回っていました」

「そのとき絢子さんは、まず最初になんて言いましたか」

「なにも言いませんでした。彼女は泣いていました。助かったという気持ちなんでしょう、よくあることです」

「それから――」

名菜枝は小島の顔を睨《にら》むように見た。

「救助隊が華村さんの遺体に近づいたとき、彼女は一段と激しく泣き叫びました。たしかにそのとき、彼女は、華村さんは、私のために死んだんです……そのようなことを繰り返していました。こういう場合、よくあることです」

小島は言葉を切った。名菜枝が、おそろしいほど大きく眼を見開いたからだった。

# 晩秋の雨

土合からトンネルを一つくぐって隣りの土樽に出ると、雨の降り方はいよいよはげしくなった。

名菜枝は土樽山荘までの道を、雨に打たれながら登って行った。きのうのすばらしい快晴の日に比較して、なんと寂しい冷たい雨の日だろうと思った。雨は、道のわきに吹きだまっている落ち葉に当たって音を立てた。土樽山荘から見える山々は、もうすっかり色あせていた。

晩秋の雨という言葉が名菜枝の心の中に浮かんだ。ここが晩秋なら、東京も晩秋であり、もし東京に雨が降っていたら、それも晩秋の雨に違いなかった。なのに、東京にいると、晩秋の雨というような情緒感のある言葉が浮かばないのは、東京には情緒そのものが存在しないのかもしれない。

名菜枝はそんなことを考えながら、丘の上の土樽山荘の前に立った。軒先に吊り下げられた鐘の半面が吹きつける雨で濡れていた。

もう間もなく初雪が降って、その雪が消えないうちに、また雪が降る。そしてその雪は春まで溶けない根雪になるだろう。ここがスキー場になって、霧が発生するたびにこの鐘は打ち鳴らされるのだ。

名菜枝がそんなことを考えていると、中から、髯の顔がひょいっと出た。土樽山荘の主人の高谷吾作であった。

名菜枝は土合ヒュッテでやったと同じように、最上級の慇懃《いんぎん》さで、兄が遭難したときに世話になったお礼を言った。

「一人ですか」

高谷はじろりと名菜枝を見た。高谷の眼も小島と同じように澄んでいて、鷲《わし》の眼のように鋭かった。名菜枝は谷川岳を代表する二人の山の家の主人の眼の中に、山で生きる人たちに共通した、清潔さときびしさを発見したような気がした。

小島の眼に対したとき嘘がつけないと思ったように、高谷の眼に対しても、あくまで謙虚であるべきだと思った。

「きのう、白雲山岳会の人たちといっしょに土合まで来ましたが、私ひとり土合ヒュッテで泊まって……」

高谷は大きくうなずいた。

「兄の追悼山行なんです」

「すると、現場まで?」

高谷は、改めて、名菜枝の服装を見た。

「いいえ、肩ノ広場までの日帰り登山でした」

「そうでしょうね」

と高谷は言うと、戸を開けて中へ入るように言った。

部屋の中は暗く、がらんとした感じだった。重油ストーブは燃えてはいなかった。食堂の方には電灯がついていて、その中ほどに入り口に背を向けて一人の男が腰かけていた。服装から見て、山へ行こうとして、ここまで来て、折りからの雨に考えこんでいるようでもあり、下山して一休みしているようにも思われた。

「おいそがしいでしょうけれど、一時間ほど時間をさいていただけませんか」

名菜枝が言った。

「一時間で行って来られるところまで案内しろとおっしゃるのですか」

「いいえ、どうしても高谷さんのご意見をおうかがいしたいのです」

「私の意見をね」

高谷は、ほう、といった顔をして、それでは三十分ばかり待ってください、すぐ仕事をすませて来ますから、と言って外へ出て行った。

奥のほうに人の気配はあったが、そこにはだれも顔を現わさなかった。三つばかり奥のテーブルにいる客は、どうやら居眠りでもしているらしかった。

名菜枝は高谷の帰りを待ちながら、自分という女はなんて執念深い女だろうと思った。

(やめろ、そんなみっともないことはやめろ)

という兄の声を心の中で聞きながら、兄の死因をあくまでも追及しようとする自分がよくわからなかった。

兄の死は突然やって来た。それまでは、あまりに身近にいすぎたために兄の存在は忘れがちだった。その兄が死んでから、名菜枝は兄が、彼女にとっていかに大事な人であったかを知らされた。

兄がいない世界は灰色だった。兄が死んだと考えただけで生きる力を失ったような気持ちにさえなる。兄に対する追慕の念が、兄を死の淵に追いやった人たちへの憎しみに変形されているのだ。

「寒いなあ、きょうは」

そう言いながら帰って来た高谷は、重油ストーブに火をつけた。二人の客のためにストーブを焚《た》くのはなにかもったいない気がしたが、名菜枝には、高谷の好意がうれしかった。

「兄のことなんです」

名菜枝は彼女の前にすわった高谷に言った。

「華村敏夫氏の遭難について、なにか訊きたいことがあるというのですね」

高谷は名菜枝の言うべきことをずばりと言った。ここで、小島は日記帳を持って来たが、高谷は立とうとはしなかった。二人の性格の相違がはっきりわかるような気がした。

「私は兄の死に疑問を持っているのです。たった一夜の嵐で、なぜ兄だけが凍死したのでしょうか。兄は、他の人たちよりも、しっかりした服装をしていました。兄の着ていた毛糸のセーターは厚手のものだったし、雨具だってちゃんとしていました。べつに体調がおかしかったということもなかったのに……」

名菜枝は結論から先に言った。

「そのとおりですね。実は私も、あなたの兄さんの遺体を見たとき、へんだと思いました」

高谷ははっきり言った。

「やっぱり、へんだとお思いになりましたか、それで――」

名菜枝は高鳴る胸を強いておし静めるようにして言った。

「それだけです。服装からいうと、あなたの兄さんだけが死ぬのはどうしても、合点《がてん》が行きません。そういうときは、当然、そうなるまでの経過が問題になります。

結局、華村さんはリーダーとして、働き過ぎた、肉体の限界を越えるような働きをして、疲労困憊《こんぱい》していた。夕食も十分取れないような状態にあった――だから寒さに負けたのだと推定しました」

「推定？」

「想像し推定するよりほかに手はないでしょう」

「その推定に自信がおありですの」

名菜枝はすかさず訊いた。前の客の背がちょっぴり動いた。

「自信なんかありません。私はあくまでも第三者です。現場にいたわけではありませんから」

「たしかに兄は疲労していましたわ。だが、寒さで死ぬほどまでに疲労していたなんてことが、私には考えられないのです。そういう例が他にもあったでしょうか」

「夏山の遭難死の多くは疲労凍死です。だが、多くの場合、それに食糧不足という条件が付随しています。食糧もあり、厚手の毛糸のセーターまで着込んでいて、一夜で死んだという例は聞いたことが……」

そして高谷は言葉を切って名菜枝の顔を見た。言っていいかどうか躊躇《ちゅうちょ》している顔だった。

「どうぞおっしゃってください」

「谷川岳で起きたことではないが、夜の寒さに耐えられなくなった二人の登山者が、一着の防風衣の奪い合いをしたあげく、その争いに負けたほうが死んだという話を聞きました」

「外国のことでしょう?」

名菜枝はカール・ロックナーの話を思い出しながら言った。

「いや、日本の山の中で実際に起きたことですよ」

「生きるか死ぬかというときになると、山の友情もなにも消えてなくなるということでしょうか」

「私はもとから、山にかぎって、そこに特別な友情だの信頼などというものが存在するとは思っていません。この山へやってくる人たちを見ているとよくわかります。山だって下界だってまったく同じです。善《よ》い人もあり、悪い人もある」

「兄の場合、生きていた二人の中にその悪い人がいたのではないか、と考えられるふしはございませんでしたか」

「率直に言って、私はそういうふうには考えられませんでした。ただ……」

「ただ？　ただどうしたのでしょう」

「ただひとつ、私がへんに感じられたのは、あの絢子さんという女《ひと》の態度です。救助隊が行ったときも、遺体を迎えに来たあなたと行き会ったときも、あの女《ひと》の泣き叫び方は仰山すぎた。私はいくつかの遭難にぶつかっていますが、あのようなことは初めてでした」

「なにか疑わしいことでも？」

「いや」

高谷ははげしく頭を振ってはっきり言った。

「疑わしいことはなにもありませんでした。あの女《ひと》の泣き叫び方を異様に感じただけでした」

高谷と名菜枝の会話はそれで終わった。それ以上話しても、同じことを繰り返すに過ぎなかった。

（土合ヒュッテの小島は一般論を言った。土樽山荘の高谷は主観論を言ったが、結局は同じことを主張したことになる。疑わしいことはないのだ）

名菜枝は雨の中を土樽山荘を出た。高谷は疑わしいことについて、なにも発言しなかったが、彼女の心の中には、いよいよ疑わしいものが重みを加えていった。

小島は疑わしいとは言わなかったが、絢子が激しく泣き叫んだことを指摘した。高谷は、その点をへんだと言った。名菜枝が兄の遺体と対面したときに抱いた疑いは二人の山男によって裏打ちされたようにも思えるのである。

疑問点は兄が着ていた毛糸のセーターにあるように思われた。谷川岳の頂上で、和泉四郎に対する質問——兄は一晩中身体から毛糸のセーターを離さなかったかどうかについて、彼の眼は逃げた。

（もしかしたら……）

そして、彼女は、まさかとそれを否定するのだ。土樽の駅のプラットホームから見る越後《えちご》の山々は、その秘密を飲んだように雨に煙っていた。

列車は意外に混んでいた。名菜枝は土合駅まで立った。そこで、窓側の向かい合いの席が二つ空《あ》いた。彼女はその一つにすわった。前の席にやはり土樽から乗り込んで、それまで立っていた登山姿の男がすわった。すわるときに、名菜枝と眼が合った。男はちょっと頭を下げた。土樽山荘にいた男だった。名菜枝はいそいで頭を下げた。

列車が水上《みなかみ》に着くと、乗客の多くが下車した。そのボックスには名菜枝と、登山姿の男と二人だけになった。男の年齢ははっきりしない。四十そこそこだろうか。

「土樽山荘での話を、聞くとはなしに聞いてしまいました」

男はそう言うと照れかくしのつもりか、ハンカチを出して顔を拭った。

「山がお好きなようですね」

名菜枝は、彼のかなり着古された服装に眼を向けながら言った。一般の登山者と違って、どこかに山の年季を感じさせる身づくろいをしていた。

「若いころから山が好きで、仕事の方がどうにもこうにもやり切れなくなると、ぶらりと山へやってくるのです。きのうはすばらしい天気でしたね」

山から降りて来て、土樽山荘に一晩泊まったのだなと名菜枝は思った。

「さっきの話をお聞きになって、どんなふうにお感じになりましたか」

「そうですね」

男は、自分の意見を言おうか言うまいかと迷っているようだったが、膝の上に両手をそろえて置くと、

「実はね、お嬢さん、ゆうべ高谷さんと一杯やりながら、酒のさかなにあなたのお兄さんの

遭難の一件を聞いていたのです。その翌朝、あなたがお見えになるとは思ってもいませんでした」

　男は微笑した。

「まあ、酒のさかなに……」

　名菜枝はいやな顔をした。

「誤解されては困ります。つまり、だれが聞いても、その遭難は、どこかおかしなところがあるから、酒のさかなになったのではないでしょうか」

「すると、あなたも、その話を聞いてへんだと？」

　名菜枝はその男の顔を見つめた。

「へんというよりも、なかなか興味深い問題だと思うんです。しかし、私は検死をした医者ではないのですから、死因について疑いをさしはさむことはできません。それで私は、死因そのものよりも、その後に起こったことの方に大いに関心を持ったのです。絢子さんといいましたね。あなたの前で、私が華村さんを殺したのですと泣き叫んだというその女《ひと》の心理状態を、もう少し突っ込んで分析してみたいと思いました。日ごろその女は、どういう生活をしているひとか、子どものときから大人になるまでの環境の変化を調べてみたいと思いました」

「そうすれば、絢子さんが、あのとき泣き叫んだことが芝居であったかどうかがわかるのですか」

「いや、それは、自分の弱点を補うための芝居であることには間違いないと思うのです。私が彼女の精神的履歴を調べてみたいというのは、その芝居をなぜやらなければならなかったか——つまり、それはあなたの兄さんの死因にもつながることになるのです」

列車が徐行して、しばらくして止まった。乗客が窓から外へ顔を出している。男はちょっと外へ眼をやったが、すぐ名菜枝のところにもどすと、

「あなたはお芝居がきらいですか」

「芝居？」

「見る芝居ではなく、自分でやる芝居です。絢子さんがあなたの前で芝居をやったのだから、あなたも彼女の前で、大芝居を打ってみたらどうでしょうか」

列車はごとんと大きな音を立ててまた走り出した。

# 肩書きのない名刺

(芝居ってなんだろう)

と名菜枝は考える。この男はいったいなにを言いたいのだろうか。それよりも、この男はなにものだろうか。

名菜枝が向けた詮索《せんさく》の眼に答えるように男は名刺を出して名菜枝に渡しながら言った。

「カール・ロックナーさんからあなたのことは聞いております」

名菜枝は渡された名刺を持ったままで男の顔を見た。まさかこんなところで、カール・ロックナーの名が出るとは思わなかった。

「あなたはカール・ロックナーさんとお知り合いなんですか」

「数年前に、スイスの山で知り合って以来、山でのつきあいがずっと続いております。実は今度も彼と二人で来たのです。彼は二日前に帰りましたが、私は近くの山を歩き回っていて、今日帰ることになりました」

どうやら、その男の外貌が浮き出したようだった。名菜枝は彼の名刺を見た。前浜正行《まえはままさゆき》という名と住所が印刷されてあった。これだけではなにをしている人間なのかさっぱりわからない。額の広い、いかにも自信ありげな顔つきの男だった。鼻は高いが、口は比較的小さい。じっと、おさえつけるように人を見る癖がある。

(こういう男は警戒しなければならない)

名菜枝は『黄蝶』でコンパニオンをやり出してから、他人《ひと》を見ると本能的に警戒する習性ができていた。叔母が、口癖のように客商売ってものは、客を見きわめることだと言っているけれど、いつの間にかその教えが彼女の生活に入りこんでいた。

「そうですか、ロックナーさんとお二人でこの谷川岳へ……」

なにしに来たなんて失礼なことは言えなかったから、そこで語尾をぼやかして、前浜の方にその先をうながすような眼を向けた。

「現場を見たいとロックナーさんが言うんです。彼は谷川岳がはじめてだからぼくが案内役として同行したのですが、実際は高谷吾作さんに行ってもらいました」

「赤谷川の上流まで降りて行ったのですか」

「ほんとうは、そこまで行かねばならなかったんですが行きませんでした。絢子さんが吹き飛ばされた場所へ行ってみました」

「なんのために……」

名菜枝は、彼女の率直な気持ちがそのまま言葉になって出てしまったことを、それほど恥ずかしいとは思っていなかった。カール・ロックナーにしろ前浜正行にしろ兄の死に対して不審を持つ気持ちはわかるけれど、さらに一歩踏みこんで、遭難現場に出て来るというのは、単なる興味以上のものが、そこにあるように思えてならなかった。

「なんのためにですって……これはご挨拶ですね、名菜枝さん。ぼくがその言葉をそっくりそのままロックナーさんに伝えたら彼はきっと寂しい顔をするでしょうね」

「では……」

「そうです。あなたのためです。華村敏夫さんの遭難の真相を突き止めようとしているあなたのために、彼は一肌脱いでいるのです。たしかに彼の友人で山の遭難の研究をしている人がいます。でも、ロックナーさんが単にその資料集めをするためだけだったら、わざわざ、谷川岳まで出かけて来たりするものですか」

あなたのためとはっきり言われた名菜枝は、それにどう答えていいかわからなかった。そのとき彼女は、ロックナーの青色にいくらか茶色が混じった眼でじっと見つめられている自分を感じた。

「それで、なにか新しい発見があったのですか」

「絢子さんが滑落した当時の情況から判断すると、たとえ彼女がアンザイレンしていなくとも、簡単に吹き飛ばされるような場所ではなかったという結論になりました。つまり、そこは、それほど極端な痩せ尾根ではありません。よほど大きな力、突き飛ばすとか、手を引っ張るとか、そのような外力が加わらないと彼女の身体をあの谷底に突き落とすことはできないだろうということになりました」

「でも絢子さんは、突風を全力で支え止めていた身体が突風が止んだ瞬間、反動で、飛び出したと言っていますわ」

「本人はそう考えるでしょう。まさか、だれかが、不安定になっていた彼女のルックザックを、後ろから押すようなことをするはずがないと思うでしょう」

「だれかがルックザックを押したの?……」

名菜枝は雅子の姿を思い出した。絢子の後ろにいたのは雅子である。そんなことができるとすれば雅子以外にはいない。いったい雅子がなぜそんなことをしなければならなかったのだろうか。考えすぎだわ、と名菜枝は自分自身の考えを否定した。

「絢子さんの後ろからだれかがちょっかいを出したとすれば、それは雅子さんということになるでしょう。なぜ雅子さんがそんなことを」

「たとえば、雅子さんが、絢子さんに対して、なにかしらの敵意を持っていたとしたらどうなんです。敵意でなくてもいいんです。ライバル意識のようなものがあって、それがなにかの拍子に表面に出たのだとすれば、そこになにが起こるかわかるでしょう」

「もっと具体的に言っていただかないとわかりませんわ」

「名菜枝さんは頭脳明晰な女《ひと》だと聞いておりましたけれど、事実について知らないというならば仕方がない。では申し上げましょう。絢子さんと結婚するばかりになっていた稲森泰造が死んだ後、稲森にかわるべき存在になろうとしていた男が幾人かいます。その中で最も可能性があると考えられていた男が和泉四郎です。ところが、ここに和泉四郎に強烈に思いを寄せていた女がいました。雅子さんです」

前浜は、どうだわかったかねという顔をした。稲森泰造、和泉四郎と男は呼び捨てにしておいて、女にはすべてさんをつけるあたり、名菜枝には、前浜という男がいよいよ油断のならない男に思えてならなかった。

「すると雅子さんが邪魔者を消そうとしたっていうわけなの」

名菜枝は急におかしくなった。なんて陳腐《ちんぷ》な推理だろう。そんなことをもったいぶった顔で言う前浜に腹いっぱい軽蔑の言葉を投げかけてやりたかった。腹が立った。ばかばかしいと思った。そのつぎにおかしくなった。彼女は声を上げて笑った。

「おかしいでしょうね。おそらく、だれでも笑うでしょう。それほどばかばかしいことのように見えていても、山の遭難のきっかけとなるものは、だれもがばからしいと言って笑うようなことが口火になっている場合が多いのです。一般に遭難の原因は一つではない。いくつもいくつも原因が集まって、そこに遭難という決定的なものが起こるんです。雅子さんだって、絢子さんを殺そうなんて思ってはいなかったでしょう。しかし、一人だけアンザイレンを拒否して歩いて行く、絢子さんに対して、なんていやな女だろうという感情を持ったでしょう。それに加えて、雅子さんの意中の人、和泉四郎のことがある。そんなとき、思わず、ひょいっと手を出したことが、大事に至ったのかもしれません。

絢子さんは、吹き飛ばされるか、そのまま飛ばされないで済むか、まことに不安定な力学条件のもとにあったのでしょう。そういう場合は、指一本つけただけで、どっちかに方向を決めることができる」

しかし前浜は、自説をあくまでも名菜枝に押しつけようとはしなかった。

「これはロックナーさんとぼくとでまとめた一つの推理です。華村さんの死の前提となる事件があったという見方です。絢子さんが落ちなければ華村さんは死なずに済んでいたわけですから。つまり、山の遭難は積み上げによってのみ起こり得るという理論にぴったりなケースだと思うのです。しかし、この考えが絶対的なものではありません。こういう考えだってあると思っていただけたらいいのです」

前浜はさらりと体《たい》をかわして、

「名菜枝さんは、どう考えますか」

と訊いた。

「なんともわかりません。ただ不思議に思うのは、ロックナーさんが、絢子さんや雅子さんや和泉さんのことをどうしてそんなにくわしく知っているのでしょうか、そしてあなたもまた……」

「ロックナーさんは旗精器と契約関係があるドイツのシュミット株式会社の出張社員です。旗精器には多くの知り合いがあります。聞き出そうと思えば、そんなに困難なことではないでしょう。ぼくは旗精器のことなんかなにも知りません。しかし、ぼくは多旗絢子についてはいささか知っています」

前浜は、そこで言葉を切った。

列車が高崎《たかさき》駅に止まったからである。彼は棚の上のルックザックをおろすと、

「ここで待っている人がいますので」

と言って、さっさと降りて行った。

(おかしな人だわ)

名菜枝は前浜の後ろ姿を見送ったまま考えていた。絢子さんが芝居をやったというなら、あなたも芝居をしろと言った言葉が、今になって思い出された。

(あの人、どこかの劇団に関係している人かしら。役者かもしれない。いやそうではない。役者ならもう少し違ったなにかがあるはず、ではいったいなんであろうか)

彼女は前浜にもらった名刺をポケットから出して裏を返してみた。そこは白紙だった。

「いいわ、ロックナーさんに訊けばわかることだわ」

彼女は名刺に向かって言った。

それにしても、ロックナーが、名菜枝に協力するために谷川岳にやって来たのはほんとう

だろうか。わからない。はっきりしたことは、彼がこの問題について本格的に乗り出したことだった。

(でも、ロックナーさんは、今のところ、私の敵でないことだけは確かだわ)

彼女は名刺をポケットに収めて、窓外に眼を投げた。秋の取り入れが終わった田畑は、来たるべき冬に向かってすべてを委《まか》せたように静かであった。

## 疑わしき事項

上野《うえの》駅のプラットホームには高田が待っていた。思いがけないことだったから名菜枝は驚いた。別の人を迎えに来たのではないかとも思った。

「どれ、持ちましょう」

と、高田が名菜枝の背負っているルックザックを鷲掴《わしづか》みにして吊り上げると、身体までいっしょに持ち上げられそうになった。ルックザックは奪い取られるような格好で彼のものになった。

高田は、お帰りなさいとか、お疲れになったでしょうなどと通俗的な言葉はいっさい言わなかった。名菜枝はルックザックを引っ携《さ》げてさっさと先に立って行く彼のあとを追うのがせいいっぱいだった。彼は改札口を出ると、そのまま黙って広場の方へ行った。そこではじめて、自動車で迎えに来たのだと言った。

自動車が走り出しても高田は無駄口をきかなかった。彼女の家になるべく早く送り届けるには、どの道を行ったらいいかを考えながら自動車を走らせているふうだった。

日暮れどきで道路は混んでいた。走っている時間よりも止まっている時間の方が長かった。

「土樽の高谷さんはなにか言いましたか」

長い信号待ちにかかったとき高田が訊いた。

「べつに、ただ一般的なことしかおっしゃいませんでしたわ」

「そうだろう。土合の小島さんにしろ、土樽の高谷さんにしろ、うっかりしたことはけっして言えない立場にいるのだから」

「あなたにはなにかおっしゃいましたの？」

高田はきっと土樽の高谷吾作のところに電話を掛けて、彼女が乗った列車を確かめたのだろうと思った。そのときに、高田は高谷となにか話したに違いない。

「帰りは前浜さんといっしょだったと聞きました」

「あら、高田さん、前浜さんをご存じなの」

名菜枝は思わず大きな声を上げた。

信号が変わった。自動車が走り出した。自動車が走り出すと高田は口をつぐんだ。名菜枝の家に着くと、高田は名菜枝を自動車からおろして、すぐ引き返そうとした。すべてが事務的で、あっさりしすぎていた。山男らしい態度といえばいえたが、名菜枝を意識して固くなっているのが、彼の態度にはっきり現われていた。

「どうぞお上がりになってください。その後のお話もお伺いしたいわ」

その後のお話というのは大熊のことであった。大熊のことも、土樽から水上まで列車でいっしょだった前浜正行のことも訊きたかった。

松野けさが名菜枝を迎えた。もう着く時分だと思っていましたと言ったが、高田の顔を見て、ちょっと驚いたような顔をした。

「お客様よ、兄さんの山のお友だちで、前にうちへいらっしゃったことがあるそうよ」

そうよと言ったのは、そのとき彼女はいなかったからである。けさはやっと思い出したように相好《そうごう》を崩した。

名菜枝は高田を応接間にとおして、けさにお茶を出すように言ったあとで、もしよかったら、ウイスキーと、なにかつまみものを出しておくように言った。名菜枝は風呂に入りたかった。すっかり旅の垢《あか》を洗い落として、さっぱりしたものに着かえて高田の前に出たかった。

山の余韻を一刻も早く断ち切りたいというつもりではなかった。彼女はいま一仕事を終えて、ほっと一息ついたところで山を語りたかった。兄がそうだった。帰る時刻は電話か電報で必ず知らせて来た。帰るとまず風呂に入り、くつろいだ姿で、松野夫婦を相手にウイスキーのグラスを傾けたり名菜枝を相手に山の話をしたりした。

彼女は、高田を待たしておいて風呂に入ることに少しばかり抵抗を感じた。だが、彼はそう多忙な身体ではないだろう。もしそうなら、わざわざ、上野まで彼女を迎えには来なかったはずである。来たのは彼女に関心があるからである。それならば待たせても、という打算が彼女の中にはあった。コンパニオンという仕事をしている間に、知らず知らずの間に男心をとらえることを身につけている自分に、彼女はまだ気付いてはいなかった。

彼女は、風呂から上がって、自分自身の姿を鏡に映して見るとき、裸身にほれぼれと見入ることがある。そして、その直後に彼女は、彼女の知っている男の何人かを漠然と頭に思い浮かべる。いつもそうだとは決まっていない。そういうことも時にはあるのだ。そんなとき彼女は、どこかでそれらの男たちに覗き見でもされているような気持ちになって、いそいで下着を身につけ、そこでほっと、自分の若さを噛みしめるのであった。

名菜枝はゆっくりと風呂につかっているわけにはいかなかった。客をそう待たせてはならない。ざっと流して彼女は鏡の前に立った。

別人のような女が裸でそこに立っていた。たしかにいままで見た自分自身の姿とは違った自分がそこにいた。たかが四日ばかり山へ行っていただけなのに、身体つきが急に変わることは考えられなかった。

(痩せたかしら)

と彼女は自分自身に問いかけてみた。痩せたようにも、全体として身体がしまったようにも見えた。

たぶん、しばらくの間、自分自身の裸身にお目にかからなかったから、そんなふうに思えるのだろうと理屈をつけてみても、やはり自分自身の姿は、以前よりも美しく張り切って見えるのだ。へんだわ、なぜかしらと思ったとたんに、後ろに高田が立って、鏡に映る名菜枝の姿をじっと見つめているような気がした。彼女はあわてて身体をすぼめた。そして、自分自身の被害妄想を嘲《あざけ》った。

彼女は、いそいで化粧をした。乾いたタオルで念入りに濡れた髪をふいた。

風呂を出た彼女は、彼女の部屋に戻ると、洋服ダンスを開けたまま、どれにしようかとしばらく迷っていた。登山姿から都会の女の姿に変わるのだと思った。これから外出するのではないけれど、高田の前に着て出る洋服の選択は慎重だった。がその結果は、それほど目立つようなものではなかった。

高田はびっくりしたような顔をして立ち上がると、名菜枝に向かって頭を下げた。べつにそうする必要はなにもないのだが、彼女の変わり方というよりも、美しく変わったことに対して敬意を表したようだった。彼女は赤い花柄のワンピースにクリーム色のカーディガンを羽織っていた。

彼女は高田のその率直な表現に満足した。彼と面と向かってすわると、高田のがっちりした体格と黒い顔に、白いタートルネックのセーターに茶のチェックの上着が意外にマッチして見えた。

ウイスキーのセットはそのままだった。彼は、それには手をつけず、懐中ノートを開いて、その中になにか書きこんでいたようだった。

「お酒類は召し上がらないの？」

「自動車《くるま》を運転していますから」

名菜枝は、自分の愚かしさにあきれた。なぜウイスキーを出しておけなどと、けさに言いつけたのだろうか。けさだって、気をきかせて、彼がそれに手をつけないのなら、紅茶でも、コーヒーでもいい、なにか持って来ればよかったのに。いいとしをして、さっぱり気がきかない女《ひと》だわなどと、心の中でけさを叱りながら、名菜枝は高田に、ごめんなさいを言った。

「お食事がまだでしたら用意いたしますが」

高田はそれに対してはっきりと答えた。

「食事は家に帰って食べます。遅くなっても、家で食べると母と約束して来ましたから」

高田ははっきりと言った。

「そうですか。それならば……」

名菜枝はけさに紅茶を持って来るように言った。

「お母さまはおいくつですか」

「五十五です。親一人、子一人の生活はきびしいものです。二人でザイルを組んで岩壁に取りついているようなものです」

名菜枝には、そのひとことで、高田親子のすべてがわかったような気がした。おそらく高田がまだ結婚していないのは、この親一人子一人という条件に合致した相手が見つからないがためだろうと思った。

名菜枝は、それ以上、彼の母のことに触れるのをさけた。

「大熊君のことについてそれとなく調べてみました。他人のことを調べるなどということはまことに不愉快なことですが、あなたと約束した以上、いまさらいやだとも言えずにやりました。ここに、いままで調べたことを書いて来ました」

高田は上着の内ポケットから四つに折った紙片を出して名菜枝の前に置いた。

ここ二、三年間の大熊の山歴が表にしてあった。だれといつ、どこの山へ行ったかが書いてあった。それはすべて、白雲山岳会の幹事である高田のところに届けられたものであった。今年の八月に谷川岳で遭難があって以来、この前の谷川岳追悼山行まではどの山へも出かけてはいなかった。

名菜枝は眼を上げた。なんだこれだけなの、こんなことをしてくれと高田に頼んだのではないわ、あくまでも兄の遭難死を前提条件にして、その中に登場して来る、大熊菊男という人間について調べてくださいと頼んだつもりよと、心の中で言った。

「それは記録に現われたものだけです。念のために持って来ました。記録としては書き上げられないようなことが別にありました」

「と、おっしゃいますと」

「プライベートのことっていう意味です」

「大熊さんの私行をお調べになったのですか」

「人を疑って、そのあとをつけて歩くようなことは死んでもするものかと思っていたぼくが、とうとうそれをやってしまいました。はじめのうちは、自分自身を軽蔑しました。しかしそれをやっているうちに、そのことにある種の面白味をおぼえるようになりました。邪道を正道とは考えていません。しかし、他人の秘密を知ることはたしかに興味があることです。そのように、ぼくがなっていったのは、大熊君が会社の電話を使って有部雅子さんにしばしば電話を掛けているのを見たからでした」

「くわしく話していただけないかしら」

「もしそれを話せば、話の中に出て来る人がすべて傷つき、ぼくも名菜枝さんも結局は傷つくことになるかもしれません。それでもよければ話します」

高田はなお、最後において躊躇した。

「もし、その話が、兄の遭難死となんらかの形でつながりがあるとお思いでしたらどうぞ話していただけないでしょうか」

名菜枝が言った。

「それは谷川岳であの遭難があって以来のことです。だからつながりがあると考えられます。大熊君が雅子さんにしばしば電話を掛けるのは、二人の仲があの事件に関連して急速に接近したということではないでしょうか」

高田はゆっくりと話しだした。

高田と大熊は同じ課に勤めていた。係りこそ違うけれど、席は近くにあった。大熊が雅子に電話を掛けるのは昼休みの時間中であった。大熊は、課員が食事に出かけて部屋の中ががらあきになったところで雅子に電話を掛けた。課内には高田が一人残っているけれど、高田は同じ山岳会員であり、親しい仲だから、高田の存在はあまり気にしないようだった。

課員は二十人ほどいたが、弁当を持って来るのは高田ひとりだった。母が、彼の弁当はどうしても作らせてくれと言ってきかないからである。親孝行のために持参して来る弁当だった。高田はその弁当を食べながら耳を澄ませた。

大熊は低い声で雅子と話していたが、彼女とデートするための電話であることに間違いなかった。雅子の声は聞こえなかったが、多くの場合、かなり強引に、むしろ威圧的に大熊が雅子を連れ出そうとしている様子だった。大熊が、三《み》ツ峠《とうげ》の岩場を口にしたのは谷川岳追悼登山の前であった。

高田は知らんふりをしてその話を聞いていた。そしてその日、高田自身も、自ら自動車を運転して三ツ峠の岩場へ出かけたのである。

富士山がよく見える日曜日であった。高田は昼過ぎに現場に着いた。ずっと下に自動車を止めて、歩いて小一時間ほど登ったところの三ツ峠の岩場には、若いクライマーたちが数組取りついていた。その中に、大熊と雅子のパーティがいた。

高田は遠くから二人の行動を監視した。二人は、ごく一般的な登攀行為を続けて、登攀終了点の草つき地点に達すると、さらに登りつめた頂上の松の木の下で腰をおろした。高田は双眼鏡の焦点を二人に合わせた。大熊が雅子に向かって熱心になにか話しかけていた。雅子は困ったような表情で聞いていた。時折り雅子がなにか言ったが、大熊の言葉に言い負かされてしまっているようだった。

恋人の語り合いのようなものではなかった。そうかといって憎しみ合っている者どうしがそこにすわっているのではもちろんなかった。双眼鏡に映っているところから判断すると、大熊が雅子に言い寄っているというようであり、雅子はそれに対してはっきりした回答を示さないふうに見えた。

やがて二人は立ち上がった。大熊がザイルを丁寧にまとめたところを見ると、どうやら、今日はそれまでで帰るつもりらしかった。時計は四時を過ぎていた。

高田は先回りをして、自動車の中で二人を待っていた。高田は大熊の自動車がどこにあるかをあらかじめ調べておいた。間もなく大熊と雅子は現われ、自動車に乗って走り出した。高田は、二人に気づかれないようにあとをつけた。甲府《こうふ》盆地に入って間もなく、大熊の運転する自動車が国道から大きく横にそれた。それは、最近できたばかりのモーテルへ入る専用道路だった。自動車ごとそっくり飲み込んでしまうような同一規格の家が五軒ほど並んでいた。大熊の自動車はその一軒へ滑りこんで行った。

高田はそこで話を止めた。ひどくせつなそうな顔をしていた。尾行がいかに自分自身を傷《や》つけたか、名菜枝に認めてもらいたいような顔だった。

「大熊君と雅子さんが、どこへ行ってなにをしようが、そのことについては何ら干渉する余地はない。ただ二人が急に結ばれたことの裏には、なにかあの遭難が関係しているような気がしてならないのです」

高田はそう言って、名菜枝の反応を見た。

「そのとおりですわ、私もそう思います。ねえ、高田さん、ここであの遭難について、疑わしいことのみを一応整理してみようではありませんか。私がいままで感じていた疑わしいことと、あなたが感じていた疑わしいことを総合してみたらどうなるでしょうか」

名菜枝は上野駅へ着くまでに頭の中でまとめ上げていた疑わしきことのいっさいを高田の前に披露してみたいと思った。

「それはいい思いつきです。では……」

高田は胸のポケットから万年筆を抜き取りながら言った。名菜枝は机の上から原稿用紙を持って来て、彼の前に置いた。その原稿用紙は、「兄の思い出」という随想を追悼号に載せるため買いこんで来た使い残しであった。

名菜枝はもう一度頭の中で整理し直してから言った。

「兄の遭難死は、単純ではなかったということ……いくつかの原因があって起こったのだという前提のもとに、気がついた疑わしきことを、とにかく並べてみますわ」

名菜枝は話し出した。高田はそれを原稿用紙にさっさと書きこんでいった。ぎっしり書き込まずに、一項目が終わると、二、三行あけて、次の項目を書いていった。こぼれ落ちたことがあったらあとで書き込むつもりのようであった。

名菜枝が数えあげた疑わしき事項の字句を訂正してから、高田は、彼自身の考えを、小さい字で書きこんだ。そして高田はそれを下書きとして、別の紙に清書した。

「さあ、できました。では読み上げます」

高田はそのとき、名菜枝に押えつけるような視線を向けた。高田の声は低いが底力があった。

大熊菊男について疑わしきこと
一、遭難があって以来、雅子に自信を持って言い寄り、ついに深い関係を結んだこと。

雅子について疑わしいこと
一、絢子が風に吹き飛ばされたとき、絢子はそのザイルを左手で握っていたと答えたこと。実際にはそのときザイルは絢子の右側にあった。
一、絢子が風に吹き飛ばされたとき、雅子は石にかじりついていたと答えた。大熊の言によると、雅子のゼルプストザイルを大熊が押えることによって、風に飛ばされずに済んだ。

和泉四郎について疑わしきこと

一、追悼山行のとき名菜枝が、兄のセーターのことを訊いた。彼は眼をそらした。

一、遭難事件後、絢子に急速に近づこうとしていたこと。

一、追悼文のうち、最後の部分が絢子の書き方に非常に類似していること。

絢子について疑わしきこと

一、絢子は稲森泰造の死が偶然ではなく、華村敏夫が故意に落石を起こして殺したのではないかと一時期考えていたことがある。

一、谷川岳山行をやろうと言い出したのは絢子である。

一、行動中、絢子はリーダーの華村敏夫に対してしばしば非難するような言葉を発した。

一、追悼文中、最後の部分が和泉四郎の書き方と相似しているのは二人が事前に打ち合わせていた気配を感じさせる。

一、遺体を迎えに来た華村名菜枝の前で見せた絢子の芝居がかった愁嘆ぶり。

絢子が吹き飛ばされた場所について

一、当日は突風があったにしても、そこはそれほど簡単に吹き飛ばされるほどの痩せ尾根ではないこと。

華村敏夫について疑わしきこと

一、谷川岳山行の一カ月ほど前、彼は特許申請準備中の設計図の一部紛失事件に関連したこと。彼はその責任を追及されて思い悩んでいたこと。彼がその責任を負って自殺したと考えることは飛躍しすぎるけれど、その噂は完全に否定できない。

前浜正行とカール・ロックナーがこの遭難事件に乗り出したことについて疑わしき点

一、前浜正行は国際企業情報屋であって、旗精器の系列会社に接触しながら、実は旗精器のライバル会社、西保《にしやす》工業と組んでいるという噂がある。

一、カール・ロックナーがこの事件にタッチする理由はわからない。単なる個人的趣味でないとすれば、前浜と共になにごとかを画策しているのであろう。どっちにしろ、この二人の行動は遭難事件に関連して二次的に起きた別なものと見るべきである。

名菜枝は最後の二項目を何度も読み返した。兄が設計図紛失事件に関連したことは知らなかったが、会社でなにか大事件が起きたことは彼女も知っていた。そのころの兄の様子は尋常ではなかった。

前浜正行という人物の登場は名菜枝の頭をいよいよ混乱させた。

「整理した結果、かえってわからなくなりましたわ」

名菜枝は頭を覆ってしまいたい気持ちだった。とても一人では手に負えない難事件だと思った。

「ほとんどこれで、出るべきものはすべて出てしまいました。あとは一つ一つ事項を消していけばよいのです。一つ一つ消していって最後に残ったものを追及すれば華村さんの遭難の謎は解けます。いままでは、序の口、これからがたいへんなんです」

「でも……」

新しく兄の自殺説まで出されると、あれほど張り切って、兄の死を追及しようとしていた自分自身の足もとがぐらつき出しそうになった。だが、こんな気の弱いことではいけない。負けてはいけない。負けるもんか。彼女は立ち直った。

「名菜枝さん、ぼくはあなたにお願いがあります。できることなら、華村さんの遭難事件の追及はやめていただきたいのです。華村さんは山で遭難して死んだということにして、これ以上突っ込んで調べることは止めていただきたいのです」

高田の眼は名菜枝をとらえてはなさなかった。力のある眼だなと名菜枝は思った。

「なぜなの、ここまで来て、なぜ？」

「さっきも言ったように、こういうことは深入りすればするほど、お互いに傷つきます。たとえ真相がわかったにしても、けっしてそれが楽しいことでもうれしいことでもないでしょう。失うことばかり多くて得ることはなにもないのです。お願いです名菜枝さん。止めると言ってください」

高田は立ち上がって言った。

「いいえ、止めませんわ、だれが止めるものですか。私は兄のために最後まで戦う義務があるのです」

戦うなんていう言葉がどうして出たのだろうかと名菜枝は思った。たしかに自分は今、なにものかと激しく戦おうとしている。その相手は摑みどころのないほど大きな、黒雲のようなものなのだ。

「高田さん、私があくまで兄の遭難についての追及を続けると言ったら、高田さんはどうなさいますか」

「ぼくはあなたに協力すると約束しました。あなたがやるというならば、私はどこまでも従っいて行きます」

「わがままを言ってすみません」

「あなたのわがままならばいたしかたありません」

「いたしかたがないとおっしゃると？」

「ぼくはたぶんあなたに惚れているのでしょう。それがただの惚れ方ではない。命がけの惚れ方かもしれない」

高田は一歩、名菜枝の前に近づいて、彼女の手を取ろうとしたが自制した。

「では帰ります。なにかあったら、どうぞ電話をください」

高田は名菜枝の言葉を待たずに、さっさと応接間を出ていった。彼の中に燃え上がって来た炎を消すために、その場を逃れ出て行ったようであった。

# メモの中の名前

名菜枝はベッドの中で、多くのことを一度に考えていた。疲れているにもかかわらず、すぐには眠れそうもない。こういう夜はあせってはならない。彼女は、思いを自分自身に戻した。自分自身に照明を当てるとまぶしかった。

名菜枝は美しかった。やや体重を気にする程度の均衡がとれたスタイルだった。コンパニオンという職業がら誘惑もあった。男の誘いの手はすべて知っていた。積極的に求められたことも何回かあったが、多くは社用族で、彼女がもっとも軽蔑しながら、もっとも大切にしなければならない人たちであった。

妻以外の女性と浮気をするほど、収入があるのでもないのに、社用費をごまかして近づいて来る中年男はもっといやらしかった。女に失望して結婚時期を逸し、今になって本気に結婚を考える段階が来たなどと言いながら彼女に近寄って来る男もかなり多かった。おれは女には飽きるほどつき合った。そしてその中から一つの宝石を見出《みいだ》したというような甘い言葉を彼女の前で平気で言う薄っぺらな男の前にいると、吐き気をもよおした。

いかにもなにか奥深いものを持っていそうな顔をしながら、近寄って来る男もいたし、平凡なサラリーマンであることをそのまま表に出して、心臓強く電話を掛けて来る男もいた。それらの男のすべてに共通するところのものは男のうぬぼれだった。名菜枝は男のうぬぼれほど嫌いなものはなかった。男はなぜ女の前で見せびらかそうとするのであろうか。自分がエリート社員であるとか、外国語に強いとか、有名人を知っているとか、そんなばかげきったことでも、あればよかった。なにもない男は、なにもないことを見せびらかそうとするのだ。

(このごろは男と女の考え方が入れ替わったのよ、なにもかも変わったのよ)

と叔母の矢川ふきがよく言う言葉だった。男が女の前で、見せびらかそうとするのも、その一つの現象だと考えられる。

(だが、高田は違う)

と彼女は考える。

高田進一郎、三十一歳、佐森製作所、設計課長代理、白雲山岳会幹事、兄の友人、独身、母一人子一人、肩幅の広い黒い顔の男、……名菜枝は彼女の中にある高田のすべてをそこに並べてみた。

彼女の働いている世界とは縁のない人間であった。いつも計算尺をいじくり回しているかたくなな技術屋さんというタイプである。だが、名菜枝はその高田に惹《ひ》かれつつある自分を感じていた。

(高田さんて空気がいきなり氷に姿を変えたような存在だわ)

風の音が聞こえる。天気が悪くなるらしい。昨夜は山小屋の固いベッドに寝たけれど、静かな夜だった。疲れていたせいかすぐ寝ることができた。今、彼女は自宅の彼女の寝室で眠ろうとしている。やわらかいベッドに沈みこんでいるのだ。

「高田さんて空気のような存在から、氷のような……いいえ、氷のような冷たい存在ではないわ、火の塊《かたまり》みたい……」

彼女は闇の中でつぶやいた。

高田が兄のことを電話で知らせてくれた朝のことを思い出した。まるで老人のような話しっぷりだった。空気のように味もそっけもない淡々とした話しぶりだった。土樽で初めて会ったときもそうだった。その日の彼の山の服装さえ、覚えてはいないような存在だった。その高田が、次第にその形を現わして来たのだ。そして彼は、率直すぎるほど率直な意思表示を彼女の前で行なったのである。だいたい惚れるという言葉さえ時代がかって彼女には聞こえた。だが、それはきわめて簡単明瞭で直截《ちよくせつ》的な表現だった。惚れていると言われたとき、彼女の心の受信機は面食らった。波長を同調させることはできなかった。ただ呆然《ぼうぜん》と彼を見ていただけだった。

だが、彼女の中の受信機は彼の波長を探り当てて、いま鳴り出そうとしていた。

（技術屋さんて、みんなあんなかしら）

彼女の兄も技術屋だった。そういえば高田とどことなく似ているところがあった。兄は率直にものを言って、しばしば彼女を怒らせたり悲しませたりした。

（兄が設計図の紛失事件で責任を負わされていたということは、どういうことなのだろうか）

高田はそれを言わずに帰った。

彼女は兄が谷川岳へ出かける少し前のことを思い出した。

その日、彼女は昼の出番だったから、夜は自宅にいた。兄の敏夫が十一時過ぎにかなり酔って帰って来た。めったにないことだった。乱れる足音が聞こえたので、彼女は廊下に出た。彼は酔うと青くなる癖があった。蒼白な顔を彼女に向けて言った。

（おれは会社勤めがつくづく嫌になったよ）

彼はよろめいた。わざとよろめいて見せたようでもあった。彼女が手を貸そうとすると、それを払いのけるようにして彼の部屋に入って、水を持って来てくれと言った。

彼女が水を持って入って行ったとき、彼は机の上に俯伏《うつぶ》せになっていた。彼の眼のあたりが両手の握り拳《こぶし》の上にあった。入り口の方にやや顔を傾けていた。眼はつぶっていた。その眼から、光るものが流れ出ているように見えた。彼女が入って行くと、彼の顔は動いて、その光るものは彼の握りしめている拳に隠れて見えなくなったが、彼女は兄が泣いているのではないかと思った。

ふとそう思っただけで、確かめたわけではなかった。

（はやくお休みなさいね）

彼女は兄に言って、自分の部屋に引っ込んだ。

名菜枝はベッドの上に起き上がった。

「そうだわ、あのとき兄さんは、設計図の紛失事件の責任を問われて苦しんでいたのだわ。あの涙はくやし涙だったのかもしれない。それとも、兄の味方に立つ者がだれもいなくなったがための悲しみだったのだろうか、それならばあのときなぜ」

兄の話を聞いてやればよかった。兄は私に話しただけでも気持ちが楽になったかもしれない。

彼女の眼が冴えて来た。当分、眠れそうもなかった。彼女は起き上がって電灯をつけた。ネグリジェのままでは寒いから、ガウンを羽織って、机の前にすわった。そこに原稿用紙が置いてあった。彼女はそれにもう一度眼を通した。高田が一つずつ消していくのだと言ったのを思い出した。どの一つを取ってみても消すことはできなかった。どの項目も、からまり合っているような気がしてならなかった。鎖の環《わ》の一つ一つが疑わしき事項なのかもしれない。それならば、その鎖の環の一つの謎を解けばすべて解決するかもしれない。

（まず兄のことから手をつけよう。私にできるのは、それが一番手っ取り早い）

彼女は原稿用紙を机の中に入れた。

隣室の兄の部屋には、兄のぬくもりがまだ残っているだろう。しばらくはそのままにしてくれと、けさに言ってあるから手はつけてないはずである。しばらくっていつまでですかと、けさが言ったから、しばらくって、しばらくよと邪慳に答えたのはつい十日ほど前のような気がした。

彼女は隣室の兄の部屋へ入った。兄は日記をつけていなかった。とくになにか書き残したようなものもなかった。だから、兄について、その生存中のことを知る手掛かりはなにもなかった。

彼女は兄のぬくもりのこもっている部屋の中央に立った。もしこの部屋の中に、兄敏夫の過去を記録するものがあるとすればなんであろうか。

すでに彼女は、兄の山日記、山の写真帳、白雲山岳会例会記録、等の山に関するものはすべて、その隅々まで眼を通していた。彼女が眼を通してないものは、兄の仕事に関するファイルとか技術関係の本や書類であった。彼女は、兄が死んだとき、その二、三に触れてみたが、彼女とはあまりにかけ離れたものであった。技術関係のファイルには彼女にはわからない技術関係のコピーや記録がぎっしりとつまっていた。

名菜枝はそのファイルに手を出した。背に年号が書いてある。彼女は最新のものを抜き出し、その末尾から逆に繰っていった。

ファイルには技術関係のことだけしかなかったが、時折り、打ち合わせ会の記録とか講演会の記録があった。

兄の敏夫は、几帳面なほど正確な字を書く男だった。個条書きが好きで、やたらに番号が打ってあった。こうするのは兄の趣味ではなく、技術屋の共通したやり方なのかもしれないと彼女は思った。

打ち合わせのファイルのところどころに、次回の予定が書いてあった。次回何月何日、連絡、酒井《さかい》さんと書いてある。メモには人の名前がたくさん出て来るが、何々課長、何々係長、単に何々と書いたものが多かった。さんとか君とかいう敬称がついている記録はなかった。酒井さんという人は、おそらく、この打ち合わせ会のメンバーではなく、この会の事務的な仕事にタッチしている人のように思われた。

名菜枝は酒井さんという名前を念入りに拾っていった。ちょいちょい出て来るけれど、酒井さんは、酒井君でも酒井でもなく、酒井さんだった。名菜枝は酒井さんに女の匂いを感じた。兄の敏夫の酒井さんに対するいたわりの気持ちがさんの中に動いているように感じた。あるいは停年を過ぎた老人かもしれない。彼女は酒井さんに会ってみようかと思った。なにか酒井さんがすべてを知っているような気がした。

彼女は自室に帰ってベッドに入った。その冷ややかなベッドの中で彼女は、酒井さんに会う前に、高田に電話を掛けておくべきだと思った。高田を無視しての単独行動はすべきではないと思った。

彼女は、高田と二人で、二人三脚の競技に加わっている自分をふと想像した。秋の運動会にはしばらく参加したことはないのに、なぜそんなことを想像したのだろうか。

高田と名菜枝の組み合わせは、たぶん滑稽《こっけい》だと他人は見るかもしれない。いやそうは見ずに、山男とコンパニオンの組み合わせはすばらしい眺めだと言う人があるかもしれない。

「黒い顔の騎士《ナイト》」

彼女は高田をそう呼んだ。

眠れそうだった。できることなら、黒い顔の騎士にかしずかれて山に登る夢でも見たいと思った。

消えた設計図

「ああ酒井さん……名前と顔は知っています。美野電機の研究部設計課の庶務係のようなことをしている、三十五、六歳の女の方です。酒井さんに会ってみることは大賛成です。ぜひそうしてください。なにか新しい発展があったら知らせてください」

高田は、その電話は会社では掛けずに、昼休みの時間に公衆電話から掛けてきた。

名菜枝は、電話の前でしばらく考えたが、思い切って美野電機の設計課の酒井さんに電話を掛けた。酒井さんは、もの静かな人柄を感じさせる声の持ち主だった。

酒井さんは、名菜枝が華村敏夫の妹であると名乗ると、いますぐにでも会いたいようなふうであった。

「では明後日の日曜日にお宅に伺わせていただきます。そのほうが落ちつけますから」

酒井さんは約束した。

名菜枝は酒井さんと会う席に高田を呼びたいと一度は思ったが、やはり、女どうし一対一のほうがいいと決めた。

その朝、名菜枝は酒井さんを見たとき、思ったとおりの女《ひと》だと思った。つつましやかな女性だった。美しいというよりもやさしいという感じの人だった。年齢のわりに若く見えるのは、丸顔で小柄で色が白いからであろう。

酒井とみ子には二人の子供があった。設計課に勤めていた彼女の夫が十年前に亡くなって以来、彼女は二人の子供を祖父母に預けて会社に通勤していた。彼女がやっている庶務係の仕事は、雑用掛かりであった。他にも女の子が二人ほどいたが、三人共に、お茶汲みや、資料のコピーや、書類の発送や、外部から来る書類の受け付け、鉛筆や用紙を用度係に請求する仕事のようなこまかいことから、課員の俸給をまとめて取りに行く仕事までやっていた。若い女の子はお茶汲みを好まないから、このごろは酒井とみ子が一人でやっていた。それも彼女の人柄の一面を示すものであった。

名菜枝が設計図紛失事件について訊くと、

「あのときは華村さんにほんとうにご迷惑をお掛けいたしました」

と、とみ子は深く頭を下げて、そのときのことを話し出した。

もともと美野電機は回転機器のメーカーであった。そのころ美野電機の研究部は総力を挙げて回転速度の自動調整装置の新方式を開発中であった。華村敏夫も、その新しい機器の一部を分担して設計図を書いていた。

設計課には、十七名の設計技師が製図板に向かっていた。華村もその一人であった。

その日の仕事が終わるときは、関係図面や設計図面は責任者によってすべてチェックされたうえで倉庫の中に保管されることになっていた。その機器はすでに試作実験も終わって、いよいよ正式に特許の出願をする段階に来ていた。特許の出願が終わるまでは、設計図の秘密は厳守しなければならない。もし秘密が洩れて、他の会社が特許を先に出したら、それまでの苦心は水の泡となるのである。特許出願中は設計図の管理はとくに念を入れねばならなかった。

華村敏夫が関係していたその大事な図面の一部が紛失したのである。

その日、華村は朝の九時から十時まで製図板に向かっていたが、会議に出席していた課長に呼ばれて十時から十二時まで席を明けた。華村が彼の席に戻ったのは、午後の一時であった。そこで彼は設計中の図面が失われているのに気がついて、係長のところへ行って訊いた。設計中の図面を係長が見ることはときどきあった。

図面は係長のところにはなかった。課員に訊いても、だれも知らなかった。

「昼休み時間には、最後に設計室を出る人がドアに鍵をおろして、その鍵は庶務係長にあずけることになっていたのですが、いつの間にか、私があずかることになってしまいました。私はお弁当を持って来ますので、外へ出る必要がありません。その日も私は鍵をあずかりました。鍵をあずかってしばらくしてから、たぶん十二時十分ごろから六、七分の間、鍵を持ったまま席をはずしました。設計課長代理の田中《たなか》さんがお帰りになって鍵をお渡ししたのは確か十二時半だと思います。田中さんはその日のうちにしてしまわねばならない仕事があったから、外に出て食事をして帰って来ると、すぐ仕事に取りかかったのです。田中さんが来てから一時まではどなたもお見えになりませんでした」

とみ子は当時のことをよく記憶していた。

「すると、あなたが留守をしていた、その、わずかな時間を利用して、だれか合鍵を使って設計室に入り、その図面を盗み取ったということになるのでしょうか」

名菜枝はそのようなシーンを映画かテレビで見たような気がした。

「それは、どうもわかりません。とにかく私がしばらく席をはずしたことが落ち度だと思います。私は部長さんにそう申し上げて、しかるべき処分を待ちました。ところが……」

酒井とみ子は、名菜枝の顔を見て、驚くべきことを告白するかのようにその次のことを話し出した。

紛失した図面はその十数日後に華村の手によって発見された。その日の仕事が終わって、その日使用した図面を整理して課長のところへ持って行ったとき、その図面の中に紛失した図面が挟まっていたのである。

つまり、その図面は、設計課内の者が、こっそりと移動し、またこっそりともとへ戻したものと考えられた。紛失した設計図には全部折り目がついていないから外へ持ち出さなかったという公算が強い。持ち出したとすれば、折りたたむかそのまま円筒状に巻かねばならない。円筒状に巻いたものを持ち歩くことは人の眼につく。一般的に考えられることは部内の何者かが、華村敏夫にいやがらせをしたのではないかということであった。

設計図の一部が紛失したことによって、その部分だけの設計変更が余儀なくされた。これは会社にとって時間的にたいへんなロスになった。

会社は設計図を隠した犯人は設計課の内部にあると見たようであった。第一に華村敏夫が疑われ、彼と関係があるすべての設計技師は疑われた。だが、犯人を挙げることはできなかった。

会社は秘密調査機関を使って設計課の技術者の何人かの身辺調査をやった。尾行された者もあり、自宅付近で聞き込み調査をやられて不愉快な思いをさせられた者もいた。

「それで、なにかわかったのですか」

「はい、それが……」

と酒井とみ子は……しばらくためらっていたが、ついに意を決して言った。

「華村さんが、前浜正行という人としばしば会っているということが問題になったのだそうです。会社が頼んだ秘密調査機関が、それを嗅《か》ぎつけたのです。前浜正行という人は、外国の企業の内容についての情報をかなり正確に摑《つか》んでいる人で、旗精器の系列会社とは深い関係がある人ですが、最近、会社が警戒して、なるべく近づけないようにしていた人なのだそうです」

酒井とみ子は名菜枝の顔を見た。

「その話は、どなたの口からお聞きになったのでしょうか」

「華村さんですわ。設計図の紛失事件があったのち、一時華村さんは設計課の人たちに敬遠されていました。だから、私しか話す相手はなかったのかもしれません」

「なぜ兄は、前浜さんとしばしば会っていたのでしょうか」

「それははっきりしています。華村さんがヨーロッパ・アルプスに出かけるための準備段階として、向こうの山にくわしい前浜さんからヨーロッパ・アルプスの話を聞いていたのです。会社側は、結局わかってくれたようですが、一時は華村さんにかなり濃い疑いをかけていたようですわ」

「そして、どうなったの、その結果は」

「わからずじまいなんです。なんの結論もないままにさらに幾日か過ぎたところで、華村さんが遭難しました。華村さんが、設計図紛失の責任を負って自殺したのではないかなどという噂も出ました。取るに足らないことなのですが、中にはそれに違いないなどと言っている人もありました」

死んでまでも人に疑われている兄のことを考えると、名菜枝はどうしても、この事件の真相を明らかにしなければならないと思った。そうしないと兄は死んでも死に切れないだろう。

「酒井さん、あなたはどう考えますか、兄が自殺したという噂について」

「ナンセンスですね。なんで華村さんが紛失した設計図の責任を取らねばならないのでしょう。けれどそのころ華村さんは、同じ職場の中に、華村さんを失脚させようと隙を狙っている人がいることについて、職場不信感におちいっていたことは事実ですね。華村さんは、私に、外部から掛かってくる電話についてはとくに注意してください、外部から電話があった場合、相手がだれであるかを確かめて、教えてくださいと依頼されてもいました。華村さんご自身で、その犯人を探そうとなさっていたのだと思います。その華村さんが自殺なさるなんてことは絶対にありません」

「最後にひとつだけどうしてもお訊きしたいことがあるのです。酒井さんがお考えになって、あの人が怪しいと思われるような人がいるでしょうか」

「わかりません、全く心当たりはありません。私は華村さんに対するいやがらせではなくて、課長さんに対するいやがらせではないかと考えたことがあります。今度の課長さんは仕事に対して非常にきびしい人ですから……一部に反感があったことは事実です。課長さんに対する反感説も、噂として流れました。設計室の奥には書棚がいくつも並んでいます。そこに身を隠せばどこからも見えません。だれかが、昼休み時間になってすぐにそこに身を隠して、みんないなくなったころを見計らって、華村さんの図面をどこかに隠したとも考えられます。とにかく、華村さんにかけた疑いは次第に晴れて、慎重論に変わって来たことは事実です。最近、旗精器のライバル会社の西保工業が、旗精器が特許を出願した器械とよく似た器械を開発して、特許を申請したという情報が入ってからは、また別な説——産業スパイ説が出てまいりました」

酒井とみ子はそれ以上のことを言うのはどうだろうかとしばらく考えていたが、思い切って言った。

「その産業スパイの一味に、前浜正行さんが加わっているらしいという噂も聞きました。前浜さんが、白雲山岳会の会員を使ってなにかをやったのではないかという噂です。噂ですから全く当てになりませんが、私は最近、課長さんに白雲山岳会の会員名簿をコピーして持って来るように言われました。そのことと噂と、どのような関係があるかわかりませんが、とにかくあなたにだけは申し上げておきますわ」

「その会員は設計課の中に兄の他にもいたのですか？」

「白雲山岳会の会員は華村さん一人だけでした」

酒井とみ子は語り疲れたようであった。もうこれ以上話せといっても話すことはありませんというような顔だった。

名菜枝は、しかし、まだ酒井とみ子を許さなかった。名菜枝は改めて訊いた。

「兄は設計課の人たちにそねまれたり、憎まれたり、また女性関係で恨みを受けるようなことでもあったのでしょうか」

名菜枝は最後の女性関係については小さい声で言った。酒井とみ子は微笑した。まさかそんなこと、とんでもないことよ、という意味の微笑であった。

「華村さんはだれにでも好かれていました。そねまれたり、憎まれたりされる理由は見当りません。設計課の女性といえば私のほか三人ほどいますけれど、華村さんのお気に召すような方はいませんでしたわ。もっとも外部の女性から華村さんのところへはちょいちょい電話が掛かってまいりました。旗精器の社長さんのお嬢さんの絢子さんもその一人でした」

「その他には」

「まだ、二、三人はあったと思います。有部雅子さんという人からもときどき電話がありました」

話は尽きた。話があるとすれば、今度は名菜枝が話す番だった。酒井とみ子だけにしゃべらせて、さあもうお帰りくださいとは言えなかった。

名菜枝は、その日の夜、高田に電話を掛けた。高田の母が出た。名菜枝だと名乗ると、声音が変わった。進一郎がいつもご厄介《やっかい》になっておりますと言った。

高田が彼の母と代わった。名菜枝は酒井とみ子と会った結果を話した。

「よくわかりました。華村さんの自殺説は消しましょう。しかし、設計図紛失事件にからんで前浜正行の名が出て来たことは、大きな意義がありそうですね。今度は、前浜正行とカール・ロックナーの線を追ってみましょう。どっちみち、鍵を握っているのは、和泉四郎と多旗絢子の二人であることには間違いないが、二人に泥を吐かせるには、言いのがれができないような、証拠のプールの中に二人の首筋を押えて突っ込まねばならないからね」

電話機に向かって怒鳴るように言っている高田の声を聞きながら、名菜枝はそうだ、カール・ロックナーに会わねばならないと思った。

ロックナーが、前浜を連れて谷川岳に登った真意はどこにあるのだろうか。ロックナーが言っているように、彼の友人が山の遭難事件を研究している。その友人のために奉仕せんがためであろうか。

名菜枝がそろそろ出かけようと思っているところへ、ロックナーから電話が来た。

「きょうははや番ですか、おそ番ですか」

はや番というのが十一時までに出勤する組で、おそ番というのが午後五時までに出勤する組だということをロックナーは知っていた。

「はや番ですわ、なぜ」

「ではお目にかかってお話ししましょう。谷川岳の話です。名菜枝さんもすでにご承知のように、私は先日谷川岳へ行って来ました。それは、それは面白いことばっかりでした。あなたにお礼が言いたくてね」

ロックナーは日本語が上手だったが、ときどきへんなことを言う。

「お礼って、なんの?」

「つまり、名菜枝さんのおかげで、谷川岳へ行くことができたからです」

名菜枝は、『黄蝶』に出ると、コンパニオンの麻理に、ロックナーが来たら、私を彼の席に出させてくれと言った。

「どうしたの名菜枝さん、まさか、あの男の眼に射《い》すくめられたのではないでしょうね。ロックナーさんのあの眼は蛇の眼よ。青色に茶色がいくらか混じったあの眼にじっと見つめられると、たいていの女は動けなくなるってことよ。あなた気をつけてね」

麻理はそんな冗談を言った。

ロックナーは一人でやって来た。それも、忙しい時間をはずして、午後一時近くになって来た。名菜枝が、一組の外人の客を送り出したあとへロックナーは現われて和室に上がると、畳の上に足を伸ばして、

「ああ、ごしたい」

と言った。ごしたいという言葉は、信濃《しなの》の安曇《あづみ》地方の方言で疲労したという意味である。それが北アルプスを訪れる若い登山家たちの山言葉になって、そのまま使用されていた。ロックナーはその山言葉を、たぶん、日本の登山家から聞いたのであろう。

「名菜枝さん、谷川岳に登ってなにか新しい事実を嗅ぎ出しましたか」

「べつに……でもロックナーさん、私が谷川岳へ登ったことをどなたにお聞きになりました。前浜さん、それとも……」

「絢子さんから聞きました」

ロックナーは平然と答えた。

ロックナーが旗精器と関係あることはよく知っていたが、絢子の名をいきなり出されると、さすがの名菜枝も面食らった。

「やはりロックナーさんは、噂にたがわず隼《ファルコン》ね。ロックナーさんの鋭い爪につかまれて、絢子さんはなんて言ったかしら」

「おそらく、名菜枝さんはだれにも負けず、疲れたようなそぶりも見せずに頂上に立ったでしょうと言っていました」

「そのとおりでしたわ。そしてロックナーさんは、私が谷川岳に行った日の前日、兄の遭難場所を見に行ったそうですね。なにか新しい事実でも嗅ぎ出しましたか」

名菜枝はロックナーが彼女に言ったとおりのことを言った。二人は顔を見合わせた。

「遭難場所ではなく、絢子さんが風に吹き飛ばされたというリョウセンに行ってみました」

ロックナーは稜線を、固有名詞と思っているようであった。

「前浜さんから聞きました。その稜線は、たとえ風が強くても、簡単に吹き飛ばされるようなところではないという結論がくだされたそうですね」

彼女は前浜から聞いたことをそのまま伝えた。結論がわからないといけないから、コンクルージョンと言い直した。

「ケツロンはつけられません。名菜枝さんにそんなことを前浜さんが言ったとしたら、それはたいへんな彼の誤解です。遭難はその時その場にいた人以外にはだれにもわからないことです。ケツロンなんか絶対に出ません。ただ、リョウセンは、思っていたほど痩せ尾根ではないから、吹き飛ばされるときに、多少の余裕があってもよかったという程度のことを話し合っただけです」

ロックナーは話すとき、相手の眼を見る。ロックナーだけではない。西洋人はすべて相手の眼を見てものを言う。それが当たり前のことなのだが、麻理が言ったように、青色にいくらか茶色の混じったロックナーの眼でじっと見つめられると、心の中にあるもののすべてを読み取られてしまいそうな気持ちになる。

「すると、絢子さんの滑落の仕方に不審があったというようなことは考えられないのでしょうか」

「つまり、絢子さんの背後を歩いていた雅子さんが、なにかしたのではないかということでしょう。そんなことがわかってたまりますか。だいいち、絢子さん自身がそんなことは言ってはおりません。彼女ははっきりと、強い風力を全力で支えていたところが、突然、風が止んで逆手を取られて、自分自身の力で滑落したと言っています」

「直接にお訊きになったのですか」

「そうですよ。こういうことは第三者が入ると、ややこしくなる」

ロックナーはややこしくなるなどという言葉まで使った。彼はその言葉を知っていることを、たいへん得意がっているようだった。

「あなた自身、話をややこしくしているのではないでしょうか。あなたは谷川岳へ行くのになぜ前浜さんといっしょでなければならなかったのでしょうか」

「前浜さんは私の山の友人です。お友だちと山へいっしょに行っていけませんか」

「それは、あなたの勝手ですよ。でもあの方は、リョウセンの問題一つ挙げても、なにかそこに問題が隠されているようなことを言うでしょう？　誤解を生ずるようなことを言う人ですわ。それにあの人、情報屋……」

と言ったが、情報屋では彼にはわからないと思った名菜枝は、情報屋を適当な英語に直そうとした。頭の中に浮かんだ、いくつかの単語のうち一つを選ぼうとしていると、

「情報屋だっていいじゃありませんか。現在のように情報によって世の中が動いている時代には、前浜さんのような人の存在は必要なんです。みんなが、利用すればいいのです」

「利用することは、利用されることではないでしょうか」

「これはきびしいですね。名菜枝さん」

そのとき、ロックナーはほんとうに言葉どおりのきびしい眼をした。

「利用するにしても、利用されるにしても、それぞれの限界があります。わかりますか、限界ですよ。ほら、名菜枝さんとぼくとの間に、限界があるように、ぼくと前浜さんの間には、お互いに立ち入ってはならない限界があります。二人がそれを守っている間は友人ですが、一方がそれを破ればおしまいです」

彼は境界と限界をいっしょにしているようだった。

ロックナーは話に熱中して来ると、やたらと両手を拡げる癖がある。その大きく拡げた両手をそのまま静かに手元に引き寄せながら、あたかも、前にいる名菜枝が、彼の胸の中に飛びこんで来るのを誘うような身振りに、さりげなく変えながら、すぐそういうジェスチュアは、あくまでジェスチュアに過ぎないことを笑いでごまかしたあとで言った。

「前浜さんがどうかしましたか」

「どうもしません。ただ、兄の遭難事件になんとなく介入して来たように思えて不安なのです」

名菜枝はそんなことを言うべきではないと思っていながら、つい言ってしまってから後悔した。前浜とロックナーとが、組んでなにごとかをしようとしていたら、たいへんまずいことになるのだ。

「そうでしょうね。あなたの気持ちはよくわかります。あの人は、日本人らしい商売人です。日本人らしいというよりも、日本にしかいない商売人ですから、あなたは心配になるのです。でも、ぼくがいるかぎり、あの人を怖れることはありません」

まあ、と名菜枝は思わず言った。なんて、図々しい男だろう、このロックナーという男は。図々しいと言うよりもうぬぼれが強いと言ったほうがこの男には似合いそうだと思った。

「ところで、ぼくはまだあなたのご返事を聞いていませんよ、名菜枝さん。あなたが谷川岳に登ったケツロンです。それを言ってください。ぼくだけに言わせてあなたは黙っているのは正当な取り引きではありません」

「私は取り引きをしているつもりはありませんわ。ロックナーさん」

「では信用し合っている二人の間に交されてもいいような話の内容だと理解しましょうか。さあどうでしたか。ケツロンです。ケツロン」

ロックナーは胸をそらせて言った。

「谷川岳の頂上で、和泉四郎さんに、兄のセーターについて訊きました。その夜兄は一晩中、あの毛糸の厚手のセーターを身につけていたかと訊きました。彼の顔色が変わりました。彼はすぐには答えられませんでした。ロックナーさんが与えてくださったヒントは確かに効力を発揮しました。私はつづけて和泉さんに、ロックナーさんから訊いたヨーロッパの山に起きた遭難の話をしてやろうと思いました。だが、そこへおおぜいの人がやって来てしまったので、それ以上のことは言えませんでした。やはり兄は……」

名菜枝はそのあとを言わずに頭の中で留めおいた。

「やはり、あなたの兄さんは、なんらかの理由で、その夜、毛糸のセーターを身体から離したというわけですね」

そのなんらかの理由こそ名菜枝は知りたいところだった。

「そうですわ。そのなんらかの理由さえわかれば、私の心も晴れるし」

そのあとをすぐロックナーが引き継いで、

「ぼくの心も晴れます」

「おかしいわ、なぜロックナーさんの心が晴れるのでしょうか」

「つまり、名菜枝さんのハートとぼくのハートは密着しているということでしょうね。さあ、二人で頑張りましょう。もう少しですよ」

ロックナーは、わからないなという顔をしている名菜枝に、ポケットからなにか書き込んであるメモ用紙を出して、

「名菜枝さんを明日の夜お食事に招待したいのですが」

と言った。名菜枝の勤務は三日間、はや番が続くと次の三日はおそ番になる。はや番のときは午後四時から自由になれる。

名菜枝はロックナーのさし出したメモを受け取った。六本木の有名なレストランの名が書いてある。電話番号も記されていた。

「名菜枝さんは私を失望させないでしょうね」

「さあ、どうだかわからないわ」

「危険な人物とはデートはしませんか、名菜枝さん」

「ロックナーさんのような外国人とはとくにね」

「虎穴《こけつ》に入らずんば虎児を得ず」

ロックナーは突然そう言って笑うと、さっと立ち上がった。

「明日、十時ごろお宅に電話を掛けます」

ロックナーはあとも見ずに帰って行った。

虎穴に入らずんば虎児を得ずなんて、しゃれたことをロックナーはだれから聞いたのだろうか、と名菜枝はずっと考えつづけていた。ロックナーは、華村敏夫の遭難について、なにかの秘密を握っているぞと彼女の前に宣言したように聞こえる言葉だった。

「虎穴に入らずんば虎児を得ず」

彼女はその言葉を何回か口に出した。虎穴に入るということはロックナーに深入りすることだった。それは別の意味で危険に思われた。麻理に言わせると、ロックナーは、これぞと思う女性を片っぱしから引っかける不良外人ということになっている。そんな男と迂闊《うかつ》にデートはできなかった。

(やはり、彼が兄の遭難に興味を持つのは私に近づくためであろうか)

名菜枝はロックナーの、青色に茶色がいくらか混じった眼を思い出した。あの眼はほんとうに怖い眼だ、あの眼でじっと見つめられていたら、麻理の言うように動けなくなるかもしれないと思った。

名菜枝は自宅に帰るとすぐ、明日の朝、ロックナーから電話が掛かって来たら、不在だと言ってくれるようにけさに頼んだ。彼と会うことは止めた方がいいと思った。だが夜が明けると、名菜枝の気持ちは変わっていた。自分さえしっかりしていたらと思った。もし、ロックナーから電話が掛かって来たら、彼の気持ちを十分に打診したうえで誘いに応じてやろうと思った。二つ返事で承知してはならないと思った。

十時きっかりにロックナーから電話が掛かって来た。

「きのうお誘いした夕食のことですが、名菜枝さんのご都合はいかがですか」

ロックナーはばか丁寧な言い方をした。

「そうね、まだ考えてなかったわ。今日これからお店に行って、叔母に相談してから決めたいと思っています。三時ごろ『黄蝶』の方へお電話をくださいね」

名菜枝は、叔母を使って、一度は逃げるような素振りを見せた。

「お気が進まないようですね、名菜枝さん。ではまたこの次にお誘いすることにいたします。どうもすみませんでした」

ロックナーが電話機の前で頭を下げている様子が見えるようだった。

名菜枝はしまったと思った。大事なものを取り逃がした感じだった。虎穴に入らずして、虎児を失った気持ちだった。大事なものを失くした気持ちだった。不思議だった。悔恨の言葉がそこまで出かかっていた。しかし、私はあなたと食事を共にするつもりでいたのですとは、いまさら、口が裂けても言えなかった。彼女の自尊心が許さなかった。

「わがままを申し上げてすみませんでした」

と彼女は、そこを上手につくろった。

「名菜枝さん、あなたの兄さんの遭難のことですが、リョウセンで起きたことと、その後に起きたこととは、一応関連ないものとして、すべての考え方を進めていかないと、この問題はいよいよ複雑になります。おわかりでしょうか」

デートの電話が、そんなふうに切り替えられるとは思ってもいなかった名菜枝は、あわてて、自分の頭の中を整理した。

「もう一度おっしゃってください。よく意味が飲みこめません」

「事件には五人が関係しています。そのうち、リョウセンに残っていた有部雅子、大熊菊男の二人は事件からはずして、華村敏夫、多旗絢子、和泉四郎の三人だけについて調査をすめていくべきだと思います。ぼくは、絢子さんについて調べていこうと思っています。あなたは和泉四郎さんについて、もっとくわしく調べていただけないでしょうか」

「なぜ分離して考えねばならないのでしょうか。私には五人が、入り組んでからみ合っているように思われます」

「ぼくも最初はそう思いました。しかし、あのリョウセンに立ったとき、問題は意外に単純なことで、華村敏夫、多旗絢子、そして和泉四郎の三人の間のことだと思いました。でもこれはぼくだけの考えです。あなたがどうしても、五人が関係した事件だと思うならば、そのつもりでやっていっても結構です。しかし、いよいよ最後の段階になったときには、おそらく、あなたと私が主役になるでしょう」

ロックナーが主役と言ったとき、彼女は前浜のことを思い出した。土樽から水上駅まで同行したとき、前浜が

(絢子さんがあなたの前で芝居をやったのだから、あなたも彼女の前で大芝居を打ってみたらどうです)

と言った言葉を思い出した。

(ロックナーは前浜と組んで、なにごとかをたくらんでいるのだろうか)

名菜枝はロックナーのことが、いよいよわからなくなった。名菜枝はロックナーとの電話が終わったあとも、そのまま電話機の前に立っていた。

「やはり、彼は疑惑の多い外人だわ。食事をことわってよかった」

彼女は電話機に向かってひとりごとを言った。

しかし名菜枝は、ロックナーとのデートをことわってしまってよかったと自分に言いきかせながらも、ロックナーと夕食を共にできなかった無念さが心のどこかに沈澱《ちんでん》しているのを感じた。

名菜枝は『黄蝶』に出ても、ロックナーのことが頭の隅にあった。

「どうしたの名菜枝さん。あなたこのごろへんよ。きのうはロックナーさんと、ずいぶん長いこと話しこんでいたし、今日はまた、その浮かぬ顔はなによ。ひょっとすると、名菜枝さん、あのロックナーさんの蛇の眼に飲まれかかっているのじゃあないかしら」

麻理に言われて、名菜枝はひどくあわてた。

「ね、名菜枝さん、今日帰りがけに映画見ない。スウェーデンの映画で、すごいらしいわよ」

すごいというのがどういう意味なのかを示すために、麻理は首を傾げて笑った。そういう笑い方をすると、麻理のつけまつげがいよいよつけまつげらしく見えるのがおかしかった。

「すごいって……それポルノ映画なの」

「まさか、でもそれに近いって話だわ。ではまたあとでね」

麻理は名菜枝のそばを離れて行った。

客は十一時四十五分ごろから現われて来る。午後二時までは眼の回るようにいそがしい。あとの整理が終わって、ほっとしたころ、『お茶の時間』になる。『黄蝶』の日本間は午後三時からお茶席になる。コンパニオンたちは和服に着かえて、客の前でお点前《てまえ》を見せるのである。外国人の客は、わかってもわからなくても、日本古来の茶道に一応は興味を持つ。そういう客に『茶の湯』とはどういうものか、その見本を見せるのがコンパニオンたちの役割であった。

テープレコーダーに吹きこんだ、琴の音《ね》が『黄蝶』の隅々まで響いている中で、『お茶の時間』は静かに過ぎて行く。

四時半になって、はや番はおそ番と交替する。五時半ごろから、『黄蝶』は料亭に変わるのである。

名菜枝はけさに電話を掛けてから、麻理と共に映画にでかけた。ほとんど全裸に近い男女が抱き合っているようなポスターが張ってある映画館の前に来ると、名菜枝は逃げ出したくなった。

「ねえ、ちょっと、あの人、ロックナーさんにどこか似ているわね」

麻理は、名菜枝の気持ちなんかおかまいなしに、そのポスターの男優をさして言った。名菜枝には西洋人ということ以外に、ロックナーとの間の相似は認められなかった。麻理が、どこか似ていると言ったのは、そのポスターの裸の男とロックナーの裸とが、似ているということだろうか。そうだとすれば麻理は、ロックナーの裸を知っていることになる。名菜枝はそんなことを想像したすぐあとに、そんなことを考えた自分自身のいやらしさに腹を立てた。映画館は八分どおりの入りであった。

「おやおや、アベックばっかりね」

麻理は、名菜枝の耳もとでささやいた。

そのころ、ロックナーは、六本木のレストランで絢子と食事を共にしていた。名菜枝を誘っておいて、名菜枝が、ほんの少しばかりのためらいを見せると、ではこの次にしましょうとあっさり引きさがるあたりは、ロックナーでないとできないことだった。最初からあまりしつっこいと、女に警戒される。とくに日本の女性は外国人に対して、最初は必要以上に警戒するのだ。しかし、それは最初だけであって、二、三度つき合っているうちには、びっくりするほど、相手を信用して、むしろ、女の方から積極的になって来るものである。

ロックナーが絢子を知ったのは、旗精器の社長多旗絢一郎《じゅんいちろう》の叙勲《じょくん》祝賀会のパーティであった。絢子をロックナーに紹介したのは、旗精器の渉外課長の伴野であった。伴野は絢子が英語が堪能であることを知っていたから、外国人の客のところへ挨拶に行く社長の通訳として絢子を推薦した。絢子は父絢一郎の傍にぴったりと寄り添って、通訳としての役割を果たした。この夜、絢子の存在はこのパーティの中でとくに異彩を放っていた。

ロックナーが絢子に近づいて行ったのは、そのパーティの直後ではなかった。そのころ、ロックナーは絢子にはたいして関心を示さなかった。ロックナーが絢子に積極的に近よって行ったのは、華村敏夫が谷川岳で遭難して以来であった。

ロックナーと絢子の食事は静かに始まって静かに終わった。葡萄酒《ぶどうしゅ》に少しばかり上気した顔を絢子は気にしていたが、外に出て夜風に当たると、顔のほてりはすぐ消えた。

ロックナーと絢子は英語でしゃべったり、日本語でしゃべったりした。言葉を使いわけるのはロックナーの方がはるかに上手だった。

「ぼくは、現在、適当なスポーツをしたいと思っています。華麗なスポーツをしたいのです。それは絢子さんと踊ることではないでしょうか」

ロックナーはそのようなまわりくどい英語を使って絢子をダンスに誘った。日本語に直せば、ダンスをしませんかでいいのだが、英語の教科書にあるような丁寧な言い回しで語りかけると、英語を少しばかり勉強した女はたいがいそれにつられて英語をしゃべりだし、結局は、言葉の罠《わな》に落ちこんでしまうのである。日本人はノーという言葉が言えないのである。日本語では、いやですと言えるのに、英語ではノーとはなかなか言えない。英語を話せる人ほどノーについてはこだわるのが、ロックナーが知っている日本人の女の特徴であった。

ロックナーは絢子をナイトクラブに誘った。外人客が多い。そのクラブはビルの地下室にあった。完全なクラブ組織になっているから、客は常連であった。薄暗い照明の下で幾組かが踊っていた。

二人はコーナーに席を取った。ゆったりとしたソファに二人は並んで腰をおろした。ボーイが来て、飲み物を訊いた。

ロックナーのダンスは強いて言えば、ムード派のダンスである。外人の多くはそういうダンスしか踊らないのが常であった。踊る楽しさよりも、その空気に陶然と浸りきってしまうようなダンスである。しかしロックナーは、ムードの中に絢子を誘い込むことを急ごうとはしなかった。彼は日本語と英語を適当にこなして、しゃれや冗談をさかんに飛ばした。

ロックナーは、二、三度絢子と踊ったあとで言った。

「絢子さんはダンスが上手ですね。ダンスが上手だということは、音感と運動感覚が両方共に発達しているということです」

などと言ってから、絢子と彼との共通したスポーツである登山の話になんとなく向けて行った。

「山で思い出しました。きのう『黄蝶』で名菜枝さんに会いました。どうやら彼女は、これから本格的な登山を始めるつもりのようです。彼女はこの前、谷川岳へ行ってから、山がすっかり好きになったらしい。ぼくは、名菜枝さんと山に行ったことはありませんが、彼女といっしょに山へ行った人たちの話を聞いてみると、まるで十年も山歩きをしたような確かな足さばきだそうですよ」

ロックナーは言った。

「だれがそんなことをロックナーさんに言ったの……ああ、たぶんそれは雅子さん、有部雅子さんでしょう」

「そのとおりです。伴野さんのところにいる雅子さんがそう言っていました」

雅子は旗精器の渉外課の伴野課長のところにいた。雅子から名菜枝の話を聞いてもおかしくはなかった。

「十年も山歩きをしたような確かな足さばきだなんて、少々オーバーな評価ではないかしら?」

「でもね、絢子さん、生まれながらにして登山に適した身体つきをしている人も、たまにはいるものです。名菜枝さんはそのうち、天才的女流登山家として名前を出すかもしれません。あのひとのカモシカのような足を見ていると、そんな気がいたします」

ロックナーは名菜枝を賛《ほ》めた。バンドが変わった、タンゴである。

「踊りましょうか、タンゴです」

「私はタンゴは苦手なのよ」

絢子はことわった。ロックナーは強いて絢子を誘おうとはしなかった。ロックナーが名菜枝の肩を少々持っただけで絢子が機嫌を害したのをすばやく見てとると、ロックナーはすかさず、第二の弾丸をこめて、このわがままなお嬢さんの胸を狙って発射した。

「ぼくは名菜枝さんといっしょに近々山へ出かけようと思っています。でも、彼女は二人だけではおかしいって言うんです」

だから絢子さん、いっしょにいかがですかとは言わなかった。

「私にもいっしょに行かないかというお誘いならば、はっきりとおことわりいたします。だいたい二人だけではおかしいという考え方からしておかしいですわ。山を知らない人の言うことです」

「そうなんです。山にかぎって一般的に考えられるような不純なものはありません。そのように名菜枝さんに言いましたが、彼女はわからないようです。無理もないと思います。彼女は山を知らないから、でもぼくはあきらめずに誘ってみたいんです」

ロックナーは、そこでその話を止めにした。絢子を誘い出しておいて、名菜枝のことに触れたことをひどく悔いているかのように、彼はしきりに絢子の機嫌を取った。だが、一度曲がった彼女の気持ちを変えることはできなかった。

「帰ります」

彼女は立ち上がった。

ロックナーはその彼女を冷ややかな眼で見つめていた。

麻理と別れた名菜枝はすぐタクシーに乗った。一刻も早く帰って風呂に入り、身体を洗いたいと思った。映画の中には上半身裸になった男女の抱擁が延々と続いた。ただの抱擁ではなく、明らかに、それは男女の交合を示すものだった。下半身がそれほど多く場面に現われないのは、検閲でカットされたもののように思われた。それでもきわどい場面がかなりあった。いやらしいとか不潔感は三十分、四十分と見ているうちに、それほど感じなくなり、いつしか映画の中で、情欲にむせび泣く女の身になっている自分に気がついてはっとすることがあった。

名菜枝は明るくなったとき、下を向いた。他人に顔を見られるのが嫌だった。麻理も、映画が終わってからは名菜枝に話しかけようとはしなかった。映画のよしあしの批判は口にせず、二人は、まるで喧嘩でもしたように左右に別れた。お互いが相手の心を見ていた。その映画に少なからざる影響を受けている、心と身体の反応がよく理解できたからだった。

男女の性愛がどれほど甘美なものか名菜枝にはわからなかった。映画で行なわれたようなことを試みてみたいとも思わなかった。ただ、タクシーの車窓から寄り添って歩いている男女の姿を見ると、映画の濃厚な部分が連想されてやり切れなかった。おそらく、映画で見た白い肉体の修羅《しゅら》は、当分の間、彼女の頭から去らないだろうと思った。

それでも自動車が自宅に近くなって来ると、彼女はやや平静を取り戻した。もしかすると、今夜あたり、高田が訪ねて来はしないだろうかという気がした。そんな約束はなかった。全く突然彼女は高田を思い出したのである。

(あんな映画を見たので、高田のことなど頭の中に思い浮かべたのだろうか)

彼女は、顔が赤らむのをおぼえた。タクシーの中は暗くしているから運転手に気づかれることはなかったが、それでもなんとなく恥ずかしかった。

彼女は、タクシーを降りると、小走りに歩いた。ゆっくり歩いてはいられなかった。急ぐ必要はないが、なにかそうせざるを得ない気持ちだった。

玄関に立って、彼女は応接間に明かりがついているのを見たとき、その客は高田以外にはないように思った。胸が鳴った。

「高田さんでしょう」

けさがドアを開けたとき名菜枝は言った。

「まあよく、それがわかりましたこと」

けさはあきれていた。

名菜枝は高田にちょっと挨拶して、洗面所に行くと、手を洗い、化粧を直して高田の前に出た。高田の黒い顔を見ると、映画のことは彼女の頭から去った。

「遅くなって、いきなり上がってすみませんでした。このことはどうしても早くお知らせしたいと思いましたので」

高田は七時から二時間半も待っていたのである。

「二時間半もお待たせしたのですか。私いったいどうしたらいいのかしら」

映画に行っていたなどとは言われなかった。ましてや、その映画の題名でも訊かれたらどうしようもない。高田はそんなことは訊かなかった。

「二時間や三時間待つことは平気です。山で天気が悪くなると、一週間待つことがあります。山男にとって待つことは平気です」

高田は待ったことについては全くなんとも思っていないようだった。

「実は今日、旗精器の株主総会がありました。そのことで報告に上がったのです」

報告に上がりましたなどと言うのは、まるで上役かなんかに向かって言う言葉で、名菜枝は、高田の几帳面さがおかしかった。それにしても、株主総会がいったいどうしたのだろうか。名菜枝は高田の顔をまっすぐに見た。高田が話し出した。

旗精器の株主総会が総会屋の発言によって混乱し、ついに流会になったのである。総会屋の一人が立ち上がって、旗精器の経営方針に口を挟んだ。

(旗精器の系列会社の研究部門内部における社員の不安が昂《こう》じて、分裂が起こり、重要なる会社の機密が紛失したそうだが、その真相を明らかにしてもらいたい)

会社側は、そのような事実はないと否定すると、総会屋は、

(では今年の七月に美野電機で起こった、速度自動調整器の設計図の一部紛失事件は無かったというのか。美野電機は旗精器の子会社である)

と言った。第二の男が立ち上がった。

(その設計図紛失事件の責めを負って、華村という若い技師は自殺したという噂だが、その真相はどうか)

と怒鳴った。会社側がこれに答えようとすると第三の男が立ち上がって、

(私が聞いた噂によると、その華村という技師は、山に連れ出されて、謀殺されたらしいということだ。華村技師と同行したメンバーの中には、旗精器、美野電機、佐森製作所の三会社の社員が同行している。すべて旗精器の系列会社である)

会場は混乱した。それ以上総会を続行できる状態ではなくなった。

総会屋が総会において発言して議事の進行をさまたげないために、会社側は、事前に総会屋の常連にしかるべき手を打ってあるのが普通だった。

その日の三人の総会屋は新顔だった。その殴りこみは明らかに、ぶちこわしのためのものであって、旗精器の子会社の醜聞を広告したようなものであった。旗精器にとっては非常な

痛手だった。

「その三人の総会屋の背後関係はすぐわかりました。前浜正行です。前浜正行は、このごろ旗精器が彼の情報を買わないようになったのを恨んで、総会屋に情報を売りこんだ結果が、今日の総会の混乱となって現われたのです」

高田は一気にしゃべった。

「前浜さんが谷川岳へ出かけたのは、そういう下心があったからでしょうか」

名菜枝は列車の中で会ったあの不可解な人物の正体が、やっとわかったような気がした。だとすると、彼といっしょに谷川岳へ行ったロックナーも臭い。

「すると、ロックナーさんも、今日の総会屋のことにからんでいるのでしょうか」

「今のところ、そんな気配はありません。たしかにカール・ロックナーと前浜正行とは谷川岳へ同行したが、目的は別だとみるべきでしょう」

そして高田は、さらに重要なことをつけ加えた。

「一週間ほど前に美野電機の研究部にいた二人の男が、同時に会社をやめました。その行く先がわかったのです。旗精器とライバル関係にある西保工業です。西保工業が引き抜いたのです。これにも、前浜がからんでいます。二人のうち鈴木《すずき》という男は設計課にいました。そして研究部にいた山本《やまもと》という男は、白雲山岳会の会員でした。前浜が山本としばしば会っていたことは突き止められています。どうやら、設計図紛失事件は、華村敏夫に対する嫌がらせではなく、その鈴木という男が、やったことのように思われます」

高田の話は淡々と続いた。

おそらく鈴木は、昼食をとりに外へ出るようなふりをして、外へは出ず、書棚のうしろに隠れこんでいたのであろう。だれもいなくなったところを見計らって鈴木は華村の設計図を一番奥の自分の席へ持って行って、写真を撮ろうとした。華村の席は入り口近くにある。そこで写真を撮ると、その近くにいる庶務係の酒井とみ子が、閃光に気づくだろうと鈴木は考えたに違いない。

鈴木が設計図を自分の机へ持って行って写真を撮り終わったか、あるいはその準備中に田中設計課長代理が来た。その時刻が十二時半ということになる。鈴木は、書棚の後ろに隠れたままだった。一時になってから、図面紛失が大騒ぎになった。鈴木は問題の設計図を彼の書きかけの図面の下に隠しこんだのであろう。鈴木が後日、それを華村の机に戻すことは簡単なことである。

設計図紛失事件の当日、一時近くになって鈴木が書棚の方から出て来て彼の席にすわったのを見た者がいた。それ以来課内の一部の者から、鈴木は疑惑の眼で見られていた。鈴木が西保工業へ行ってから、やはり彼だったのかという声が出たのは当然のことである。

「すると兄の無実は晴れたのね」

名菜枝は、彼女自身が疑いをかけられていたように胸をなでおろして言った。

「そのとおりです。会社側も、鈴木の身辺をずっと追っていたらしい。鈴木は設計課長にひどく叱られたことを根に持っていたということです」

高田はそこで、がらっと言葉の調子を変えて言った。

「疑わしき人がすくなくとも二人は消えました。前浜正行と華村敏夫の二人です。ロックナーも一次的にはこの事件には関係がないから、疑わしき者は、有部雅子、大熊菊男、和泉四郎、そして多旗絢子の四名となりました。このうち大熊菊男と有部雅子については、近いうち……そうです。二、三日の間に黒か白かはっきりするでしょう」

高田は自信ありげに言った。

「ロックナーさんは、リョウセンの事件と、兄が死んだ夜の事件とは別にしろとおっしゃっていましたわ」

名菜枝はロックナーが『黄蝶』で話したことや、電話で伝えて来たことをそのまま高田に話した。

「そうですね。だが念には念をということがありますから」

「ロックナーさんは和泉四郎さんのことをもっとよく調べるように言われました」

「ところが、それが非常にむずかしいのです。あの男はなかなか慎重で、容易に尻尾《しっぽ》を摑まれるようなことはしない」

高田は、用件だけを話すと立ち上がった。

「もっとゆっくりしていってくださいと申し上げたいところですけれど、もうだいぶ遅い時間ですので」

名菜枝はそう言いながら高田の傍に立った。感謝とは別な気持ちが、名菜枝の眼の中にあった。高田はその眼を受け止めると、名菜枝の肩に両手を置いた。彼の眼が一瞬異様な輝きをした。肩に置いた手に力が入った。だがすぐ彼の手は彼女の肩から去った。

「名菜枝さん、ぼくはあなたに惚れています。だからあなたのために働くのです」

彼はそう言い残すと、この前と同じようにさっさと応接間を出て行った。

高田を送り出してから、彼女は風呂に入った。

寝苦しい夜であった。彼女の生涯において初めて経験する夜だった。彼女はその苦しい夜の中の男性対象として、高田進一郎のことをずっと考えつづけていた。

# 紳士

カール・ロックナーは、日本を訪れる多くの外国人がそうであるように、日本の古典に興味を持っている。神社、仏閣、庭園、美術品、雅楽《ががく》などから茶道、華道にいたるまで頭を突っ込んで、わかってもわからなくても、いかにももっともらしい顔をするところは、普遍的な外国人である。

絢子に限らず、日本人の女性がロックナーに心を許すのは、彼のその普遍性にあった。近づきやすいタイプであった。

絢子も、外国人であるからといって、とくにロックナーを警戒することはなかった。もっとも絢子は最初のうちは、かなり慎重だった。

絢子は外出するときは、かならず自家用車を使った。野口《のぐち》という、そろそろ六十に手の届く運転手がついているから、どこへ行っても大丈夫だと思っていた。父や母がそうしろと命じたのではなく、絢子自身の考えであった。

だから、ロックナーに雅楽に誘われたときも、野口というボディガードがいるから安心だと思った。だが、絢子はすぐそのあとで、ひとりで行きたいという気になった。ロックナーをそれほど恐れることはないと思った。この前彼と会ったときにはダンスもした。そのときだって、彼はしごくあっさりと彼女を帰してくれた。

雅楽は国立劇場で行なわれた。二人の席は前から二列目にあった。舞台の前列に並んでいる釣り太鼓《だいこ》、壱鼓《いっこ》、鉦鼓《しょうこ》の打楽器、その後ろの列の箏《こと》、琵琶《びわ》の絃楽器はすべてはじめて見るものだった。そして笙《しょう》、篳篥《ひちりき》、竜笛《りゅうてき》などの管楽器はどこかで見たことがあったし、その音を聞いたこともあったが、それほど多くの楽器を前に揃えて、紫色の風折れ烏帽子《かざおえぼし》に薄茶色の直垂《ひたたれ》を着た楽人《がくじん》が並んでいると、なにか別の世界に来たような気がした。

ロックナーも雅楽ははじめてだった。いつもは、なにかしゃべっていないと気がすまないロックナーだが、その夜は最初から会場の雰囲気に圧倒されたようだった。

彼は英文で印刷された説明書と舞台とを交互に眺めていた。質問されたら困るなと絢子は思ったが、彼はなにも言わなかった。説明書には、壱越調《いちこつちよう》曲と双調《そうじよう》への渡物《わたしもの》という見出しが書いてあった。それを行をかえて、酒胡子《しゆこし》、賀殿急《かでんきゆう》、胡飲酒破《こんじゆは》、武徳楽《ぶとくらく》などの曲名が印刷されてあった。

ロックナーは、千年も前からほとんど変形することなしに伝えられて来たという古典音楽の奏法を驚きの眼を見張って眺めていた。壱鼓を打つ楽人のしなやかな手や箏をかなでる楽人の瞑想にふけるような顔を見ながら、ロックナーは軽い溜息を洩らすことがあった。曲がすすむうちに、いつかロックナーは眼を閉じていた。

絢子も眼を閉じた。彼女にとって、その奇妙な、幻想的な音楽は、眼を閉じるとさらに、彼女の内部にまで入りこんでいった。

雅楽の音はあらゆる自然の発する音響に聞こえた。静かな山の音の中に、どこからともなく近づいてくる風の音が、やがて暴風雨となって吹きまくり、いよいよ荒れ狂ってくると彼女は寒さを感じた。

そろそろ間《あい》のオーバーを着る季節であって、外はけっして暑いことはないけれど、会場は人いきれがしてむし暑かった。が、彼女は寒さを感じた。身体の中心が凍《こご》えていくような寒さと恐怖が彼女を締めつけた。

絢子の頭の中に、あの夜のことが浮かんだ。暴風雨の中で叫びつづけている自分の姿が見えてくるのである。

雅楽の中の嵐は、やがて静かな笛の音《ね》に移り変わっていった。夜が明けたのだ。絢子は、朝の光で見た、華村敏夫の蒼白な顔をそこに見た。

雅楽は終わった。

「どうかなさいましたか？　お顔が青いですよ」

ロックナーが言った。絢子は、答えるかわりに首を振ったが、まだ彼女の頭の中では冷たい風が吹いていた。

国立劇場の外へ出た二人は肩を並べて、お堀ばたの道を、光の海へ向かって歩いて行った。ロックナーがタクシーを止めようとしたが、絢子は、それをやめさせて、

「しばらく歩かせてください」

と言った。雅楽を聴《き》きながら想い出した暴風雨のひとこまを忘れるには、歩くのがいちばんいいように思われた。

「ロックナーさん、あなたは、あの雅楽を聴きながら、なにを想像しましたか」

「そうぞう？」

想像という日本語がわからないらしいから、すぐ絢子は、イマジネーションと言ってやった。

「おお、イマジネーション——そうです、絢子さん、ぼくは美しい山々の景色を見ているような気持ちでした。山の中にはいろいろな音があります。風の音、川の音、鳥の声、人の声も聞こえます。岩が崩れ落ちる音もします。嵐の音も聞こえて来ました。おそろしい山の嵐……」

「私は山の嵐の中にいる自分を、あの古典音楽の中で、はっきりと見ました」

「そうですか。ぼくは、あなたといっしょに雅楽を聴きながら、同じイマジネーションの世界にいたことを光栄に思います。ぼくはほんとうに、今夜こそすばらしい夜だったと思います。絢子さん、ありがとう」

絢子の肩にかけたロックナーの腕に力が入った。

絢子には幾人かのボーイフレンドがいた。だが、彼女の経験の中にいるどの日本人の青年も、いまロックナーがしているように、肩を抱きしめながら、道を歩いたことはなかった。彼らは人の眼をおそれるように、こそこそと歩き、暗いところへ入ったり、人通りが絶えたりすると、まるで暴漢にでも早変わりしたような強暴さで唇を求めたり、抱擁したりした。

ボーイフレンドの中に和泉四郎がいた。谷川岳の事件以来、彼ともしばしば会った。和泉は手さえ握ろうとはしないのだ。話もおもしろくなかった。つきまとっているといった感じの彼と、一時間もいっしょにいると、逃げ出したくなった。

「絢子さんは、山がほんとうにお好きなんですね」

「好きです、たいへん。でも登山は楽しいことばかりではないですわ」

「ぼくも山が大好きです。日本の山はいいですね」

「いいかしら」

「日本の山には氷河はない。けれど氷河よりもっと美しい自然を持っています。そして、登ろうとすれば、近くに山はいっぱいあります」

いっぱいありますと言ったとき、ロックナーは、絢子の肩に回していた手をほどいて、両手で、いっぱいいが、どんなものかを表現しようとした。

絢子にとっても、ロックナーにとっても、二人の間に山という共通な話題があることは幸いだと思った。

「絢子さん、あなたは春の山が好きですか、夏の山が好きですか。それとも秋の山？　冬の山？」

「さあ、とくに季節によって、好き嫌いはございませんわ。季節はいつであっても山は美しい……」

「そのうちでも、とくに好きな季節は？」

ロックナーは執拗にそれを訊いた。なぜ、そんなことを訊くのだろうかと、絢子はロックナーの顔を見た。なにか言わせたいのだな。

「私は冬になる直前の山が好きだわ。木の葉がすべて散ってしまって、だれもいない山。死のように静かな山。そういう寂しい山が私にはたまらなく好きなんです」

ちょっと感傷的なことを言ったが、ロックナーに理解できるかなと思った。

「あなたもそうですか。ぼくも、雪の降る前の、ほんのしばらくの間の山が好きです。たしか、ヘルマン・ヘッセも同じようなことを書いていました」

ロックナーの右手が、ふたたび絢子の背をかかえこむように回された。ロックナーは、そのようにして歩くのが彼の義務であるかのように、ゆっくり坂をおりて行った。

絢子はロックナーに身体をあずけたままで、もし自分が、晩秋の山より春の山のほうがいいと言葉を訂正したら、彼もまた、それに合わせてくるだろうと思っていた。晩秋の山でも春の山でも、いや、話の対象が山でなくても、なにか共通なものがあれば、それを上手に話題の中に取りこんでいくのが、この男のいいところであり、警戒を要するところかもしれないと思った。

「山の話をしたら、山に行きたくなったわ」

絢子は言った。半分がほんとで、半分が嘘だった。白雲山岳会の追悼山行に参加すると言っておいて、その日になって逃げてしまったことが、彼女の心の隅のほうに悔恨となって残っていて、それが、山に行きたいなどと言わせたのかもしれない。

「ぼくも行きたくなった。絢子さん。いっしょに山へでかけようではありませんか」

ロックナーがびっくりするような声で言ったので、絢子は、すこぶるあわてた。ロックナーが手を上げてタクシーを止めた。

「お宅までお送りしましょう」

とロックナーは、彼がいかに紳士的なふるまいを淑女の前でするかを、見せびらかすような気取り方をした。その気取り方に対して、自動車はあまりにお粗末だったし、運転手は行く先を言っても返事もしなかった。

絢子はなにか物足りない気持ちでいた。多少のアドベンチュアを期待して出てきたのに、それらしい行動はおくびにも出さずに、家へ送りかえそうとするロックナーが、いよいよわからなくなった。そのロックナーの手が伸びて、絢子の手を握って言った。

「ぼくは日本の山をあまりよく知りませんから、あなたが行く先を決めてください。あなたの好きなコースを、どうぞ……。それから、あなたのお友だちもね」

二人だけで行こうと言ったらことわろうと思っていると、向こうから、あなたのお友だちもね、とちゃんと絢子の心の中まで見ぬいて言ってくるぬけめのなさに、絢子は、この男はほんとうの紳士なのか、それらはすべて計算の上でのことなのか、ちょっと見当がつかなくなった。

「雪が降らないうちにね」

ロックナーはつけ加えて言った。

「ロックナーさんは名菜枝さんと山へ行くと約束したのではなかったかしら」

絢子はちくりとひとつ彼の痛いところを刺してやった。

「そのとおりです。ぼくは名菜枝さんを山に誘いました。けれども、彼女はまだ行くとも行かないともはっきりしないのです。けれども彼女は近いうちきっとぼくと山へ行きます。それは自信をもって言えることです」

「では名菜枝さんとどうぞごいっしょに、私はご遠慮を申し上げます」

「それは困ります」

「なぜお困りなの」

「日本の山は日本人の男性と共に登って少しは知っています。けれど、女性といっしょに登ったことはありません。その記念すべき一ページは、絢子さんとでなければならないと、心に決めたからです」

「ロックナーさんは名菜枝さんの前でもそんなふうにおっしゃったのでしょう」

「絢子さんが、どうしてもいやだと言えば、名菜枝さんの前で、きっと今と同じことを言うでしょう」

絢子はあきれた。そしてロックナーの冗談とも本気ともつかない山の誘いにいささか牽《ひ》かれた。

「あなたの山のお友だちに有部雅子さんがいるでしょう。彼女なら、渉外課の伴野さんのところで会ったことがあります。もし雅子さんでよかったら、彼女も誘ってみたらよいでしょう。そして、どこへ行くかは、絢子さんと雅子さんで決めてください」

「私は、まだ、行くとも行かないとも言ってはいませんわ」

「絢子さんはきっと行きます。私はそれを信じているのです」

「そうかしら。私はたぶん、おことわりすることになると思っていますけれど」

「ノーノー、あなたは行きます。あなたはぼくを悲しませるようなことをする女《ひと》ではありません。十分にコースは調べてください。雅子さんのこともね。楽しいハイキングができるようなところがいいと思います」

「ハイキング？　登山ではないのですか」

「同じことです。みんなで楽しく歩けばいいのです。空に向かって歌を歌いながら歩くのです。そして、もしかすると、歌を歌っているうちに空から雪が降ってくるかもしれません」

タクシーが絢子の家の前に来たとき、ロックナーは自動車から降りて、

「では、明日の午前中に電話を掛けます」

と言うと、日本人がやるように彼女に向かって頭をさげると、待たせてあったタクシーに乗って走り去った。外国映画で見るようなお別れのキスもしないし、別れの言葉も言わずにさっさと行ってしまったロックナーの自動車のあとを眼で追いながら、絢子は、彼と山へ行ってみようとふと思った。

「だれを誘おうかしら？」

絢子はすぐそのことを考えた。山のことを知っていて、しかも、絢子と比較して、つねに、あらゆる点において下位に評価されるべき女——として雅子は適格だと思った。

高田は大熊菊男が料亭に消えるのを確かめてからも、しばらくはその料亭の見える、通りをへだてて向こう側のバス停に立っていた。バスが何回か来たが、乗らなかった。彼は彼の頭の中のバスに乗って走り続けていた。

（この前大熊のあとをつけたときもこの料亭に入った。あのときは十分か十五分ほど遅れて前浜正行が入って行った）

その前浜と大熊がその料亭の中でなにごとかを打ち合わせているという証拠はなかったが、大熊がこんな大きな料亭に一人で出入りすることは考えられないし、彼がだれかをここに招待することも考えられない。大熊と前浜とは知り合いの仲である。常識的には前浜が大熊をここに呼んだものと考えられる。高田は腕時計を見た。バス停に立ってから二十分ほど経った。タクシーが料亭の前で止まって、前浜があわただしく門の中に消えた。

やはり思ったとおりであった。

高田はゆっくりと歩いた。二十歩ほども歩かないところに煙草《たばこ》屋があって赤電話があった。

眼の前の料亭の電話番号を調べるまでに数分を要した。

「前浜さんのところにいる大熊さんを呼んでください。私は大塚《おおつか》です。」

たまたま電話を掛けている隣りに大塚薬局と大きな看板があったから、大塚という名が出たのである。

「前浜さんのところというのは、前浜さんのお部屋のことですね」

相手が訊いた。

「そうです。前浜さんとごいっしょの大熊さんです。どうぞお間違いなく」

高田は念を押した。電話は間もなく通じた。大熊が電話に出た。

「もし、もし、大熊です」

だが高田は黙っていた。口を利くべきではなかった。へんだなあという大熊の声がした。しばらくして電話は切れた。

高田はもう一度電話を掛けて、今度は前浜を呼んだ。

「前浜さんですね。大熊さんを呼んでいただけませんか」

「だれだね、君は」

「とにかく呼んでいただければいいんです。彼が出ればわかることです」

再び大熊が出た。彼はすでに狼狽《ろうばい》していた。電話機に向かって、君はいったいだれなんだなどと叫ぶ声がふるえていた。

高田は電話を切った。これ以上詮索する必要はない。大熊と前浜はこの料亭の一室で落ち合っていることは確かだし、大熊が心の中に正常ではない招待を受けているという、わだかまりを持って、その場に臨んでいることもまず間違いなかった。

高田は、有楽町駅に向かってゆっくり歩いた。名菜枝の勤め先が有楽町駅の近くだと聞いたことを思い出したが、彼女の職場を見ようとは思わなかった。彼は駅のガード下の食堂で夕食を摂った。母と食事を共にしないことは珍しいことだと思った。

(これからの仕事にはある程度の力が要る。腹をすかせていてはどうにもならない)

彼はゆっくり食事をすませてから、近所の書店を回った。ヒマラヤの本を一冊買った。腕時計を見た。まだ大熊は彼のアパートには帰っていないだろうと思った。

高田は宵《よい》の雑踏の中をしばらく歩き回ったあとで、国電に乗った。

大熊が住んでいるアパートは中央線沿線にあった。独身者ばかりが住んでいる、安アパートだった。ノックしたが思ったとおり彼はまだ帰っていなかった。高田は、廊下の暗い電灯の下に立ったままで、ヒマラヤの本を読んだ。そうしている高田に声を掛けて来る者は一人もなかった。他人に関心を持たない者ばかりがこのアパートに集まったのか、それともこのアパートの住人は大熊菊男という人間に対して疎外感を持っているので、大熊を訪ねて来た高田をも警戒して話しかけないのだろうか。

本を読み出すと、時間の経過は気にならなくなる。高田は声を掛けられてわれに返った。

「ああ、君か」

高田は腕時計を見て、二時間ほど待ったぞと言った。大熊は酒気を帯びていた。酒を飲むと大熊は青くなる。

「なにか用ですか」

「ゆっくり話したいのだ」

二人は廊下に立ったまま、お互に顔を見合わせていた。大熊の方が根気負けしてドアを開けた。

布団は敷いたままだった。部屋の中は取りちらかされていて足の踏み場もなかった。独身者の部屋らしかった。

「話ってなんです」

「料亭に電話を掛けたのはおれだよ」

大熊はひどく驚いたようだった。さまざまの感情が彼の顔をよぎっていった。

「ぼくのあとをつけ回していたのですか」

「そうだ。今ならば遅くないと思ったからだ」

そして二人はまた睨めっこを始めた。大熊はもともと無口な男だった。雅子と電話で話すときには結構話すけれど、仕事のことについてはあまり口をきかなかった。技術者によくあるタイプだった。そういう男に限って仕事はきちんとやった。大熊は技術者として将来を期待されている一人であった。

「ぼくにどうしろっていうんですか」

「前浜といっさい手を切れ。あんな男の手先になって働いていると、君の将来は台なしになるぞ。前浜は君を西保工業に迎えると言っているだろう。そして西保工業では、君が行けばしばらくはいい顔をするさ。しかし、技術者としてあるまじき行為をしたというレッテルは終生君について回るのだ。西保工業にもそう長くはいられないだろう。他に行ったたって、あの男には警戒しろ、あの男は、以前こういうことをしたのだという陰口がつきまとうのだ。一生明るい目は見られない。おれは技術者だと胸を張って働くことはできなくなるのだ」

高田は大熊の眼を見つめて低い声で言った。

「君には良心がある。もともとの悪党ではない。だから君は前浜にそそのかされて、なにかを働こうとするときには、心の中の罪悪感が表面に出るのだ。おれは君の設計図に、つまらないミスが続発するようになってから、君の動きをじっと見つめていたのだ」

大熊が雅子と親しく交際を始めたころは、彼の設計図に誤りはなかった。むしろ、そのころはかえって仕事の能率を上げていた。その彼が最近になって、実に初歩的なミスをするようになって、高田の眼や同僚の眼をおそれるようになった。そして、その彼は、ときどき高田の設計図を覗きにやって来る。

高田が現在設計しているのは、旗精器が研究している速度自動調整装置の精密器械の一部であった。器械は複雑化して来ていた。一社だけで開発することはむずかしくなった。この器械も、旗精器が中心になって、系列会社の協力によって開発しようとしているのである。ライバル会社にしてみると、その情報を知りたいのは当然なことである。

「今なら遅くはないぞ、大熊君。君のことを知っているのはおれだけだ」

「もう手遅れかもしれませんよ」

「なにかしたのか」

「傾向的なことを話しただけです。まだ向こうに設計図のようなものは渡してはおりません」

「よかった。それで君は救われる」

「駄目なんです、高田さん。ぼくはすでに彼から十万円……」

大熊は泣き出した。この図体の大きな大熊がまさか泣くとは思わなかった。高田は不意打ちを食らった。

「なぜ金が欲しい。雅子さんと遊ぶための金なのか」

大熊は、顔を上げた。そんなことまで知っていたのかという顔だった。

「なんでも言うのだ。言えば気が晴れる。その金はおれが立て替えてやる。心配するな」

しかし大熊はすぐには話さなかった。彼は声を上げずに泣きつづけていた。

高田は腕を組んだ。おれは山男だ。待つのは平気だと壁を見た。壁にべたべたと山の写真が張ってあった。高田は谷川岳の写真に眼を止めた。突然、大熊がしゃべり出した。

「絢子さんが滑落した瞬間、ぼくは見ていたのです。そのときぼくは、雅子さんが絢子さんの足をザイルですくったのを見ていたのです。絢子さんだけはアンザイレンせずに、右手にザイルを握って、あの稜線を歩いていました。右側から強い風が吹いてくるので、絢子さんは全力でその風圧をこらえていました。一瞬風が止んだので、絢子さんはその反動で、右側に倒れかかりました。ザイルを握っていた手を離したのです。絢子さんのすぐ後ろにいた雅子さんは、なにを考えたのか、そのザイルで絢子さんの足をすくったのです。もし、そんなことをしなかったら、絢子さんは、あの稜線に倒れただけで済んでいたでしょう。ザイルで足をすくわれたから、まるで身投げをするような格好で谷底に滑落して行きました」

大熊は一気にしゃべった。

「なるほど、君はその一件を種《たね》に、雅子さんを脅迫したのだな」

「脅迫と言われればそうかもしれません。ぼくは彼女を自分のものにするために、手段を選ばなかったのです。それほどぼくは雅子さんを愛していたのです」

大熊は目的を達した。雅子は彼のものになった。しかし、雅子と遊び歩くのには思いのほか金が要った。彼には見栄坊《みえぼう》のところがあった。雅子の前で金がないとは言えなかった。

そのようなときに前浜正行が姿を見せたのである。最初は山のことで近づいて行った前浜は、大熊に金を貸し与えると、徐々に奥の手を出して来た。現在開発中の器械の主要部の構造を知りたいという要求を出したのは、つい最近だった。それに大熊が協力すれば、彼を現在よりもはるかに良い条件で西保工業で引き受けるし、雅子と結婚した場合、ただちに社宅を与えるという付属条件までついていた。

「まに合ってよかった。もう少し遅かったら、それこそ雅子さんとの結婚もおぼつかなくなるところだった。前浜から借りた十万円は、君に代わっておれが返済してやろう。同時に彼と君との間の縁は切れることになる」

「高田さん、それではあんまり……」

「いや、いいんだ。君はそれだけの価値がある男だ。しかし、そのかわりと言ってはおかしいが、おれの頼みも聞いてもらいたい」

大熊の顔が緊張するのがよく見える。どんな条件を出されるかと心配している顔だった。

「逆スパイになれっていうのではないでしょうね」

「卑劣な行為をしてまで成績を上げようとする企業はいつか必ず行きづまる。おれはそういう風潮には反対だ。君に頼みたいことというのはプライベートのことなのだ。はっきり言おう。華村敏夫さんの遭難死の原因を明らかにする仕事を手伝ってもらいたい」

大熊は、それだけでは高田の真意がよく飲みこめないようだった。

「華村さんの死には疑問がある。それは君自身がよく知っていることだ。われわれは、その疑問を明らかにしたい。そうしなければならない」

「われわれというと、他に……」

「華村敏夫さんの妹の名菜枝さんだ。それに、カール・ロックナーという外人も加わっている」

「どんな形の協力をすればよいのでしょうか」

「君と雅子さんの二人の協力を願いたいのだ。君よりはむしろ、雅子さんの協力が必要になって来るだろう」

「わからない……」

「そうだ、今のところ、君たちの協力をどういう形で得たらいいのか確信はない。しかし、近いうちに実行したい。山で起こったことは山で裁《さば》きたい」

「関係者を全部、山へ引っ張り出そうっていうのですね」

「それについて、ぜひひとこと君に確かめておかねばならないことがある。雅子さんは、なぜ、絢子さんの足をザイルですくったのだ」

高田は、最終的な結論を求めるように、握り拳《こぶし》を固く握って両膝の上に置いて言った。

「発作的行為です。雅子さんはそんなことをしようと考えてなんかいませんでした。たまたま眼の前で絢子さんが、もたついたのを見て、発作的にザイルで絢子さんの足をすくったのです。大事が起こるなんて考えてはいませんでした。大事になると思えばそんなことをするはずがないでしょう。ただ雅子さんは、絢子さんのわがままなやり方に我慢できなくなっていたことは事実です。あの場合、他のすべての人が雅子さんと同じ考えでした。なんて傲慢《ごうまん》な女《ひと》だろう、ちょっとばかりこらしめてやろうという気持ちが雅子さんの心の奥にあったに違いありません。そんな気持ちが発作的に雅子さんの手を動かす結果になったのだと思います。絢子さん自身あまり突然だったので、足をすくわれたように感じたけれど、まさか、後ろにいた雅子さんがザイルで絢子さんの足をすくったとは思っていません。それほどあの場合は、すべて突発的で、偶然が重なり合っていました」

　高田は大きく頷いた。大熊の説明で十分だった。

「雅子さんが和泉君に惚れていた。その和泉君が絢子さんに言い寄ろうとしていたという三角関係説についてはどう考えるかね」

「雅子さんに関する限り、事実無根です。雅子さんが和泉さんに惚れていたなどということはありません。しかし、和泉さんが絢子さんを狙っていたことは事実です。あの坊っちゃんはあんな顔をしていて、なかなかどうして、ちゃっかりしているんです。絢子さんと結婚したら将来自分がどうなるかを計算のうえでやったことです」

　やったことというのが意味ありげだった。

「和泉四郎が華村敏夫を殺したのか」

「とんでもない。あの遭難の夜、なにかがあったとすれば、それは和泉さんと絢子さんの二人だけが知っていることなんです。雅子さんの話によると、あれ以来、和泉さんは積極的に絢子さんを誘うようになったそうです」

「君が雅子さんを誘うようになったのと、全く同じじゃあないか」

「それが全然、違うんです、ぼくは雅子さんを完全にぼくのものにしました。和泉さんは絢子さんに完全に裏切られました」

「確実な話だろうね」

「雅子さんは、嘘を言う女《ひと》ではありません。その話は旗精器の中では有名です。坊っちゃんは山では結構やりますけれど、里では駄目な人です。女の口説き方を知らないし、遊び方も知らない。坊っちゃんと交際した女はみんな一度でこりごりだと言っているそうです。一人息子っていうのは、一対一の交際は母親以外にはできないものでしょうか」

そう言ってしまってから、大熊はしまったという顔をした。高田もまた一人息子だった。

「そうだよ。まさしくそのとおりだ。おれにもそういうところがある。だから女の子と縁がなくてまだ独身でいる」

高田は述懐するように言った。

「とにかく、今のところ、絢子さんと和泉さんとの間は離れたものになっていることだけは、確実です」

高田は、それ以上大熊に訊くことはなかった。高田は大熊の部屋をぐるっと見回したあとで言った。

「雅子さんと結婚して住む家がないというならば、しばらくはおれの家へ来たまえ。改造したばかりの離れの方を貸してやろう。君だって、正式に結婚して一年も待てば、会社の社宅に入れるようになるだろう」

大熊はその高田にすわり直して頭を下げた。大熊の男泣きが再び始まった。

山の裁判官

名菜枝の家の応接間には菊の香りがただよっていた。

名菜枝は高田の話を最後まで聞いていて、高田は頭脳《あたま》がいい人だなと思った。話に無駄がなかった。

「それで、高田さんは前浜さんに会って、大熊さんとの間のけりをつけたのですか」

「つけました。要するに大熊君が借りた金をぼくが彼に代わって返済しただけの話です。それ以外のことはなにひとつ言いません。これで前浜は大熊君にあれこれ要求する手掛かりを失ったわけです。もし大熊君が金を借りたほかに、彼に会社の秘密を洩らしていたとすれば、彼はそれを種に大熊君をゆするでしょう。だが、彼はそこまでは深入りしていませんでした」

「大熊さんは、雅子さんと結婚して、あなたのお宅の離れに住むことになるのですか」

「やっと母を承知させました。離れを改造したのは、母が住むためでした。そうしないとぼくのところに嫁が来ないと母は信じこんでいるのです。母の思いすごしです」

でも、と名菜枝はその後のことを訊いてみたかった。ほんとうにそれであなたはいいのですかと訊いてみたかったが、訊けなかった。彼女もまた独身だからである。

「大熊君は立派だ。恋愛と結婚を一致させた。すばらしいことだ」

「高田さんだってこれから……」

「可能性があるとは考えられません。一方的な恋愛は結婚とはつながりません。ぼくは生涯独身で終わるかもしれません」

「あなたは山へ登るとき、一歩一歩を確実に踏みしめて登るでしょう。恋愛から結婚への道は登山に似たようなものではないでしょうか」

「登山というよりも岩壁登攀に似ています。登り出したら、引っこみがつきません。今のぼくはめくらめっぽう、見えない頂上に向かってよじ登って行くだけです」

「見えない頂は近いうち見えるようになりますわ。きっと……」

「いつのことです、それは」

「兄のことがすべて片がついたとき、私は自分の身のふり方を考えないとならないと思っています」

「見えない頂に立った瞬間、足を滑らせて墜死して死んだ者もいます。そうなりたくはないが、そうなったとしても後悔しないつもりです」

「たぶん、その頂はあなたを喜んで迎えるでしょう。その途中で事故が起こらない限り、そうなってほしいと思っています」
名菜枝は高田の顔を見た。新居に困っている大熊と雅子に自分の家をなんの躊躇すること
もなく貸し与えた彼の心の中には、大熊と雅子を身近に置いておきたいという気持ちがあっ
たのではなかろうか。兄の事件を解決するために、大熊と雅子の二人は必要なのだ。彼女は
いつか高田が、名菜枝のためなら、なんでもすると言ったときのことを思い出していた。
「名菜枝さん、山で起こったことは山で解決するというのが、ぼくの基本的な考えです。わ
かっていただけるでしょうか」
「兄の死の原因を明らかにするには山しかないとおっしゃるのでしょう。ロックナーさんも、
それに近いようなことを言っておりましたわ。つまり……」
「つまり、山のことは山で裁くしかないと思うんです。華村さんが遭難したときのパーティ
をそっくりそのまま揃えて、山へ連れて行くことが必要です」
「でも兄はいません」
「名菜枝さんの心の中に華村さんは生きています。あなたが原告にならなければなりませ
ん」
「そうして裁判官は、高田さん、あなたがなさるのですか」
「裁判官は被告にも原告にも公平でなければなりません。私は原告である名菜枝さんにあま
りにも近い距離にいます。私には裁判官は務まりません」

「山そのものが裁判官になるというのですか」

「それは感傷です。裁判官は、人間でなければなりません」

電話のベルが鳴った。今時分、どこからだろうか。名菜枝は応接間の飾り棚に置いてある、置き時計を見た。九時を過ぎたところだった。

「お嬢様、ロックナーさんからお電話です」

けさが応接間の入り口で言った。

「絢子さんが山へ行くことをようやく承知しました。たぶん、雅子さんを誘うでしょう。雅子さんはぜひ山へ行っていただかねばならない人です。雅子さんばかりではありません。大熊さんや和泉さんにもいっしょに行ってもらわないと意味がなくなります。そして、主役は、名菜枝さん、あなたなんです」

ロックナーはいきなり結論を言った。急いでいるようだった。

「ロックナーさん、もっと落ちついて話してくださいませんか、よくわかりません」

「落ちついてはいられないのです。とても、とても急がねばならないのです。ほんのちょっとの時間でいいから、あなたに会って話したいのですけれど……」

ロックナーは哀願するような声を出した。なぜロックナーは、これほど、この事件に身を入れたがるのだろうか。山の遭難に対する興味だけとは思われない。この私に、まさか……

名菜枝はそう思った。

「ロックナーさんは、どこから電話を掛けているのですか」

「あなたの家のすぐ近くです」

まあ、と名菜枝は思わず口にした。ロックナーは、初めっから名菜枝の家へ乗りこむつもりで電話を掛けて来たに違いない。

(でも、大丈夫、家には高田さんがいる)

彼女は微笑した。

「それではどうぞ、私の家へお出《い》でください。おわかりにならないといけませんから、うちのけささんを迎えに出しますから、あなたのいるところを教えてください」

ロックナーは、電話局の前の公衆電話から電話を掛けていた。けさが迎えに行った。

「裁判官が来たじゃあないか」

ロックナーが来るという話を聞くと、高田が言った。

「ロックナーさんに裁判官をやってくださいとたのむのですか」

「適任だと思います。ただし、彼が名菜枝さんの信奉者であったら、やはり裁判官になってもらうわけにはいきません」

やはりというところに力が入っていた。

ロックナーはまもなくやって来た。高田は立ち上がって彼を迎えた。名菜枝が高田をロックナーに紹介した。

ロックナーは高田がそこにいることが意外だったようだが、名菜枝が佐森製作所の高田さんですと言ったとたんに、態度が変わった。突然ドイツ語が飛び出した。

「高田さん、あなたのお噂はかねがね聞いておりました」

「あなたに会えてたいへん光栄です」

高田は流暢なドイツ語で答えた。それから二人は、しばらくの間ドイツ語でやり取りをした。名菜枝にはドイツ語はよくわからなかった。二人の男が話し合っているのを聞いていると、まるで、口喧嘩をしているようだった。唾《つば》をとばすような発音がしばしば二人の口から発せられた。英語にはない発音だった。

「どうもすみませんでした」

ロックナーは名菜枝に向かって言った。

「高田さんは、二年ほどドイツにいたことがあります。私はそのころちょうど、アメリカの支店にいましたので高田さんにはお目にかかりませんでしたが、高田さんが、非常に立派なそして優秀な技術者であったということは、今でもわが本社シュミット株式会社において語り伝えられています」

名菜枝は黙って聞いていた。高田がドイツに行っていたなどということは知らなかった。観光旅行に行ったぐらいでも、ヨーロッパはどうのこうのと、吹聴したがる日本人の中にあって、そんなことをおくびにも出さなかった高田の中に、名菜枝は今まで知らなかった高田の姿を見出した。

　高田とロックナーはすぐ打ち解けた。山の話になると名菜枝を置き去りにした。ヨーロッパの山の話が出ると、突然ドイツ語になったり、ときによると英語になったりした。高田は英語も話した。一語一語を確かめるような話し方だったが、その語彙《ごい》の豊富なのに名菜枝は舌を巻いた。名菜枝にとっては驚くことばかりが続いた。高田は単に、黒い顔の山男だけではなかった。高田とロックナーの話が華村敏夫の遭難死のことになってからは、二人は日本語以外は使わなかった。

　二人は華村敏夫が死んだときの状況について十分に話し合ったあとで、ロックナーが語調を強めて言った。

「高田さんは、華村敏夫さんの遭難死を明らかにするためにどうしたらよいと考えますか」

　ロックナーは高田に結論を求めた。

「材料が出揃ったところで、裁判を開くべきだと思っております。山のことは山において始末をつけるべきだと私は名菜枝さんに話していたところです」

「全く同じ意見です。私もそう思っています。私と絢子さんとは山へ出かけることになりました。絢子さんは雅子さんを誘うでしょう。その他に、和泉さんと大熊さんとそれから名菜枝さんに行っていただきたいのです。あの遭難のときの関係者を全部揃えたいのです。高田さん、このことに協力していただけないでしょうか」

「どうやらあなたは、山での裁判官になりたがっているようですね。しかし、裁判官はあくまでも中立的立場にいなければなりません。あなたは、あなた自身が完全に中立的な立場だと言い切ることができますか」

高田はロックナーの眼をまっすぐに見つめて言った。

「私の立場は中立です。私は山の遭難について知りたいがために、この事件に興味を持ったのであって、他に野心はなにもありません。高田さん、そのことは信じてもらわないと、私は迷惑しますし、あなたも困ったことになりはしないのですか」

そして、ロックナーはさらにつけ加えた。

「つまりね、高田さん。私を知っている日本人は私を不良外人だと思っています。そのような眼で見れば、私が華村さんの遭難に口を出すことは、名菜枝さんに接近するためだと考えるでしょう。それは誤解だということをはっきり申し上げておきましょう。ところで高田さん、私はあなたに訊きたいことがあります。あなたが、この事件に口を出した理由は、あなたが白雲山岳会の幹事をやっているからですか」

「違います。白雲山岳会としては、華村さんの遭難は疲労凍死であり、それ以上詮索することは無用だということになっています。私が華村さんの事件に口を出したのは、名菜枝さんの仕事を手伝いたいからです。それ以外に理由はありません」

お見事ですねとロックナーはつぶやくように言った。

「それでわかりました」

ロックナーはゆっくりと言った。

「高田という男の価値を知って失望しましたか」

「どういたしまして、高い高い価値の男ですよ。ヨーロッパでは中世に滅び去った騎士道を、日本において再現しようとしている男ですよ、あなたは」

「それはどういうことなの」

名菜枝が口を出した。

「旗精器の社長さんは、絢子さんにお婿《むこ》さんを探しています。旗精器の社長さんの婿選びの条件は、優秀なる技術者であるということです。社長さん自身が、技術者であり経営者であった関係上、まず技術者に眼をつけたのです。そして、その候補に選ばれたのが高田さんです。いや、社長が選んだのではなくて、絢子さんが選んで、それに社長が同意したのです。絢子さんは多くの候補者の中から高田さんを最終的にピックアップしたのだそうです。社長は人を介して高田さんを打診したところが、高田さんは、今恋をしている、その恋の結果が決まるまでは、いかなる結婚の話にも耳を傾けないと言って、その話をことわったそうです。つい一週間ほど前のことです」

名菜枝はなんとも表現しにくい気持ちでその話を聞いていた。ロックナーが高田の前で、なにか決定的なことを言ったら困ると思った。名菜枝は身体を小さくしていた。

「その高田さんの恋の相手が、名菜枝さんだと、今やっとわかりました。そうなると、高田さんは裁判官にはなれません。裁判官は私が引き受けましょう」

ロックナーは胸を叩いて言った。

「いいでしょう。あなたにやってもらいましょう。その前に、われわれはここで、相談しなければならないことがあります。絢子さん、雅子さんと大熊君、和泉君のうち、雅子さんと大熊君をその山行に参加させることは容易だ。それは、ぼくが引き受ける。すでに絢子さんは承知しているとすれば、あとの一人は和泉君ということになる。彼をどうして引っ張り出すか。それが問題だ」

高田はロックナーと名菜枝の顔を交互に見た。

「和泉さんのことは私にまかしてくださいませんか。私が誘います」

「名菜枝さんは和泉君をよく知ってはいない」

「よく知ってはいません。でも、私は彼が、谷川岳の頂上で、私の質問に答えられなかったことをよく覚えています。彼は私にひけ目があります。そこを突けば、なんとか引っ張り出せるでしょう。私は明日、彼に会います」

名菜枝は自信があるのではなかった。しかし、その役は自分以外にはないと思った。

高田とロックナーを送り出してからも、なお名菜枝は一人で応接間にすわっていた。兄の死に不審を感じて彼女が単独で走り出したころは、兄の声がよく聞こえた。死んだ男が、どこかで自分を見つめていた。今はその兄の影が薄くなって、兄のかわりに高田が大きく彼女の心を支配しようとしている。

高田とはなんと不思議な男だろう。

土樽で初めて会ったときは、ほとんど彼女の印象には残らなかったその男が、次第次第に大きな存在になって来たのはなぜだろうか。彼女の前で、はっきりと惚れていますと言えるほど率直な、むしろ単純そうに見える男が、意外に謙虚で深みのある男であったことは、彼女の心をゆすぶった。

「いままで、あんな男見たことはないわ」

彼女は、ロックナーがヨーロッパで滅びた騎士道を日本で発見したと言った言葉を思い出した。

高田を騎士として、ひざまずかせることのできるただ一人の女王はこの私だと思うと、胸が鳴った。名菜枝はそのような胸のときめきは、いままで経験したことはなかった。高田の厚い胸の中に抱きしめられている自分の姿がふと浮かぶと、彼女はあわてて、立ち上がった。じっとしてはいられない気持ちだった。

## プロポーズ

翌朝、名菜枝は、起きるとすぐ高田からの電話を受けた。

「会社へ出かけるところですので簡単に申し上げます。あなたは今日、和泉君に会うと言っていましたが、一両日待っていただけませんか。大熊君と雅子さんの方をぼくが、しっかりかためてからの方がいいと思うからです。絢子さんがすでに承知したとすれば、あとは和泉君です。慎重にやらないと、元も子もなくなります。ゆうべ自動車の中でロックナーさんと話した結果、ぼくからあなたに電話を掛けることにしたのです」

「慎重にとおっしゃいますと、具体的にはどうなるでしょうか」

「絢子さんは、あなたがいっしょだと知ったら、山へは出かけないでしょう。和泉君が同行すると言ってもいやだと言うかもしれません。作戦としては絢子、雅子、ロックナーのパーティと、大熊、和泉、名菜枝さんのパーティが土合ヒュッテあたりでぱったり行き会って、それからの行動を共にするようにしたらどうでしょうか」

「それはロックナーさんの考えなの、高田さんのお考え」

「この点では、ぼくとロックナーさんとは意見が一致しました」

「土合ヒュッテで落ち合って、谷川岳へ登るのですか」

「いや、これは私の考えですが、蓬峠越えあたりが、ちょうどよいと思います」

「その途中で裁判を開くのですか」

「そのつもりです。裁判のやり方については、これから考えねばなりません」

では、今朝はこれで失礼しますと、高田は電話を切った。

高田の言うとおりだと思った。絢子は被告だ。被告を連れて行かねば裁判にならない。同じ意味で和泉四郎も被告なのだ。彼に警戒されてはどうにもならない。

さらに一日経った。その日の夕刻、高田から電話があった。

「これから伺ってよろしいでしょうか」

「どうぞ、お待ちしています」

「母もいっしょに伺ってよろしいでしょうか。あなたにぜひ一度お目にかかっておきたいと申しています。自動車を待たせておいてすぐ帰るようにいたします」

「お母さんが……どうぞ、お待ち申し上げております」

高田は山の裁判について話しに来るのではない。名菜枝はすぐ察しがついた。

(高田さんのお母さんは、この私が彼の妻として適格かどうかを見に来るのだわ)

名菜枝の中にわずかばかりの反発感が起こった。私は高田さんに対して、なんら意思表示をしたことはない。もし、かりに、高田との間に結婚の話があったとしても、結婚するかしないかは本人どうしが決めればよいことであって、親が子の結婚に口出しする必要はないのではないか。しかし名菜枝は、そんなことを、ちょっとばかり頭に描いただけで、

「けささん、たいへんよ……」

とけさを呼んで、高田の母の突然の来訪を告げた。

名菜枝はすぐ、高田の母の前に着て出るものについて考えた。和服がいいだろうか。それとも洋装がいいだろうか。しばらく考えたが、彼女はそのままの姿で高田の母を迎えることにした。着がえたりしたらかえっておかしいと思った。

彼女はそのとき、紺のスカートに白いブラウスを着ていた。もっとも平凡な、そして着馴れたものだった。

高田は乗って来た自動車を名菜枝の家の玄関前に止めて、母を連れて名菜枝の家に上がった。

品のいい婦人だった。名菜枝が考えていたほど老けてはいなかった。落ちついていた。周囲を見回すようなことはせず、たえず微笑を浮かべて名菜枝に接していた。

「いつも進一郎がお邪魔して、ご厄介をかけております」

と挨拶した。

「どういたしまして、こちらこそ、高田さんにご面倒なお願いばかりしております」

名菜枝は型どおりの挨拶をした。声が震えた。緊張しているせいだと思った。なぜ緊張しなければならないのか、名菜枝にはよくわからなかった。

高田の母は名菜枝を相手にごく通俗的なことをしばらく話したあとで、

「お兄さんが亡くなられてお寂しいことですわね」

と言った。名菜枝がそれに答えるべく、適当な言葉を探していると、

「私には姉が一人おります。その連れ合いが今年の春死んで、姉は一人ぼっちになってしまいました。ほんとうの天涯の孤独といえば姉のことでしょう。子供を生まなかった姉には頼るものといったらこの私一人なのです。幸い姉には財産がありますからその日には困りませんが、問題はその孤独をどうしてまぎらすかということです。それで姉は私に眼をつけて、大阪に出て来いと矢の催促なんです。姉は私より五つも上で、身体は弱いし、心細くなったのでしょう」

高田の母はそこまで話してから、ちょっと高田の方を見て、

「この子はもう一人前ですから、私が東京にいる必要はありません。この子は私がいることをいいことにして、いっこうに結婚しようとはしません。……そんなこともありまして、私は大阪へ行くことになりました。老人は老人どうしということになりました」

高田の母はさりげなくそんなことを語ると、では、これで失礼いたしますと言って、名菜枝が止めるのもきかずに待たせてある自動車に乗って帰って行った。

「すみませんでした。どうしてもと母がいうので」

「いいお母様ですわ。まだお若いのに老人は老人どうしなんて、老人を決めこむことはないでしょう」

「大阪の伯母のところでは、結構羽根を伸ばすつもりでいるのですよ、あれで」

高田は彼の母が趣味が広いことをちょっとばかりつけ加えたあとで、

「母のことはこのくらいにして、本論に移ります」

と、かしこまって言った。

本論とは、山の裁判のことであった。

「大熊君と雅子さんは、われわれが意図していることを十分に理解しました。喜んで協力してくれると言っておりました。ところで、例の和泉君を引っ張り出す件については、大熊君が引き受けてくれました。絶対に大丈夫だからまかせてくれって言うのです。大熊君はある女性と和泉君と三人で蓬峠越えをやろうと、和泉君に持ちかけるつもりらしい」

「もし、和泉さんがことわったら」

「それが大熊君の話によると、和泉君は大熊君に山の借りがあるのだそうです。その山の借りを返してもらうだけのことだと言っています」

山の借りってなんでしょうかと名菜枝が訊くと、高田は笑いながら言った。

「和泉君は絢子さんを山に誘うとき、よく大熊君をだしに使ったらしい。つまり二人だけの山行を絢子さんが承知しなかったとき、和泉君は大熊君を誘っていたようです。絢子さんだけではなく同じような例が、ちょいちょいあったらしい」

「ちょいちょいというと?」

「そうです。あの坊っちゃん、ああ見えても、なかなか隅には置けない男だということがわかるでしょう。彼は山に行くと、男らしい面が出て女性に人気があるのです。だから彼は女性を連れて山に行きたがる。ところが、一度下界におりると、女性に嫌われる。退屈な男なんだそうです。その点はぼくと同じです」

「高田さんは、女性を退屈させるような男ではありませんわ」

これはどうも失礼しました、話が横道にそれましたと高田はあやまってから先を続けた。

「大熊君はその山の借りを和泉君に請求するつもりだと言っています。ある女性と二人だけで山へ行きたいのだが、その女性は二人だけでは嫌だと言うから、今までの山の借りを返すために同行してくれと、和泉君に持ちかければ、和泉君はことわることができなくなるというわけです」

「ある女性って私のこと?」

「そうです。あなたです。しかし、和泉君が、名菜枝さんだったと気がつくのは列車が上野を発車してからになるでしょう」

そんなにうまく行くかしらと名菜枝は思った。しかし山の貸し借りが、そんなふうに行なわれていることが事実だとすれば、なまじっか、彼女自身が乗り出して和泉に当たるよりも、危険性は少ないだろうと思った。

「高田さんが、その方がいいとお考えになるならば、どうぞそのようにお願いいたします」

「和泉君の誘い出しはきっと成功します」

高田は確信をこめて言った。和泉が山行に加われば、全員が揃ったことになる。

「そしていよいよ山の裁判が開かれるってわけなのね。どこで開かれるのでしょうか」

「その場所はわかりません。時間もわかりません。しかし山の裁判は必ず開かれます。その演出は雅子さんがやってくれることになりました」

「演出だなんて、お芝居みたいですこと」

「そのとおり、芝居をやるのです。雅子さんには、演劇の経験があるそうです」

「どんな演出をするのでしょうか」

「わかりません。想像もつきません」

「大丈夫かしら、雅子さんにまかして」

「雅子さんは言いました。絢子さんは、華村さんの遺体を迎えに来た名菜枝さんの前で、見事な芝居をやって見せました。今度は私が名菜枝さんの前で芝居をやってご覧に入れるってね」

名菜枝は、芝居をやると聞いたとき、いつか谷川岳の帰りに、前浜正行が名菜枝に絢子の前で芝居をやったらどうかと言ったことをふと思い出した。

「どうしました。名菜枝さん」

高田は名菜枝の不安そうな顔を見た。

「前浜さんに会ったとき、やはり同じような話が出ましたので……」

「そうでしょう。前浜さんはもともとそういう方面にいた人です。映画に出演したこともあります。彼のその日その日が芝居なんです。ただ現在の彼の芝居は人が見て喜んでくれる芝居ではなく、結局は人を悲しませる芝居を演じながら生きているのです。前浜正行についてはご心配なく、この事件とは完全に縁が切れました」

そうなの――名菜枝はほっとした。

「出発はいつになるでしょうか」

「今度の土曜、日曜を狙っています」

「高田さんは途中まで送ってくださるでしょうね」

「ぼくは見送りません。ぼくが顔を出したら警戒されます」

「でも最後の打ち合わせがもう一度か二度あるのでしょうね」

「おそらくないでしょう。あとは電話で済むようなことです」

「もう、私のところにはいらっしゃらないの」

「あなたが、山からお帰りになったころ、改めてお伺いします。そのとき、私はあなたに最後の意思表示をしてあなたのお答えを求めるつもりです」

高田は名菜枝に丁寧に挨拶すると、さっさとドアの方へ歩いて行った。彼女の肩を抱こうともせず、手を握ろうともせず、彼女の答えを聞くのをまるで怖れるように彼女に背を向けた彼を見ると、名菜枝はその彼が再び彼女のところへは戻っては来ないのではないかと思った。

名菜枝は山の裁判が終わるまでは、なにも口にすまいと思っていた。それとなく、高田には彼女の心の傾向としては話してはあったが、それはていのいい保留であって、彼の率直な愛の表現に対しての回答ではなかった。

名菜枝は、高田をあとに残して近々山へ発たねばならない自分自身が不安だった。今、自分の中には死んだ兄しかいなかった。ほんとうに心の糧《かて》となり、彼女の魂《たましい》を支えてくれる者は不在なのだ。こんな気持ちで山の裁判に臨んでいいものだろうか。今こそ、私は精神的な支えが要るのに、このまま、このまま高田を見送ってしまっていいのだろうか。

「高田さん、お待ちになって」

声を掛けた瞬間、彼女の心は決まった。

「いままでの思わせぶりな私の態度をお許しになってね。私は、もしあなたが、今ここで、最後の意思表示をなさっても、けっして驚きはしませんわ。たぶん私は、あなたの申し込みを喜んでお受けするでしょう。私は、山の裁判に臨む前に、私の気持ちをすっきりさせておきたいの。そのほうがいいのよ。ね、おわかりになって、高田さん……」

高田は瞬間、自らの耳を疑うようだった。大きな眼を開いて、名菜枝をじっと、見つめていたが、氷の割目《クレバス》を一気に飛び越えるような身軽さで彼女の傍によると、彼女を抱いた。名菜枝は近づいて来る高田の眼に耐えられなかった。彼が彼女の唇を求めていることは明らかだった。彼女は眼を閉じた。

名菜枝は呼吸が止まりそうだった。そのままじっとしていると、高田の腕の中で、つぶされてしまいそうに、彼の力は強かった。

名菜枝は、子供のころ、兄の敏夫にうしろから羽交締《はがいじ》めにされたことがあった。呼吸が止まりそうに苦しかった。

高田の抱擁は記憶の中の兄のものとは、息苦しいことにおいては全く同じであった。だが、苦しさの中に甘美なものが潜んでいた。呼吸が止まりそうに苦しい抱擁なのに、兄に羽交締めにされたときとは違って感じられるのは、相手が兄ではなく高田だからなのだ。まさしく今、華村名菜枝は高田に抱きしめられているのだと思ったとき、彼女の中から兄は遠くに去って行った。

「名菜枝さん、ぼくと結婚してください」

という声を名菜枝は耳元に聞きながら、今自分は幸福の絶頂にいるのだと思った。

# 雪雲

多旗絢子は、上越線土合駅の四百四十六段の階段を登って、構外に出たとき、ひどく心寒いものを感じた。例年ならば谷川岳一帯は、もう雪に覆われている時期であるから、寒いのは当然なことである。彼女はそう思いつつも、突然襲ってきた心寒いものに抵抗するように胸を張った。

だがそのようにすればするほど気持ちが滅入《めい》ってくるし、だいいち彼女の足が、彼女の気持ちを裏書きするかのように重いのは、やはり、自分の心に、ここからほど遠くないところで死んだ、華村敏夫のことがあるからだと思った。

絢子の前をロックナーと肩を並べて、なにが楽しいのか、大きな声で笑いながら歩いていく有部雅子の後ろ姿を見ると、

(なにも、よりによって谷川岳に来ないでも、他に山はいっぱいあったのに)

そう絢子は思うのである。

絢子が、雅子にロックナーと山に行くからいっしょに行ってほしいと電話を掛けたとき、

雅子は行く山を決める前に、二、三日中に返事をすると言って電話を切った。そして、その次の日には、雅子の方が、絢子のところにわざわざ出かけて来て、

「お供《とも》をさせていただくわ。山は谷川岳、といっても土合から蓬峠を越えて土樽へ出るコースにしましょうね」

と雅子の方から決めて来たのである。そのコースを選んだ理由について雅子は、

「だって絢子さんは、この前の華村さんの追悼山行に行けなかったでしょう。ほんとうは谷川岳へ登った方がいいけれど、そろそろ雪が降る季節だから、谷川岳の方を遠慮して蓬峠越えに決めたのよ」

雅子の言い方は、ふだんの彼女らしくなく、いささかおしつけがましいところがあったから、絢子は、

「なにも谷川岳周辺だけが山ではないわ。ロックナーさんは、日本の山のことは知らないから、私たちにまかせると言ったのよ」

しかし、雅子は、いっこう平気な顔で、

「まかせられたならやはり蓬峠にしましょうよ。実はね土合ヒュッテの小母《おば》さんあてに、絢子さんといっしょに行くって、さっき手紙を出したばかりなのよ」

なぜそんな勝手なことをするのかと、絢子がとがめるような視線を送ると、雅子は、

「あら悪かったかしら、でも私はどうしても蓬峠を越えたいのよ。絢子さんが、嫌だとおっ

しゃるならば、せっかくですけれど私――」

と雅子は最後の切り札を出したのである。

絢子は、谷川岳に近づくことは、あの遭難のことを思い出すから嫌だったが、雅子にそれまで言われると、それを承知せざるを得なかった。

絢子は、前を行く雅子が、なんと軽やかな足取りで歩いているのだろうかと思った。ほとんど絶え間なしに、雅子はロックナーに話しかけていた。ロックナーもロックナーで雅子の早口な日本語に合わせて、けっこうおもしろそうに話しているところをみると、その軽調子の雅子が気に入ったのかもしれない。

あたりはもう暗かった。煙霧の薄い層が、土合駅のあたりからトンネルの方になびいていた。その煙霧の層をくぐり抜けた丘の上に土合ヒュッテがあった。

電灯が明るくついているから、季節はずれにもかかわらず、客がいるのだなと絢子は思いながら、ヒュッテの前に立った。

雅子が戸を開けた。ロックナーが入り、その次に絢子が入った。

「あら、名菜枝さん」

「あら、雅子さん」

そう呼び合う声と、ほとんど同時に、ロックナーが、

「名菜枝さん、あなたにここで会えるとはまったく奇跡ですね《オー イッツ クワイト ア ミラクル ツウ シー ユー ミス ナナエ》」

と大げさに驚く声がした。

絢子は呆然として立っていた。名菜枝だけではなく、そこには和泉四郎も大熊菊男もいたのである。

絢子はその瞬間、それまで彼女の心に感じていた寒いものがなんであったかが、わかったような気がした。

（名菜枝・雅子・和泉四郎・大熊菊男、そして、もしかするとロックナーまでがいっしょになって、私をここに引っ張り出したのではなかろうか。それはなんのために？）

しかし、絢子は、その心の構えを顔には出さずに、やはり、みんなと同じように、驚き、まったく偶然にここで会ったことを喜ぶようなふりをしていた。

「この前の列車で来ていたの？　それで、明日はどちらへ？」

雅子が名菜枝に訊くと、

「蓬峠を越えて土樽へ出ようと思っていますの」

「そう。じゃあ私たちと同じコースだわ。ごいっしょにお願いしますわ」

雅子が大きな声で言った。ロックナーが、また大げさな驚き方をした。

絢子の心はそのときはもう決まっていた。彼女は名菜枝のそばに歩み寄ると、

「偶然であっても、必然であったとしても、あなたと同行できることは光栄ですわ」

と満面に微笑をたたえて言った。

「私は偶然とも必然とも思いませんわ。死んだ兄が、みなさまをここに集めてくださったように思います。明日は楽しみだわ。ね、絢子さん」

そのとき名菜枝は、絢子に対して、宣戦を布告した気持ちでいた。

まもなくみんなで賑やかな食事が始まった。

食事になってからは、絢子も名菜枝も、表面的にはこだわりを見せなかった。話はロックナーを中心として動いていた。ロックナーは人をそらさぬ話術を心得ていた。

その夜、名菜枝も絢子も共に眠れなかった。名菜枝は明日の山行のことを考えていた。絢子のあとにぴったりと従《つ》いて歩くのだ。絢子がどんな歩き方をするか、どんな仕草をやるか逐一見てやるのだ。兄の死の秘密の鍵を持っている絢子から、その鍵を奪って、彼女の心の扉をかちんと開くがためには、彼女と山において接触すること以外に方法はないのだ。川の字になって寝ている中央にのびのびと足を伸ばして眠っている雅子の方に名菜枝は眼をやった。雨戸の隙間からさしこんで来る薄明かりが雅子の顔をぼんやりと見せていた。

（雅子さんは、お芝居の手を使って山の裁きをすると言っているけれど、そんなことができるだろうか。腹案があるならば、なぜ私に話してくれないのだろうか）

名菜枝はそんなことを考えていた。

さっきまで話し声がしていた隣室も静かになった。三人の男たちは眠ったのだ。その中でもし眠れないでいる者がいるなら、それは和泉四郎だろう。

列車が上野駅を発車してすぐ彼の前に姿を現わした名菜枝を見て、和泉は、やっぱりと言った。

「やっぱり、あなたでしたか。そうではないかと思っていました」

和泉はそのとき、覆いかくすことのできない困惑と、怒りとが混じり合った顔を彼女に向けていたが、やがて彼は、絶望的な眼を大熊に向けて言った。

「なぜこんな手の込んだことをするのだ。おそらく、一つ先かあとの列車に、雅子さんや絢子さんも乗っているのだろう」

和泉が言った。

「和泉さん、ごめんなさいね。こうしてくださいと私から大熊さんにお願いしたのです。兄のかわりに私が加わって、あのときのメンバーで谷川岳の近くを歩きたかったからですわ」

和泉は答えなかった。大熊も名菜枝もそのまま黙りこんで、長い長い沈黙が二時間も続いたあとで和泉が言った。

「ぼくは、山に向かって嘘はつけない。おそらく山の中では真実しか言えないだろう」

とひとりごとのように言った。

その和泉はもう眠ってしまったのであろうか。名菜枝は和泉が、この山行の目的がなんであるか、薄々知っているかもしれないと思った。

(山で起きたことは山で解決する。山のトラブルは山で裁く)

という山仲間の掟《おきて》を和泉はふまえて、あのような意味深長なことを口に出したのかもしれない。

名菜枝の頭の中に高田の姿が浮かんだ。

(山へ行ったら成り行きにまかせるのですよ、名菜枝さん。まわりが、結構うまくことを運ぶでしょう。だからといって、あなたは遠慮することはない。あなたは言いたいことを言い、したいことをすればいいのです)

高田が今朝電話で言ってくれた言葉が思い出された。

「明日でいいでしょう」

雅子が寝言を言った。

(そうだ明日でいいのだ。すべては明日にして眠ろう)

名菜枝は遠くに列車の震動を聞いた。やがて列車は警笛を鳴らしてトンネルに入る。それからしばらくは静けさがつづくのだ。

絢子もまた眠れなかった。眠ろうと思うと、枕元を走る列車の震動で眼が覚めた。彼女は名菜枝が和泉四郎と大熊菊男を連れて、なんのためにやって来たのかを考えつづけていた。

(あの人《ひと》は華村さんの死に疑惑を感じているに違いない。私を山の中に連れ出して、なにかの方法で、あのときのことを言わせようというのだろうか。しつっこい女だわ、あのひと。いまさら真相を知ってどうしようというのだろうか)

絢子は、あの夜のことを考える。あの骨まで凍ってしまいそうな暴風雨《あらし》の夜のことを思い出すと、いよいよ眼が冴えた。突然、大地が揺れる。列車がトンネルを出たのだ。震動は遠ざかって行く。

朝から曇っていた。すぐ降り出しそうな空ではなかったが、張りつめている層雲が全体的に動いているのが無気味だった。

「どうでしょうか、今日のお天気は」

和泉四郎がヒュッテの主人の小島清に訊いた。

「天気予報では晴れということになっているが、よくないですな。ひょっとすると、峠あたりで雪になるかもしれませんよ」

「雪?」

「おかしくはないはずですよ。例年ならば十一月三日の文化の日は蓬峠でスキーの初滑りってことになるのです。その文化の日から一週間も経っているのですから、雪が降るのが当たり前で、降らない方がへんなんです」

小島清は空を見ながら言った。

「雪ですって?　初雪ね……初雪の中の蓬峠越えなんてちょっとロマンチックじゃあないこと」

雅子が言った。小島がとがめるような顔で雅子を見た。

ロックナーが名菜枝に初雪について英語で質問して、それに名菜枝がかなり早口な英語で答えるのを絢子が横目で見ていた。

「雪になるかもしれないということは、蓬峠へ行かない方がいいということでしょうか」

名菜枝が小島に訊いた。

「もちろん、そうです。このごろの雪は降り出したら一メートルは軽く積もりますからね」

名菜枝は、その小島の言葉を、リレーするように、和泉四郎に向かって、

「どうしましょう、和泉さん」

和泉は、さて、どうしようかというように、みんなの顔を見わたしていたが、激しい眼で和泉を見つめている絢子と視線が合うと、

「どうしましょうか」

と、そのきわめて重要な決定事項の裁断を絢子に仰ぐかのような態度をとった。名菜枝がすぐそれに反発した。

「和泉さん、あなたがこのパーティのリーダーでしょう、しっかりしてよ」

その名菜枝に今度は絢子が言いかえした。

「あら、リーダーは私よ。二つのパーティが合流した場合は、二つのパーティのうち経験の深い方のリーダーが指揮をとるのが当たり前でしょう。私は以前、蓬峠を越えたことがあり

ます。私のリーダーが不服なら、別行動を取っていただくより仕方がないわね」

絢子は名菜枝にはっきり言った。負けるものかという気迫が絢子の額のあたりに光っていた。

その絢子の発言は、いささか山の常識を逸脱するものであった。この場合、山の経験について言うならば、和泉がリーダーを取るべきである。また、男女混合パーティで、女性がリーダーを取ることはよほど特別な場合にしかあり得ないことだった。

和泉は、明らかに、絢子のその発言を不当なものと見たようだった。和泉がなにか言おうとした。その和泉の腕を大熊が痛いほどつかんだ。和泉が大熊に抗議の眼を向けたとき、大熊は眼くばせをして、ごくわずかに首を左右に振った。

「どう名菜枝さん、私がリーダーで悪いかしら。もしお気に召さなかったらどうぞおっしゃってくださいませ」

名菜枝は答えなかった。

名菜枝の眼に複雑なものが浮かんでそれが突然激情に押し流されたように消えると、名菜枝は、非常に静かな低い声で、

「いいわ、リーダーは絢子さんにお願いしましょう。で、どうなさるのリーダーは……」

名菜枝は開き直ったように、きびしい眼を絢子に向けた。

「もちろん、蓬峠越えは予定どおり実行よ。だって気象庁の天気予報を無視して、小島さん

の天気予報を信ずるわけにはいかないでしょう」

ちょっと、と小島が口を出した。

「私はね、気象庁の天気予報にケチをつけてるのではありません。気象庁の天気予報は一般的なことを言っているのです。私は谷川岳のことだけ言っているのです」

「では、改めてお聞きします。今日は必ず雪が降りますか」

「必ず？　そう言われたら、困りますね。私は気象の専門家ではありませんよ。長年の経験と勘で言っているのですから、必ず降るかと訊かれたら、それほどの自信はないと答えるより仕方がありません」

「では降るか降らないかわからないということですね」

絢子は、そう決めつけておいてから、

「十分後に出発しまあす」

と大きな声で言った。

冷たいものが、流れていたが、一行が出発の準備にかかると、まもなく消えてしまって、やがて一行は、たいして重そうでもないルックザックを背負って、ヒュッテをあとにした。

「峠で雪にでもなったら、引き返して来てくださいよ。もう無理ができない季節ですからね」

小島はひとりひとりに頼みこむように言った。そしてさらに声を高めて、

「下山は無理だっていうことになったら、峠に蓬峠避難小屋がありますから、そこに泊まってください。黒い壁と黒い屋根だから、すぐわかります」

「避難小屋ですって？」

名菜枝は避難小屋という名称を聞くと、兄が遭難したときに、しばしば耳にした、大障子の避難小屋とオジカ沢ノ頭の避難小屋のことを思い出した。兄はあのときオジカ沢ノ頭の避難小屋へは行かずに、大障子の避難小屋に引き返そうと言ったのだ。そうしていれば死なずにすんだのだ。

「そうです、避難小屋です。その近くに、蓬ヒュッテというのがありますが、今は閉鎖してあって中には入れませんから、いざとなったら避難小屋しか頼りになるものはありません」

小島は蓬峠の頂上付近の地形を説明してから、もう一度、天気が悪くなったら、引き返せと注意した。

和泉四郎がトップに立って、名菜枝、雅子、大熊、ロックナーそしてラストは絢子という隊列で動き出した。歩き出したところで、一同は揃って空を見た。一時は暗かった空が明るくなった。雲が薄くなったようだ。

霧と吹雪

土合橋を渡ったところで、湯檜曽川に沿って登る新道に踏みこもうとするトップの和泉四郎に、多旗絢子が声をかけて止めた。

「どうせなら、旧道を登りましょう。新道を行ったのでは、一ノ倉の岩壁を観賞することができないでしょう」

「それはそうだが、蓬峠へ行くには新道の方が時間的にはやいんですよ」

「たいして違わないでしょう。そう急ぐこともないし」

絢子が空を見た。ところどころ雲が切れて、青空が見えていた。天気も悪くなりそうもないから、そう急ぐことはない。絢子のそんな気持ちが、みんなに通ずると、和泉四郎は一度は新道に踏み出した足を旧道に向けた。

道が森の中に入ると暗くなる。

名菜枝は、この前来たときに、トチの実を拾ったあたりまで来て、しばらくの間に山のたたずまいがすっかり変わったのに驚いた。ほとんどの葉を落としてしまった闊葉樹林《かつようじゅりん》の下の道には、厚く枯れ葉が積もっていて、足を踏みこむとびっくりするほど大きな音を立てる。いまはもう夏の盛りは去って冬を迎える準備だけが、その落ち葉の下でなされているのかと思うと、あわただしい時の移りかわりが身にしみて、その夏の盛りに世を去った兄のことが思い出された。

マチガ沢を過ぎて、一ノ倉沢の出合いに来ると、ロックナーは驚きの叫び声を上げた。

「これはすばらしい岩壁だ。ヨーロッパ・アルプスの岩壁にも劣らぬものだ」

もう少し、沢の奥に入ってみたいというロックナーのために、一行は時間のことを気にしながらも、一ノ倉の沢に入って、小さな滝のあたりまで登って、岩のたたずまいを見物してから旧道に引き返した。

そんな道草を食っていたから、一ノ倉沢、幽ノ沢、芝倉沢《しばくらさわ》、武能沢《ぶのうさわ》、白樺沢《しらかばさわ》に出て、いよいよ蓬峠への登りにかかったときは十一時を過ぎていた。

一行が樹林を出て初めて気がついたのだが、いいほうに向かっていた空が、いつのまにか曇りだして、厚い、黒い、筋ばった、簡単に動きそうにも見えない雲が空を覆っていた。風がなく、じっと見上げていると、その黒い雲が、大きな音を立てて落ちて来そうだった。

天気が変わりそうだという不安が、一行の頭にふりかかってくると、出がけに、土合ヒュッテの小島清が言ったことをそれぞれ思い出すのだが、雲が厚くなったというだけで、雪になったのではないから、引き返す理由もない。

一行は、ときどき思い出したように吹き上げて来る風に鳴り騒ぐ草の中の道を蓬峠に向かった。

ただ、平凡な登りで、そこにあるものは枯れ草の山でしかなかったが、冬と秋との境界線を彷徨《ほうこう》するようなその景観は、彼らの心になにか訴えるものを持っていた。寂寥《せきりよう》でも、単なる寂しさでも、晩秋の風情と一概に言い切ってしまえるものでもなかった。それは激しい冬を目前にひかえた、山々の身構えのような緊迫したものであった。

「雪だわ」

と雅子が叫んだときがその年の初雪の訪れだった。雪片は山桜の花が散るように、周囲に散った。雪だ、雪だわと、一行は珍しいものを迎えて声を上げたが、だれもその雪を恐ろしいとも怖いとも思ってはいなかった。降り方はおとなしく、それが本格的なものになるようには考えられなかった。

それでもトップにいる和泉四郎は、一応ラストにいる絢子に、どうしようかと相談した。

「どうするもこうするもないでしょう、ここまで来れば土樽の方が近いのよ。ということは登るってことよ」

絢子の言うとおり、そこまで来れば土樽の方が時間的にも距離的にも近かった。だが、頂上に向かうことは雪に立ち向かうことである。そのことに、絢子は気がついていないようであった。

和泉四郎と絢子の、これからどうするかの問題がたいした議論にもならずに、前進と決められたのは、絢子ばかりでなく、その一行はすべてそのように考えていたからであった。(土合から蓬峠まで約四時間。蓬峠から土樽山荘まで約二時間)という案内書の説明は読んでいるが、実際にこの峠を越えた者がこの中には絢子以外にいなかったことも、彼らの判断を甘くしたのであろう。

一行が白いものの中に閉じこめられたのは、峠をすぐ眼の前にしたところだった。突然、吹き起こった風が熊笹を鳴らしたとほとんど同時に、それまでなんとなく遠慮がちに降っていた雪が、一度にどっと降り出したのであった。

一行はその吹雪《ふぶき》の中を蓬峠に登った。そこは広々とした草原であった。蓬ヒュッテは厳重に戸締まりがしてあった。小島清が教えてくれた、蓬峠避難小屋の黒い壁が見えた。黒い屋根は、もう雪におおわれて白い屋根になっていた。

横なぐりの雪であった。とても、そのへんにじっと立っていられる処《どころ》ではなかった。それに彼らは腹をすかせていた。とにかく、どこかで食事を摂らねばならなかった。

一行は避難小屋に向かって走った。

背を低くして這わないと入れないような戸を開けて、小屋の中に入ると、中には鉄板の壁に沿って、コの字形の腰かけがあった。床には石が敷きつめてあった。一坪ほどの狭い小屋であった。

「これが避難所なの、まるで犬小屋だわ」

雅子が言った。まさに犬小屋という形容は当たっていた。だが、その犬小屋は風が入らないし雪も入らなかった。雪が降り出して来ると急に温度が下がって来たが、その小屋に入ると、ほっと一息つける暖かさがあった。

一行は暗い小屋の中で食事を摂った。中が暗いから明かりを取るために入り口の戸を少し開けておくと、そこから、雪が吹きこんだ。

「いそいで食事を終わらせてください。雪で道が消えないうちにおりないと、たいへんなことになりますから」

和泉が言った。

和泉は、けわしい顔をしていた。絢子がいくらリーダーだと豪語したところで、彼女にリーダーができるわけがなかった。ここは、結局山を知っている男性がリーダーシップを取らなければならないのだと思っているようだった。

和泉はがつがつ飯を食べた。だが、和泉がひどく真剣になっているわりには他の者は平然としていた。

ロックナーは、彼のために特別にこしらえてもらったサンドイッチを食べながら、相変わらず冗談を飛ばしていた。

和泉は真っ先に食べ終わると、ウインドヤッケをかぶって外へ飛び出したが、すぐ引き返

すと、小屋の中に向かって、

「五分おきに、小屋の壁を叩いてくれませんか。ひどい霧と雪で見透しが効《き》かない」

その声で一行は、はじめて容易ならぬ事態になりつつあるのを知った。かわるがわる外に顔を出して見た。雪は食事をしている間に数センチも積もっていた。

いつ、どこからおしよせて来たのか、濃い霧が視界を閉じていた。霧と吹雪が同時に襲って来ることなど想像もできないことだった。谷川岳の天気が変わりやすいと聞いていたが、それほどだとは思っていなかった。

五分おきに小屋の壁を叩けといわれたけれど、女たちは連続して小屋の壁を叩いた。十分もしてから真っ白に雪をかぶった和泉が帰って来て言った。

「霧が深くて、土樽へおりる道がわからない。めしを食べる前に、調べておけばよかった」

今から悔いてもしようがないことだった。蓬峠の頂上付近は一面の草原だから、踏みあとがたくさんあった。どれがほんとうの道だかわからなかった。その道も雪のために消えつつあった。

「では土樽行きはやめて、土合へ引き返しましょう」

絢子が言った。

「だが、この霧では……」

和泉が眼を外に向けた。一メートル先が見えない霧の中に出ることは、危険が予想された。

一人や二人ではない、六人もの人である。そのうち三人は女性である。

「土合へおりるにしても、土樽へおりるにしても、霧が晴れて、道がはっきりしないうちは動かない方がいい。うっかり小屋を出たらたいへんなことになる。ぼくだって、ちょっとそこまで行ったのに、もうこの小屋の方向がわからなくなった。壁を叩く音を聞いて、やっと帰りついたのだから」

和泉は吐息《といき》を洩らした。

「霧が晴れるまで待ちましょう」

ロックナーが言った。そして、彼は歌を歌い出したのである。歌でも歌いながら霧の晴れるのを待つよりどうしようもなかった。

名菜枝は山というものの恐ろしさを知らされた思いがした。日ごろ兄が山の天気の変わり方の速いことを口にしていたが、こんなにもはやく、絶望的な立場に追いこまれるとは思ってもいなかった。兄の仇討《あだう》ちでもするようなつもりで、気張って出て来た自分が、いかに愚か者であったか知らされたような気がした。

名菜枝の顔には恐怖の色が出た。名菜枝ばかりではなく、ロックナーの歌声に、調子を合わせていた雅子までが、急に黙ってしまうと、小屋の中の暗さは救いがたいものになった。

「こうなったら、あせればあせるほど悪い方に行ってしまうものよ。じっとして待つのよ。今日中に霧が晴れなかったら明日まで待てばいいわ。明日まで待って晴れなかったら明後日《あさって》まで待つのよ」

綸子が言った。

「明後日まで待っても霧が晴れないし、吹雪もやまなかったらどうするの」

名菜枝はそのときはじめて口を出した。

「しようがないでしょう。さらに待つのよ」

「食糧がないわ」

「ないものはしようがないでしょう」

綸子はぴしゃりと言った。

「引き返せばこんなことにならなかったのよ」

雅子が口を出した。

「今から言っても、どうにもならないことは言いっこなしにしましょうね」

綸子が雅子をやりこめると、雅子も負けてはいずに、

「だって小島さんが、雪になったら引き返せって、何度も言ったでしょう。それをリーダーのあなたが無視したから、こんなことになったのよ。雪が降り出したら一メートルぐらいわけなく積もるって小島さんが言ったでしょう。そうなったら、いよいよおりられなくなるわよ」

綸子はそれには答えなかった。

ロックナーは女たちの言い争いには、いっこう関心がないように、低い声で歌を歌いつづけていたが、やがて歌に飽きたのか、ルックザックをがさがさ探して、懐中電灯の緒《お》を首にかけてから、懐中電灯の光で小屋のすみずみを照らしてから、

「ここに腰かけたまま眠るしか、しょうがないですね」

と言った。どうやらカール・ロックナーはこの小屋に泊まる決心をしたようだった。

時間はどんどん経過して行くけれど、霧は晴れそうもなかった。雪の降り方はいっそう激しくなった。

じっとしていると、寒さが身にしみる。女たちも、男たちも、持って来た物をつぎつぎと身につけていた。

夏とは違って、もう冬に近いのだからと思って、名菜枝は、着るものだけは十分に持って来ていた。毛糸のセーター二枚の上にウインドヤッケを着ているから、いくら寒くても死ぬようなことはないだろうと思った。ただ食べ物がないことが心配だった。このまま、ここで幾日も過ごすことになれば、どういうことになるだろうか。

午後の五時を過ぎると、夜のように暗くなった。

絢子が立ち上がって、ロックナーと和泉に言った。

「私たちは、これから着がえをしなければなりませんから、ちょっとの間、外に出ていてくださいませんか」

「外に出る？　この吹雪の中に出ろなんて無茶ですよ。ぼくらは、戸口の方を向いて立っています。ぼくらは紳士ですから」

大熊菊男が言った。ロックナーと和泉は戸口に向かって立った。大熊は女たちに背を向けて怒鳴った。

「さあ、はやいところ、なんでもかんでも、全部身につけてしまうのです」

なんでもかんでもというのは、下着類のことを言っているのだった。彼女たちは、雨に濡れた場合を考慮して持って来た着替えの下着類を全部、身につけた。靴下も重ねて穿《は》いた。

「もういいわ」

絢子が言った。男たちはもとの席に戻った。

女たち三人は奥の壁を背にして雅子を挟んで三人が並んですわり、その壁と直角方向の壁を背にして、ロックナーと大熊と和泉がすわった。和泉はいちばん戸口に近いところにいた。

「食べるものは全部出してください。こういうときには食べ物は共同管理になりますから」

午後の六時になったころ、絢子が懐中電灯をつけて言った。絢子は、彼女が持って来たサブザックを出して、各自が持っている食べ物を集めた。ロックナーはチーズの箱二個を出した。ウイスキーの小瓶《こびん》を一本持っていたが、絢子にそれは要らないと言われると、彼のルックザックの中に入れた。

ロックナーが出したチーズ一箱が、五つに分けられて各自に配られ、それにチョコレートが二かけらずつつけ加えられた。

「豪勢な夕食だぜ」

ロックナーが冗談を飛ばした。

風が強くなったようだ。壁からは雪は吹きこんで来ないけれど、戸口の隙間から、雪が吹きこんで来た。夜が更けるとともに、温度は急降下していた。寒いからだれもが足を動かしたり、身体を動かしたりしていた。

名菜枝は寒さとともに、頭が冴えていくのを感じた。兄が死んで行くときも、このように寒い晩だったに違いない。そして、すぐ近くに絢子がいたのだ。懐中電灯は消してあるから、なにも見えない。

# 吹雪劇場

名菜枝は夜が怖かった。こんなに寒い、こんな暗い夜は知らなかった。嵐の中で死んで行った兄のことをいろいろと想像したことはあったが、それは、あくまでも想像であって、体験ではなかった。

寒さはひしひしと彼女の五体をしめつけていった。手足がしびれるように痛かった。あれだけ着こんだのに、裸で雪の中にほうり出されたように寒かった。どこもかしこも寒かったが、彼女の背中に抱きつくように襲いかかって来る寒さに彼女は身ぶるいをした。

「こんなに寒くちゃあ、とても眠れないわ」

雅子が言った。名菜枝だけではなく、だれも彼もその寒さでは眠れそうもなかった。

「話をしましょうね、みんなで。私はある登山家たちが吹雪の山小屋に閉じこめられたとき、バラはなぜ赤いかということで一晩中議論したということを、本で読んだことがあります」

ロックナーが言った。

「バラはなぜ赤いかって？　バラには白バラもありますよ、黄色いバラもありますわ」

絢子が口を出した。

「でも、本来、バラは赤いものでしょう。野バラだって赤いでしょう……白い野バラなんて聞いたことがないわ」

雅子が言った。

「どちらかというと、赤よりも白に近い色の野バラもあります」

和泉四郎が言った。

「その調子。その調子でやっていたら、一晩中、話題はつきませんね」

ロックナーは笑った。だが、バラの話はそこで終わって、それから先には進まなかった。話をしようと言い出した手前もあって、ロックナーは、ぼつぼつと自分のことを話し出した。

「私はミュンヘンで生まれました。父は第二次世界大戦に出征し、母は私と妹を育てるためにずいぶん苦労しました。私がアメリカに渡ったのは十九歳の年でした。しばらくアメリカで暮らして来ました。ドイツに帰ったのは数年前、日本に来たのは二年前です」

「それにしては日本語がお上手ですこと」

雅子が口をはさんだ。

「努力したからです。日本語は非常にむずかしいから、なみたいていのことでは上手にはなれません。私は、すすんで多くの日本人と交際しました」

「多くの日本の女性と交際しました——ではないでしょうか」

名菜枝が口を出した。

「名菜枝さん、それはひどい。そんな悪口をあなたが言うとは思いませんでした」

ロックナーの顔は見えないが、彼がそのとき、どんな顔つきでいるか名菜枝にはよくわかった。

「名菜枝さん、あなたはほんとうに意地悪です。さあ、こんどはあなたがなにか話をする番ですよ、名菜枝さん」

「私のおもしろくない話を聞いたら、みんな眠ってしまうに決まっているわ。だから、私は聞く方に回ります」

「それはずるいですよ、名菜枝さん。そうそう、あなたの兄さんが山で遭難されたときの話ね。それをくわしく話してくださいませんか」

ロックナーが言ったそのひとことは、その暗闇の中にいる人たちの心に響いた。

「私は兄といっしょではなかったから、なにも知らないと言ったほうがいいでしょう。和泉さんが、死んだ兄といっしょでしたから、和泉さんに話していただいたらいいでしょう」

「ああ、そうですか。あなたが名菜枝さんの兄さんといっしょでしたか」

ロックナーの驚いた声が聞こえた。さあ話してください、こういう夜だからこそ、その話を一段と身にしみて聞くことができるでしょう、とロックナーは和泉に言うのである。

「その場には、ぼくだけではありません。絢子さんもいたのです。大熊君も雅子さんも、そこにはいませんでしたが、同じパーティだったのです。ぼくには、それはきわめて悲しい思い出であると同時に、愉快ではない思い出なんです。だから、話したくはないのです」

「愉快でない思い出？　友人が山で死んだから愉快ではないということですか？　それとも、その遭難そのものを語ることが愉快ではないのですか」

「その両方です」

「では私は、あなたにその話をしてくださいとたのむことはやめます。和泉さんが嫌だというなら絢子さんも、その話をすることには同意できないでしょうね」

ロックナーの話が絢子に延びた。闇をへだててロックナーの青い眼が絢子を見つめているのがはっきりわかる。

「ロックナーさんまで、名菜枝さんとぐるだったとは知りませんでした。みんなでぐるになって、いったい、私になにを言わせようというのでしょうか」

絢子の叫ぶような声が闇の中を走った。ロックナーはぐるという言葉がわからないので、名菜枝にその意味を訊いた。

ロックナーが黙ると、そこに気まずいものが流れた。

みんな沈黙すると、そこには暗黒と寒さしかなくなってしまって、その寒さとの個人的な戦いが際限もなくつづくのである。

吹雪の音はいよいよ激しくなり、戸口から吹きこむ風が運んで来る粉雪が避難小屋の中を

乱舞しだすと、そこは小屋の中でありながら、小屋の中とも思われないほど、寒い穴倉にな
ってしまうのである。ときおりだれかが思い出したようになにかを言うことも、そう長くは
つづかずに、やがて、寒さに負けまいとしながら、睡魔の虜《とりこ》になっていった。

「雅子さん、眠っちゃあだめよ。眠ったら、凍《こご》え死んでしまうわ」

絢子が叫ぶ声で、名菜枝ははっとわれにかえった。名菜枝は山の経験がないから、この場合眠ったらそのまま凍死してしまうかどうか知らなかった。しかし、彼女が肉体的に感ずる寒さは異常なほど激烈なものであるから、眠ったら死ぬということが嘘ではないことだけは想像できた。

(眠ったら死ぬ、眠ったら死ぬ)

と名菜枝は自分自身に叫びつづけていながら、だんだんその声が遠くなり、ずるずると、眠りの湖の中に引きこまれていくのである。

眠りの湖に沈んでいくと寒さを感じなくなるが、すぐに骨の芯《しん》まで凍るような寒さに責められて眼を覚ます。そんなとき名菜枝は、寒い寒いと思いきり大きな声で叫びたくなる。

(なんだってこんな寒い目に会わねばならないのだろうか)

名菜枝は絢子と山行を共にするだけで、兄の死の真相がわかるような気がして来たものの、それがこんな結果になった自分自身を恨んだ。そして軽蔑した。自分は、つまらない人間だと思った。自分自身を責めて、責めて責めぬいてみても、寒さは相変わらずだった。

名菜枝は、朝からのことを考えた。だいたい絢子がリーダーになったことからして、おかしいのだと思った。小島清が、雪になったら引き返せと言ったのに、引き返さなかったからこんなことになったのだ。そう思うと、こうなったのはなにもかも絢子のせいのように思えてくる。

「絢子さん、どうかしてよ、寒くてしようがないわ」

雅子が怒鳴った。名菜枝は自分の言うべきことを雅子が言ったのではっとした。

「寒いのはお互いさまよ、あなただけではないわ。あなたは私と名菜枝さんの間にすわっているから、私たちより暖かいはずよ。私とかわってみたら、私のつらさがわかるでしょうよ」

絢子がやりかえすと、雅子は負けていないで言いかえした。

「なにを言っているの。雪が降って来たらすぐ引き返せと小島さんの言ったことを無視して、遭難に追いこんだのは、リーダーのあなたの責任じゃあないの。いばることなんかちっともないわ」

それからしばらく絢子と雅子は激しく論争した。名菜枝は自分の言いたいことを雅子がすっかり言ってくれたので黙っていた。論争は突然終わった。また寒さと睡魔との戦いが始まった。

もう、十二時はとっくに過ぎて、一時か二時ごろのような気がしたが、名菜枝は時計を見る元気もなかった。見たところでどうにもならないことである。寒さがいよいよ激しくなった。

その寒さよりも、強い力で彼女を遠くに引っ張っていこうとする睡魔に身をまかせて、このまま死ぬかもしれないと、無責任な気持ちのままうつらうつらしていた名菜枝は、再び雅子の声で眼を覚ました。

「絢子さん、寒くてしようがないからなんとかしてよ」

「なんともしようがないじゃあないの。いったい私になにができるの」

「あなたが着ている二枚のセーターのうち一枚を私に貸してちょうだい。私は薄いセーター一枚しか着てないのよ」

「いやだわ。私だって寒いもの。このセーターをあなたに貸してやったら、私が死んでしまうわ」

絢子は大きな声ではっきりと拒絶した。だが雅子は、泣き叫ぶような声で、

「あなたはリーダーでしょう。リーダーならこんな場合隊員の面倒をみるのが当然だと思うわ。あなたが遭難させた隊員のだれかが、寒くて死にそうになったら、自分の物を脱いで与えるのが当然でしょう」

「私はそんな甘いリーダーとリーダーが違います」

「なんですって絢子さん。それなら死んだ華村さんは甘いリーダーだったというのですか。

あなたは、今年の八月遭難したとき、リーダーの華村さんのセーターを無理矢理取り上げたわね。あなたが、華村さんのセーターを奪い取ったから、華村さんは、死んだのよ。絢子さん、それでも、華村さんが甘いリーダーだったと言えるの？」

名菜枝は、彼女がうすうすと感じていたことを、雅子が、まるで、気が狂ったように口に出したので、突然、自分と雅子が入れ替わって雅子の兄が華村敏夫であったかのごとき錯覚にとらわれた。雅子が立ち上がる気配がした。雅子は絢子に飛びかかって行ったのである。

雅子と絢子が激しく争う声がした。ロックナーの手に懐中電灯がともされた。

和泉四郎が二人の間に割りこんだ。その和泉四郎に向かって絢子は、

「和泉さん、あなたは、この女にあの夜のことを話したのね。卑劣よ、男らしくないやり方だわ」

和泉は黙っていた。和泉は雅子を抱きかかえるようにして、ロックナーの隣りにすわらせ、和泉自身は雅子のいたところにすわった。

名菜枝の胸は高鳴っていた。芝居は、芝居とも思われない、きびしい現実の中で雅子がちゃんと演じてくれたのだ。

「和泉さん、いま雅子さんの言ったこと、ほんとうなの」

名菜枝は、どうしてそんなに冷静にものが言えるのか自分でもわからなかった。和泉は黙っていた。

「和泉さん、ほんとうのことを言ってちょうだい。いま絢子さんは、あなたが雅子さんにあの夜のことを話したと言ったでしょう。私は、ただほんとうのことを知りたいのよ。このままでは、兄は犬死にも同然ですわ。山のベテランだといっていた兄が、夏山の暴風雨の中で一夜で死ぬなんて、どうしても考えられないことですわ。ね、お願い、ほんとうのことを教えてください」

風が音を立てて鳴っていた。名菜枝はそれが兄の霊魂の嘆きの声に聞こえた。

「和泉さん、絢子さんはすでに告白したも同然です。あなたはその内容をくわしく話してくだされぱいいのです。ここまで来てあなたが黙っていると、和泉さんと絢子さんの間に、兄の死に関して卑劣な取り引きがあったのではないかという憶測まで生まれることになります。そうは考えませんの、和泉さん、ねえ和泉さん」

和泉は名菜枝の隣りにすわっているけれど、和泉の顔は見えない。名菜枝は見えない顔に、彼女の顔を寄せて言った。

和泉は、間近に名菜枝の炎のような激しい呼吸を感じた。それは名状しがたいほど、強い力を持って彼に迫った。それは追及の炎の刃《やいば》のように熱く感じられ、氷の刃のように冷たく彼の心を刺した。

「まず絢子さんに答えましょう。ぼくは、あの夜の真相はだれにも話したことはない。あなたは雅子さんの芝居に見事に引っかかったのだ。おそらく雅子さんの芝居があまりにも真に迫っていたからでしょう」

「芝居ですって?」

絢子は叫んだ。その声は闇の中を飛んで行って雅子に嚙みついた。

「芝居ですよ、芝居以外に考えようがないじゃあありませんか。雅子さんは会社に入る前に小さな演劇グループに籍を置いていたことがある」

「すると私一人が芝居の中でのばかものにさせられるのでしょうか」

「ぼくも芝居の中のおどけ役の一人です。しかし、芝居の幕が開いた以上、芝居を途中で止めるわけにはいかないでしょう。なぜならばこの吹雪座のお客様が承知しないからです」

和泉は口をつぐんだ。これから語るべき言葉を頭の中で整理しているようだった。外の吹雪は一段と強くなったようだ。

## その夜の秘密

三人が眠ってからかなりの時間が経過した。

三時間、あるいはも少し経っていたかもしれない。華村敏夫と和泉四郎は絢子に肩をたたかれて眼を覚ました。

「わたし寒いのよ。寒くて寒くて死にそうなのよ」

雨は小降りになって、そのかわり風が強くなったようだった。和泉は、風の向きが変わったのかもしれないと思った。

「寒いですね、とても」

寒いと口で言っても、和泉は、その寒いという感覚さえ、いまの自分からなくなってしまったのではないかと思った。寒いですね、と答えたつもりだったが、その一語一語は意味をなしてはいなかった。

「ねえ、なんとかしてください、華村さん、あなたリーダーでしょう。こんなひどいめにあわせたのは、すべてリーダーの責任よ」

和泉には絢子がはっきり、ものが言えるのが不思議に思われた。

「ねえ、華村さん、私はほんとうに死ぬかもしれないわ、疲労凍死よ。だって私は、この雨具の下には毛糸のセーター一枚しか着ていないもの」

絢子の手が伸びて、華村敏夫の雨具の肩を摑んだようだった。

「華村さん、あなたは毛糸のシャツを二枚着ているでしょう。一枚、私に貸してちょうだい。リーダーはそのくらいのことをするのが当然だわ。しかも私は怪我をしているのよ」

「雨具の下には毛糸のセーター一枚着ているだけだ」

華村敏夫が答えた。

「それを脱いで、はやくそれを脱いで、こっちへよこすのよ」

絢子の声が一段と高くなると同時に、彼女のゆびの爪《つめ》が華村の肩の肉に食いこむように当てられた。暗くて見えなかったが、和泉にはそのように思われた。

「なにをグズグズしているの、早く」

その声は絶叫に聞こえた。

「はやくそのセーター、こっちによこすのよ」

和泉ははっきりと、絢子の言葉を聞いた。

華村が雨具を取り、その下に着ていた毛糸のセーターを脱いで、絢子にやった。無言で、セーターを絢子に渡した華村が、雨具を再び身につけたとたんに、

「おう暗い」

とひとこと言った。おう寒いではなく、おう暗い、と言ったのが、和泉には不思議に思えた。華村には寒さの感覚すらなくなったのだろうか。そんな状態なのになぜ毛糸のセーターを絢子にやったのか、和泉にはわからなかった。とにかく異常な事態が起こったのだなということだけは、いささか朦朧《もうろう》とした和泉の頭にもわかった。和泉は、再び睡魔の虜になった。明け方近くになって、雨は、霙《みぞれ》に変わった。夜が明けてもしばらくは霙は降っていた。和泉は、寒さに襲われて、何度か眼を覚まして、華村と絢子の名を呼んだが、返事はなかった。和泉は夢とも現実ともつかない境界を彷徨した。

翌朝の七時を過ぎたころ、雨はやんで、強い西風になった。霧はまだ晴れていなかった。

一番先に眼を覚ましたのは絢子だった。

「寒いわ。寒い、寒い、ねえ、なんとかならない」

絢子は華村の肩をたたこうとしたが、華村は前につんのめるような格好で眠りこけていた。いくら呼んでも起きないので、絢子はその隣りの和泉を起こした。和泉は寒い寒いとわめきながら起きると、

「雨は上がったぞ」

と大発見をしたように叫んで、そして、彼の足下に眠りこけている華村の蒼白な寝顔に眼を止めた。和泉の顔色が変わった。

和泉は、華村敏夫に飛びかかるようにして彼の身体をゆすぶった。手応《てごた》えはなかった。胸の中に手を入れてみたが氷のように冷たかった。和泉は華村を仰向けに寝かせて瞼を開いてみた。瞳孔《どうこう》が開いていた。

和泉は、華村に人工呼吸をしたり、マッサージをしたりした。華村の表情は動かなかった。

「死んだ」

と和泉が言った。

「まさか、そんなことが」

絢子は華村の手に触れたが、その氷のような冷たさに驚いて反射的に手を引っこめた。

「どうしようかしら」

絢子が言った。

どうしたらいいのか和泉にもわからなかった。はっきりわかったことは、華村が死んだということだった。

「救助を求めに走らねばならない」

と和泉が言った。

「あなたが……この私ひとりをここに残して」

絢子は華村に眼をやって言った。和泉の全身を悲しみが襲った。絢子が私ひとりと言ったのは、もう華村を生きた人として扱っていないことだった。

「天気は上がりそうだ。おれは行かねばならない」

「あなたが、ここを去ったら、私はおそらく気が狂って、そのあたりを歩き回って、谷底に落ちて死んでしまうに違いないわ」

和泉はその絢子を置き去りにはできなかった。彼は自分の頭をもう一度整理しなおそうとした。こういう場合どうしたらいちばんいいのか考えて行動しなければいけないと思った。

「風は静かになって来たようだけれど、霧は晴れそうもないわね」

絢子は和泉に言った。そのとき彼女は腕時計に眼をやった。時計は止まっていた。

「今、ちょうど七時だ。動き出すとしても、今ごろだろう」

和泉が言った。

「動き出すって？」

「オジカ沢ノ頭の避難所にいる大熊君と雅子さんのことです。オジカ沢ノ頭から谷川岳肩ノ小屋まで急いで一時間、肩ノ小屋でわれわれの遭難を知って、トランシーバーで谷川岳警備隊に知らせるのが八時。救助隊が組織されて、出発するのが十時ごろ、谷川岳肩ノ小屋に到着するのが午後二時、おそらくオジカ沢の頭ノ小屋泊まりだろう」

和泉四郎は救出のスケジュール表でも眺めるような顔で言った。

「そうすると、私たちは今夜もここで……」

絢子はそう言って、ちょっと前に乗り出そうとした。彼女の顔がゆがんだ。少しでも身体を動かすと激痛が身体中を走るようだった。左足が一夜のうちに腫《は》れ上がっていた。全身の打撲傷の痛みがいっせいに彼女を責めた。

「そうです、今夜もここ、明日の夜も、ここにいなければならないことになるかもしれません」

そう言いながら和泉はびしょびしょに濡れた彼の手拭いを引き裂いて、それをダケカンバの棒の先に結びつける仕事を始めた。やがてこの谷へおりて来る救助隊に、いどころを知らせるための標識だった。絢子は、彼女のネッカチーフを引き裂いて、和泉に渡した。

和泉はそれから夜までの間に、しなければならない仕事がたくさんあった。まず近くに水場を探すことだった。水が見つからない限り、彼らの水の使用は極度に節約しなければならなかった。

あれほど降ったのに、雨がやむと、いたるところにできていた濁流はなくなっていた。だが、和泉は霧の中を一時間ほど探して、とうとう水場を発見した。水場の近くに、洞窟というにはやや見すぼらしいが、どうやら二人が肩を並べて入れそうなところを発見した。

「水場を発見したよ」

和泉四郎はそれだけしか絢子には言わなかった。そこまで移動すれば夜露に濡れずにすむけれど、華村敏夫の遺体をその場に放置していく気にはなれなかった。遺体をそこまで背負っていく自信もなかった。

水場の発見の次にしなければならないことは、薪《たきぎ》を集めることだった。これはそれほどむずかしいことではなかった。雪崩《なだれ》で、根こそぎ引き抜かれておし流されたダケカンバの木がところどころにあった。

霧は午後になると薄らいで来たので行動には便利であった。一仕事して来ては、和泉は絢子に聞いた。

「なにか聞こえたかね」

今ごろ救援隊が来るとは考えられなかったが一応、そう聞いたのであった。

遭難第二夜は焚火《たきび》の火とともに始まった。風がなかったから炎はまっすぐ昇った。二人は、それぞれの濡れたものをひとつずつ、乾かしていった。すわったままで、そんなことをしているときでも、絢子は突然、痛みをうったえることがあった。

二人はほとんど口をきかなかった。口をきくとお互いが傷つけ合うことになりそうな気がしてならなかった。二人の眼はときどき、その焚火からそう遠くないところに横たわっている華村の遺体へそそがれた。二人とも華村の死については、一言も言わなかった。

飯盒《はんごう》の飯が炊き上がった。

(華村さん、飯が炊けたよ)

和泉は、そんな言葉が自分の口から飛び出しそうになるのを押えた。ゆうべの暴風雨の中では、焚火ができる状態ではなかった。たった一日の違いでどうだ。彼は山の恐ろしさを身にしみて感じた。

（なんとかして、ゆうべ一晩生き通していてくれたら）

今となったらどうしようもないことなのだが、和泉はそう思った。そして突然、和泉は、昨夜の絢子の絶叫を思い出したのである。

はやく、そのセーターをこっちによこすのよ——それに対して華村は、なんの抵抗も示さずに、セーターを脱いで与えた。そして一言、暗いと言ったのだ。寒いとは言わず暗いと言ったのだ。

和泉の木をけずって作った箸《はし》の動きが止まった。和泉は、飯盒のふたに盛った白い飯を見つめながら、暗いという意味を考えていた。ふと和泉が視線を上げると、そこに絢子の眼があった。

「このセーターは華村さんが好意的に貸してくださったのよ、ねえ」

と、彼女は和泉に同意を求めた。その紺色のセーターは着たままだった。

和泉四郎は飯の入った飯盒のふたと箸を下に置いて、両手を膝の上にかまえた。思い切ったことを言いそうな気配がした。

「好意的にですか」

和泉は絢子の顔を見た。よくもそんなことが言えたものだと思った。なんでも、自分の都合のいいように解釈しようとするその女の頬を思い切り張りとばして、お前が華村敏夫を殺したのだと言ってやりたかった。

和泉の顔に怒りの表情が現われると、絢子はその怒りに圧倒されていくようにうなだれていって、やがて、彼女の両眼から大粒の涙が落ちた。過ぎて行く時間の中に風の音が聞こえた。

「私が悪かったのよ。私が華村さんのセーターを借りたから、彼は死んだのよ。華村さんを殺したのは私だわ」

絢子は泣き出した。いかに自分がわがままで、おろかな女であるかについて、和泉の前でかきくどいた。まったく異様な、和泉には予期しないことが、そこではじまった。

絢子は、彼女自身の泣き声のたかまりに煽《あお》られていくようだった。

「私は、華村さんに死んでおわびをします」

彼女はついに立ち上がろうとした。

和泉は、絢子のその変わり方を呆然と見守っていた。絢子のその取り乱し方は和泉に新しい恐怖を呼び起こした。もし彼女が、この場を離れて断崖の方へでも行ったら面倒なことになる。和泉は赤い火を見つめた。今はこらえることだった。とにかく、生きている者を助けねばならないと思った。絢子を刺激するようなことはいっさい言うまいと思った。

「もう過ぎたことです、絢子さん。あなただって、こういうことになると思ったら、華村さんからセーターを借りようとはしなかっただろうし、華村さんだって、死ぬとは思わなかったから、セーターをあなたに貸したのでしょう」

和泉はできるだけ、自分の感情をおさえて言った。

「あなたはこの場にいあわせたから、わかっていただけるけれど、ほかの人はやはり、この私が華村さんを殺したと言うに違いない――」

絢子はまだ泣きつづけていた。

「だって、このことを知っているのは、あなたとぼくだけでしょう、ほかの人が知るわけがないじゃあないか」

「和泉さん、あなたは私を助けてくださるの。和泉さん、このことをだれにも話さないって誓ってくださるのね」

絢子の濡れた眼は異様に輝いていた。

「セーター一枚が、華村さんの生死を分けたと判断することは早計だし、たとえそうであったとしても、今さらそんなことを公表することはあるまい。華村さんはきっとそうすることを喜ばないだろう」

和泉はこの問題に結論をつけようとした。

「そうだ絢子さん、あなたが着ているセーターは救助隊が来る前には、華村さんに返しておいたほうがいいのではないかな」

和泉は遺体の方をちらっと見て言った。

寝る時刻が来た。和泉は、焚火の中から掘り出した焼け石を下着に包んで、腹に抱いた。絢子にもそうするようにすすめた。焼け石を懐炉《かいろ》がわりに抱いた二人は、岩を背にして、肩をくっつけて眠る姿勢を取った。

「ねえ、和泉さん、私はあなたと二人だけで、だれもいないこの山の中にいることを、なにかすばらしいことのように思うわ」

そして、おやすみなさいと絢子が耳元で言うのを聞きながら、和泉はなにか割り切れない気持ちで、夜を見つめていた。

絢子は眠ったが、彼はなかなか眠れなかった。彼に倒れかかって来る絢子の体重をうるさく感じて来れば来るほど、これでほんとうにいいのかなと考えるのである。

華村がひとこと暗いと言ったのはなにを意味するのだろうか。ゆうべは暗い夜だった。その夜の暗さと、彼自身の心の暗さを言ったのかもしれない。すくなくとも、その言葉の中には、セーターを奪い取った絢子に対する憎しみはなかったように思える。それならば、このことは、このままなかったことにすればいいのである。

遅くなって星が出た。幾日ぶりかで見るような星の輝きだった。

和泉は星を見つめながら、さっき、二人でこの山の中にいることがすばらしいことだ、と言った絢子の言葉を思い出しながら、おれはひょっとすると、絢子に、いや絢子という女性にうまいこと丸めこまれているのではないかと思った。和泉は、眠っている絢子の顔に懐中電灯を当てた。あどけない顔をして眠っていた。涙のあとがそのまま残っていた。この女が、ゆうべあのような激しい言葉を吐いて、華村からセーターを奪い取った女とは思われなかった。

(やはり、山という異常事態のなせるわざなんだ)

暴風雨、滑落、怪我。そして息もつまるような寒気と、つぎからつぎと恐ろしいことが続いたので、絢子は気が転倒して、ついあのようなことをしたのだ。すべては特別な環境——一種の精神錯乱状態においてできたことなのだ。和泉は眼をつぶった。

吹雪の夜の裁き

和泉の話が終わったあとしばらくの間は、闇の中で互いに相手の心を探り合うような沈黙が続いた。

「和泉さん、質問したいことがありますが、よろしいでしょうか」

ロックナーが沈黙を破って言った。

「どうぞ、なんなりとも。もはや隠しておくべきことはなに一つありません」

「華村さんは、毛糸のセーターを自分自身で脱いで絢子さんに渡したのですね」

「もちろんそうです。絢子さんが華村さんのそれを奪い取ったのではありません」

「つまり、華村さんは、それを絢子さんに貸してやる意志があったということですね。もしそうだとすれば、華村さんは、そのとき、どうぞとかなんとか言ったでしょう」

ちょっと待ってくださいと、大熊が口を出した。

「私はロックナーさんの言い方に異議を申し立てます。それは明らかに誘導訊問です」

「これは失礼しました。大熊さん。しかし、和泉さんだって、神様ではないから、言い忘れることもあるだろうし、思い違いもあるでしょう。もう一度質問します。そのとき、華村さんは、どうぞ、これをお使いくださいと言って、そのセーターを絢子さんにやったのではないですか」

「暗くてなにも見えませんでしたが、華村さんがセーターを脱いで絢子さんに渡しているのは、その気配でわかりました。しかし華村さんは、そのときなにも言いませんでした。黙って渡しました」

和泉ははっきり言った。

「風も強かったし、あなたの頭もぼんやりしていたようですから、華村さんの言葉を聞き落としたのではないでしょうか」

「そんなことはありません。私の頭ははっきりしていました。華村さんは黙ってセーターを脱いで黙って渡しました。暗いなあと言ったのはそのあとです」

「よくわかりました。これ以上はもう訊いても無駄ですから止めます」

ロックナーはそう言ったあとで深い溜息をついた。

「ロックナーさん、あなたは華村さんが、彼の自由意志により、快くセーターを絢子さんに渡したことにしたいのでしょう。そういう判決を予定していたのではないでしょうか。それはあまりにも独善です。公平を欠きます」

大熊がロックナーに突っかかるように言った。

「華村さんが絢子さんを助けようとしてそのセーターを脱いで、自らを犠牲にしたということではないとすると、この事件はまことに平凡なことになるのです。私の日本人の研究がまた振り出しに戻ります」

ロックナーが日本人研究などと、おかしなことを言ったので、そこにいる人たちは、いっせいに耳をそばだてた。

「日本人の研究という言い方ではなくして、もっと適切に、あなたがなぜ兄の遭難に疑問を持って、乗り出して来たのか、私は知りたいわ」

名菜枝が口を出した。言おう言おうと思っていたことが、すうっと前に出た感じであった。

「名菜枝さん、話さなければならないのですか……やはり話さないといけませんね、そうしないとあなたは納得してくださらないでしょうから……」

ロックナーの顔は見えないが、ロックナーが困り切った顔をしているのが名菜枝にはよくわかった。もう一声掛ければ、ロックナーは彼の心の秘密を打ち明けるであろう。だが、名菜枝にはその一声が言えなかった。

「名菜枝さん、あなたは私をへんな外人だと思っていたでしょう。なぜあなたの兄さんの遭難事件にしつっこくつきまとって来るのだろうと思っていたでしょうね。それについて、いよいよお答えしなければならないときが来ました」

ロックナーはそこで、これから言うべき言葉の中の最初の一言を考えているふうだった。

その一言が決定的なものを持っているように、名菜枝には思われた。名菜枝は怖いような気持ちでロックナーの発言を待った。

「私の母は日本人でした。ほんとうにすばらしいお母さんであり、日本人でした。そのお母さんが数年前、スイスの山で亡くなりました。私がアメリカにいたころのことです。ヨーロッパの大都会に住んでいる人たちは夏の間に休暇を取ります。すくなくとも一カ月間は郊外で暮らすことになっています。これはごく当たり前のことであらゆる職業の人が海や山へ出かけて行って日光に当たって来るのです。そうしないと、長い冬は過ごせないのです。ヨーロッパ北部の冬はそれはそれは陰鬱《いんうつ》なものです。たいして雪も降らないのに曇り空が一冬続きます。からっとした冬の空はめったに見ることができません。だから、ヨーロッパの北部においては、自殺は冬に多いと言われています。この憂鬱な冬を経験しているヨーロッパ人は、その反動として太陽の季節には気が狂ったように太陽を恋しがります。太陽に肌をさらし、来たるべき冬のために太陽を身体の中に貯えておくのです。私の母は日本人でしたが、父と結婚してヨーロッパに永住している間に完全なヨーロッパ人になりました。私の一家は、夏になるとスイスのユフ村に毎年でかけることになっていました。この村はヨーロッパで教会のある村としてはもっとも高所にある村として有名です。教会の位置が二千三百メートルのところにあります。夏でも雪が降るようなところですが、五百年も前からここには人が住んでいました。この村はイタリー国境に近く、ずっと高原が続いております。母はこの村にいる間に親しくなった人たちと共に峠を越えてソーリヨという村へハイキングを計画しました。途中に無人小屋があり、ここで一泊の予定でした。母は当時五十二歳でした。だいたい母と同じぐらいの年配の女の人が他に二人と、リーダー格の男の人一人、都合四人で出かけました。八月の中ごろでしたが、途中で天気が急変して吹雪になりました。ヨーロッパ・アルプスではけっして珍しいことではありません。一行はどうやら無人小屋に逃げこみましたが、その夜母だけが凍死しました。原因は、寒い寒いと泣き叫ぶ隣りの女の人に母はセーターを貸し与えたのです。その女は助かり、母は死にました」

ロックナーはそこで言葉を切った。当時のことを思い出しているようであった。

「ヨーロッパにも犠牲という言葉はあります。しかし、母のようなケースは考えられないことです。どう考えても私には母の死が理解できなかったのです。日本人の死に対する観念もわからなくなって来ました。さらに日本人ってなんだろう、と考えると、私のように半分が日本人であり、半分がドイツ人である者には、自分自身を見失ってしまいそうに不安になるのです」

名菜枝さん聞いていますか、私が母を失ったときの気持ちがおわかりになりますかと、ロックナーは闇の中で名菜枝に問いかけた。名菜枝の答えを求めるためではなく、話の中に間《ま》を置くためのようだった。

「そのとき、父はロンドンにいて不在でした。私はアメリカにいました。母の死を聞いて駆けつけた私に父は言いました。お前のお母さんは、やはり日本人だった。日本人は、自分の身体よりも、他人の身体の方を、時と場合によっては大切にするものだ。そのように倒錯した考えを持つのが日本人なのだ、と父は言いました。私はその父の言葉にも疑問を持ちました」

ロックナーは、彼の話を聞いている日本人たちが、その話についてどのような反響を示すかを待っているようだった。だがだれも口を挟まなかった。あまりにも重大なことなのだ。うっかりしたことは言えなかった。

「名菜枝さん、私は、母の死の疑問を解きたいがために、山における日本人の死について調べ始めました。そしてその途中で第二の目的を発見しました。世界の企業の中で怪物としての存在をいよいよ大きくしていく、日本人の秘密を解く鍵が、日本における山の遭難死の中に隠されているのではないかということに気がついたのです。日本の企業の発展はすばらしいものです。しかし、それは自殺的な進展です。生産があれば廃棄物があることは当然です。廃棄物汚染による公害はやがて日本人を滅ぼすということは、計算の上に出るはずです。それを知りながら、日本人は反省しません。対策を立てません。つまり日本人は死という土台の上に繁栄という家を作っています。そこが、われわれヨーロッパ人にはわからないのです。日本人の生命観ってなんでしょうか。日本人は生命をどのように考えているのでしょうか。死に対して怖れを抱いていないのでしょうか。谷川岳で遭難死した日本人の数は、ヨーロッパ・アルプス全域の遭難者の数より多いのはなぜでしょうか。なぜ、そんなに軽々しく日本人は山で生命を捨てるのでしょうか。どうやら、日本人の生命観の秘密は、山の遭難の中に隠されているように思われてなりません。そして──」

ロックナーは結論を言おうとしてためらっているようだった。

「それでロックナーさん、それらの謎は解けたのでしょうか」

名菜枝はやっとそれだけ言えた。

「残念ながら、第一の目的、つまり母の死に対する疑問も、第二の目的、日本人の生命観の問題も解くことにはなりませんでしたが、母の死の疑問については大いに参考になりました。しかし、私の母が華村敏夫さんと同じようであったとは考えたくないのです。一言にして言えば、華村敏夫さんの遭難はまことに単純な山の遭難でしかなかったということです。私はなにものも得ませんでした。しかし、私のやったことが無駄だとは思っておりません。日本人について神秘的に考え過ぎていた点を反省すべきだという結論を得たと言ったら言い過ぎでしょうか」

「単純な山の遭難だとおっしゃいましたけれど、それはどういう意味でしょうか」

名菜枝が訊いた。

「名菜枝さんに叱られるかもしれませんが、私ははっきり言わねばなりません。なぜならばここは山の中です。山の中の吹雪の中の法廷です。山の中では嘘や虚飾は許されません。私は思ったとおりのことを言います。私ははじめから名菜枝さんにお許しを乞うておいて、私の言いたいことを申し上げます。名菜枝さん、はっきり言って、私は今、たいへん失望しています。華村さんの遭難原因をつきつめてみてわかったことは、そこには気の弱い、フェミニストが一人いたということだけしか出て来ないじゃあありませんか。私は華村さんが、彼のセーターを絢子さんに渡せば、自分が死ぬことを十分意識の中に入れたうえで、日本人的な死に方をした。つまり自殺行為に陶酔《キャリードアウェイ》したままの形であの世に行ったのではないかと考えていました。ところが華村さんはそうではなかった。彼は気が弱い、お人よしの男でしかなかったのです」

最後まで言わせず、名菜枝が口を挟んだ。

「ロックナーさん、あなたが、兄の死になぜ興味を持つかは私にとって大きな謎でした。しかしその謎は今やっと解けました。あなたが、日本人を代表する一人として私の兄を選んだ理由もよくわかりました。でも、ロックナーさん、どうやらあなたの判断は間違っていたようですわ。あなたには結局日本人の気持ちはおわかりにならないのよ」

名菜枝は、彼女の中でロックナーに反発しようとしているものがなんであるのかよくわかってはいなかった。ただ、ロックナーが、兄のことを気が弱い、お人よしの男と言ったのを許してはおけない気持ちから発言したのである。

「なにが違っているのですか、名菜枝さん。違っていたら、それを言ってください」

「兄のことはだれよりも私がよく知っています。兄はもともと他人に対して親切でした。私が机に寄りかかってうたたねをしているときなど、兄は自分の着ている物を脱いで私にかけてくれました。私の家のけささんがテレビの前でうとうとしているのを見ても、兄は、すぐ自分の着ているものを脱いで彼女にかけてやりました。絢子さんが死にそうに寒いと言ったとき、黙ってセーターを脱いで絢子さんに貸してやったのは、いつもどおりの兄のやり方ですわ。そんな場合には、黙って貸してやるのが、もっともこころのこもったやりかたではないでしょうか」

だがしかし、と大熊が口を出した。

「そのために華村さんは死んだのですよ、名菜枝さん」

「それは結果論ですわ。もし兄が死ななかったら、兄は絢子さんの前で英雄になれたでしょう。私は山のことはよく知りませんでした。しかしたった二度の山行で、山ってどんなものかを覗き見することができました。山では、すべての責任はリーダーにあると思います。リーダーはあらゆることを想定していなければならないと思います。パーティ全員の装備を指示したり、点検するのもリーダーの義務だと思います。絢子さんが軽装備であったことは、リーダーである兄の責任です。その絢子さんが死ぬほど寒いと言えば、一枚脱いで貸してやるのは当然なことではないでしょうか」

絢子が泣き出した。そのすすり泣きの声が、高くなると、名菜枝はしばらく発言を休まねばならなかった。

「私はほんとうのことを知りたかったのよ。あまりにも単純な結果に終わったとしても、私は満足しています。私は山でかけがえのない兄を失いました。しかし……」

しかし私は兄に替わるべき高田を得た。いや、兄とは別の次元に立つ、すばらしい男性を得たのだと名菜枝は言いたかったが、言えなかった。名菜枝が黙ると、絢子のすすり泣きが一段と高くなった。

「名菜枝さんは、これがきっかけになって、山から離れられなくなるでしょうね」

ロックナーは山の裁きが終わったことをみんなに示すために、突然、話を変えた。名菜枝にもロックナーの気持ちはよくわかった。これ以上山の裁きは続けるつもりはなかった。

「たぶん、そうなると思います。山ってほんとにすばらしいんですもの」

「では、私とごいっしょにお願いしたいものですね。私も日本の山をよく知らないし、あなたもよく知らない。だから、だれかしっかりしたリーダーにお願いして、これからたくさんの日本の山に登りましょう。ねえ、名菜枝さん」

ロックナーは半ば冗談のように言った。

「いいえ、私は高田さん以外とは、どなたとも山へは登らないつもりです」

その言い方に、あっちこっちから質問の矢が飛んだ。

「この次の私の山行は、高田さんと二人だけの新婚登山《ハネムーン》になるでしょう」

名菜枝は高田との婚約を発表した。泣き止んだ絢子がどんな気持ちでいるか、名菜枝にはよくわかった。

絢子のすすり泣きが止んだ。

絢子は、多くの男性を天秤《てんびん》にかけた。稲森泰造、華村敏夫、和泉四郎、三人とも山男であった。なぜ彼女が山男ばかり狙ったかはわからない。おそらく、なんらかの理由があったのだろうと名菜枝は思った。

絢子の天秤にかけられた男のうち二人は死んで、あとに残った和泉では満足できなかった絢子が最終的に選んだのは、高田進一郎だった。

（その高田さんに絢子さんは見事にふられたのだわ。まるで夏目漱石《なつめそうせき》の小説『虞美人草《ぐびじんそう》』の中に出て来る女主人公のように、虚栄に生きようとして虚栄に身を滅ぼそうとしているのだわ）

と名菜枝は思った。

絢子はもう泣いてはいないだろう。涙を拭って、怒りと悲しみの混在した顔でこっちを見ているに違いない。

（闇だからよかったわね、絢子さん）

と名菜枝は心の声を絢子にかけてやった。

（絢子さん、あなたは、兄のセーターを奪った。そのため兄は死んだ。でも私は、あなたの

最後に選んだ男を奪いました。これで恨みっこなしね、絢子さん)

名菜枝の心の声は闇の中で絢子のところに飛んで行った。絢子は答えないだろう。絢子は敗北感に打ちのめされて、おそらく顔を上げられないだろう。

(ごめんなさいね、絢子さん、こんな激しいことを言って、やはり私は女なのね。女だから絶叫したがるのよ、もう言わないわ、なにも。兄はもう私の心の中から去りました。私の心の中の高田さんは、私がこんなことを言うのをけっして好まないでしょう。これでいいのよ私、これで)

「おめでとうございます。名菜枝さん、あなたと高田さんの新婚山行の日がお天気でありますように、今からお祈りしていますわ」

絢子の声が聞こえた。声は確かに曇っていたが、それは皮肉でも、擬装を凝《こ》らした嫉妬の祝辞でもなかった。敗北の中に、勝者を賛《たた》える言葉とも受け取れなかったが、絢子の本心であることは、だれも疑わなかった。

「ありがとう、絢子さん。その日はきっと晴れるわ。雪の朝かもしれない。眼も開けられないほど、輝かしい雪の朝だったらいいわね」

名菜枝ははずんだ声で言った。

「名菜枝さん、今言っていることは、すべて芝居のせりふなんですか。そんな筋書きまで用意してあったとは知りませんでした」

しばらく黙っていた和泉が口を出した。

「いいえ、芝居ではありません。私ははじめっから芝居なんかするつもりはありませんでした。すべてほんとうのことですわ」

名菜枝がはっきり言い切ったあとをついて、雅子が発言した。

「私だって芝居なんかした覚えはないわ。ほんとうに私はセーター一枚しか着ていないのよ。この寒さでは、明日の朝までにきっと死んでしまうわ、もう私……」

その雅子の声に応ずるように、

「わかったよ雅子さん、ぼくが予備に持って来た羽毛服《うもうふく》をあなたに貸してあげよう。羽毛服なら文句はないだろう」

大熊が言った。

「まあ大熊さん、羽毛服まで用意して来たの」

「そうだ、甘ったれの雅子さんのためにね」

大熊がルックザックを引き寄せると、そこに向かってあちこちから懐中電灯の光が当てられた。大熊は小さく畳んで、バッグの中に入れてある羽毛服を取り出して膝の上でひろげた。眼の前で、それは体積を拡げた。

雅子がそれをひったくるようにして着てから言った。

「ああ、これで私、死なずに済んだわ」

その言い方がおかしかったので、みんながどっと笑った。

夜半を過ぎた。風速は衰えなかったが、風向が北西に変わったようだった。

「明日は晴れますよ」

と和泉が言った。

和泉の言うとおり、翌朝は降雪は止んだが、相変わらずの飛雪で峠は覆われていた。だが、霧がないから、帰路を求めることはできた。彼らは夜が明けるとすぐ行動を起こした。こんなところに長居は無用だった。また霧が出たらたいへんなことになる。

六人はひとかたまりになって、蓬峠をあとにした。土樽へは行かず、もと来た道を土合へ引き返したのは全員が合意のうえでなされたことであった。

絢子は、見るも哀れなほどしょげ返っていた。そのせいか六人のうちで一番お荷物になった。ロックナーがその絢子の介添え役を引き受けていた。和泉がリーダーとなって一行を引っ張って行った。

風が強いのは峠付近だけで、下山するにしたがって風は次第に衰えた。地吹雪もさほどのことはなくなっていた。

白樺沢の出合いの近くまで来たところで、ロックナーが、一行をひとところに集めて、一人一人に念を押すように言った。

「山の中で起こったことは、山の中でけりをつけて、里まで持ち帰らないのが、アルピニストのルールじゃあないでしょうか」

みんなはそれに同意した。今後この問題についてはいっさい口にしないことを約束した。

「あら、あんなところに雪の炎が上がっているわ」

名菜枝が蓬峠の方をさして言った。

朝日がそのあたりを照らしていた。山はいっせいに眼ざめて、その日の仕事に取りかかったようだった。一夜のうちに冬になった山々は、忙しそうに動いていた。山そのものが動くのではなく、昨夜降り積もった雪が地吹雪となって移動しているのである。

稜線を飛雪がしのびやかに這って行った。

朝日が当たると、燃えるように見える。まさしく、それは雪の炎のように壮麗であった。

# 作者付記

私が『雪の炎《ほのお》』を「女性自身」誌上に連載を始めたのは昭和44年8月23日号以来である。毎週15枚ずつ、17回で完結という約束だったが、2回延びて19回になった。連載された原稿を読み返してみて、これは始めから全部書き直すつもりにならないと駄目だという結論に到達したので、新春早々一カ月間を費やして、書き改めた。結果的には書下ろし同然のものではあるが、『雪の炎』という題もそのままだし、週刊誌に載った部分もかなりの枚数取りこんである。

『雪の炎』ということばはない。気象学的には地吹雪のことである。新雪の翌朝などに、強風に吹き飛ばされる嶺《みね》の雪が白い炎のように見えるのを仮に『雪の炎』と名づけたのである。

私は、若いころ、冬山でしばしば『雪の炎』に閉じこめられて方向を失い、危うく遭難に追いこまれそうになったことがある。

『雪の炎』は自然現象であって、女性の心のように凄まじく、厳しく、そして冷酷なものであるなどと言いたいがために『雪の炎』という題名をつけたのではない。『雪の炎』を女性に強《し》いて結びつけるならば、その冷たく燃え上がる美しさである。私はそういう女性が書きたかった。

昭和四十八年二月十六日

一九七三年一月　カッパ・ノベルス（光文社）刊
一九八〇年三月　文春文庫

光文社文庫

雪《ゆき》の炎《ほのお》
著者　新《にっ》田《た》次《じ》郎《ろう》

2016年11月20日　初版1刷発行

発行者　鈴木広和
印刷　堀内印刷
製本　関川製本

発行所　株式会社 光文社
〒112-8011　東京都文京区音羽1-16-6
電話（03）5395-8149　編集部
8116　書籍販売部
8125　業務部


ISBN978-4-334-77390-8　Printed in Japan



組版　萩原印刷